自閉症を生きた少女

COCORA

I 小学校篇

天咲心良

講談社

自閉症を生きた少女

COCORA

1

小学校篇

うそをついて　後悔して

わたしは　いつか　大人になった

恥をかいて　汗をかいて

それでも踊り続ける　理由

魂　焦がして　焦がして　叫んでるよ

開いていけば　いけば　救われるの

YUKI『Home Sweet Home』

プロローグ

診断

診断が出たのは、五月のことだった。

病院に通い始めてから、一ヵ月と少しが経ち、五回目の訪院。

初夏の日差しが絹糸のように降り注ぐこの日。まだ少し冷たい風が、若く甘い緑の香りを運ぶこんな清々《すがすが》しい日に、私は、古くくたびれた病院の待合ベンチに座っていた。

古びた診察室に私を通した医師は、軽い世間話のようなものをしてからすぐに本題に入る。

「そうですねぇ、まぁ、ずいぶんいろんな医師たちとも話し合いを行ったんですが、柴崎さんのこの……症状というのが、まぁ、難しいものでもあったもんやから……」

そう言って、その後もいろいろと前置きしてから、医師は私に『こうきのうこうはんせいはったつしょうがい』という病名を告げた。

初めて聞くその病名に、頭の中は一瞬にして大混乱になる。私は、別の病名を想像していたのだ。まったく聞き馴染《なじ》みのない病名は頭の中でひらがなのまま飛び回った。何とかその意味を理解しようとしたが、医師は詳しくは心理士の方から説明があるからと言って、私を診察室から追い出した。

ほどなくして別の部屋に通され、いつも面接を受けていた心理士の女性を目の前にする。女性は、さっきの医師よりもずっと長く、言葉を継ぎ足し継ぎ足し、一〇分近くかけ丁寧すぎる説明をし、

「で、柴崎さんなんですが、医師からも聞いたかと思うんですけど……まぁ、私たちの結論としては、

『こうきのうこうはんせいはったつしょうがい』だろう、っていう、結論というか、診断になったんですね――ですので……」

ここでも、丁寧すぎるフォローの後に告げられた病名については何の説明もなく、私はひどく混乱しパニックを起こしかけていた。

私は必死に説明を求めた。不安と混乱で声が上ずり、今にも椅子から飛び上がって駆け出しそうだった。そんな私に女性は慌てて、説明不足でした、と付け足しの説明を始めた。

今までこういう障害のことは『高機能自閉症』とか『アスペルガー症候群』と呼んでいたらしい。だけどこの二つには、ほとんど違いがないことから、最近、この二つを合わせて『高機能広汎性発達《こうきのうこうはんせいはったつ》障害《しょうがい》』という名前で呼ぶようになった。と、彼女は言った。

「病理としては、高機能自閉症やアスペルガー症候群そのものを指す言葉なんです」

一瞬の沈黙のあと、私は彼女の言葉を、ようやくぼんやり理解した。

「……じゃあ、やっぱり、高機能自閉症とか、アスペルガー症候群とか、そういった……そう言われるものやったってことなんですよね。今の話だと、私」

「ええっと……はい。そうです。病名はうちの病院では、『高機能広汎性発達障害』とさせていただくことになりますが、病理自体はまったく同じものです」

『アスペルガー症候群』や『高機能自閉症』は、近年になって特に注目されている発達障害の一つだ。

生まれつきの脳の機能障害で、知能に問題があるものは昔から〝自閉症〟として知られてきたが、それ以外に知能に問題のない自閉症があることが近年分かってきたのだ。知能に問題はなくとも、病理自体は自閉症と変わらず、先天的な脳機能の障害で、〝病気〟自体、一生治ることもない。それが今までは、『アスペルガー症候群』、『高機能自閉症』などと呼ばれていたが、最近ではその呼び名が変更され、『高機能広汎性発達障害』という障害名に統一されたのだという。ちなみに、現在ではその名も消え、『自閉症スペクトラム障害（ＡＳＤ）』という呼び名に統一されたのだそうだ。

症状は、対人コミュニケーションにおける想像力の欠如、未来を予測できないこと、奇異に映る意味のない反復行動、身体感覚の異常、感覚過敏など、さまざまだ。

このさまざまで些細《ささい》な人との〝ずれ〟が積み重なり、私と世界の間に、いつの間にか大きな溝として横たわっていた。誰からも「人の気持ちを考えない、自分の都合を押し付ける、身勝手な人間」の烙印《らくいん》を押され、家族にすら理解されず、私は、完全に世界から孤立していた。

心理士の女性は私に、病名がついてホッとしなかったか、と尋ねた。

「いえね、自分のせい違ったんやねって言われる人、多いんですよ。いろんなことが病気のせいやったって分かったら、ちょっと、ホッとしませんか？」

彼女はそう言ったが、私にはホッとするというのは分からなかった。なぜなら病名がついてもこの病気が治るわけではなく、これからの私の日々が百八十度変わるわけでもないのだ。だとしたら何にホッとすればいいのだろう。

「ホッとする暇があったら……もっとなんか、別にやるべきことあるんちゃう？　って思いますけど」私は、思ったことを正直に言ってみた。

「……別のこと？」

「えーと、まぁ……作戦会議というか、計画練らなあかんかなぁって。ようやく、やりあってた相手が分かったわけやないですか。今までずっと暗闇からパンチ打ってきてた相手が、電気点《つ》いて、ようやく誰なのか、どこにいてるのか、分かったんです。『障害ってやつやった』って。こっちはもう、さんざんやられっぱなしやったからもう、どないしてやろうって。あいつ、どうしてくれようって。そんな感じ」

それを聞いた心理士の女性は、驚いたような顔をしたが途中からプッと吹き出し、「なるほど、確かにやり返したらな！　いい例えですねーそれ！」と、笑い出した。私もなんだかおかしくなって、思わず笑い出した。病院に通い始めてから、初めて緊張が途切れた瞬間だった。

だけど、これで何かが変わるわけではないのだ。人生が変わるわけではない。それは忘れてはいけない。病名がついたからといって、何かが、世界が勝手に変わるわけではないのだ。

これから自分がどうなるか、決めるのは自分自身なのだから。

会計を済ませ自動ドアから外へ出ると、抜けるように青く、高い空が広がっていた。暖かな太陽の下で、薄暗い病院内で起こったすべての出来事は幻のように掻《か》き消されてしまいそうだ。でも、消えない。――私は、障害者だったのか――。そう思うと、心臓がすり減って軋《きし》むような感覚に襲われる。やっぱり、聞きたくなかった。知りたくなかった……そんな思いが募った。

でも、**だったらなぜ、私は病院に来たんだろう。なぜ、診断を、求めたんだろう?**

いろいろ考えてみたが、心理士に言った言葉を思い出した。ようやく敵が何者か分かった。今まで、さんざんやられっぱなしだったから、**その分やり返さなきゃ!** ……ただ、それだけだったのだろう。私は、これから戦うために、敵が何者か知るために、明かりを点けたかったのだ。

二十数年間、私の人生で起こった惨事がすべて障害のせいだったとしたら、ここからもう一度、私は自分の人生を、自分の手に取り戻さなければならない。この障害のおかげで、精神的にもギリギリのところまで追いつめられ、子供の頃から、死ぬことばかり考えて生きてきたのだ。誰にも分かってもらえず、何のために生きているのかも分からず、呼吸すらままならない日々を送ったのだ。苦しんだのだ……

頭の中はいつの間にか、過去に起こった数々の悲劇的な出来事に大部分を占領されていた。過去の辛かった出来事ばかりが、頭の中で嫌《いや》というほど再生される。そのほとんどがひどく惨《みじ》めなものばかりで、私は、自分がひどくちっぽけで価値がなく、見苦しい存在に思えて居たたまれなかった。戦うことを選びたかったのに、そのために病院に来たはずだったのに、その診断の後には、ひどく弱気で情けない、後ろ向きな考えに埋め尽くされた自分がいた。心理士の前では強がっていたけど、ほんとは自信なんかない。これからのことに不安しかない……

足だけは無意識に駅へと向かって進んでいくが、目には涙ばかり浮かんできて、止まらなかった。

どうしよう。こんなんじゃだめだ。ちゃんとしなきゃ。頑張らなきゃ。やらなきゃ。なんとかしなきゃ。

……自分の人生なんだから……
頭の中で突然、〝声〟が響いたのは、そんな時だった。

ねえねえ、あんたさ、本でも書いてみたら？　気持ちも整理できるし、もしかしたら、いろんな人の役に立つかもよ？

正直に言うと私には時々、存在しないはずの〝声〟が——『幻聴』が——聞こえる。
それはここ二、三年なんてかわいいものじゃなく、もうずっと昔からの、『馴染み深い』幻聴で、変わっているが、悪いものとも言えず、気付けばずっと、二人三脚の生活を続けている。久しぶりにその幻聴が出てきたと思ったら、えらく面白いことを言いだしたのだ。

……本を書く？　気持ちの整理をするために⁇

いいじゃない。吐き出すのも楽しいと思うわよー。
発見もあるし！　ま、つらいことも多いだろうけどね。でもさ、死ぬ気で吐いてみたら、きっと後が楽よ。
今の気持ちのままじゃ、あんたは絶対、前に進めない。でも、とことんやりあって、ケリがついたら、ちゃんと前に進めるわよ。それはあんたのためだけじゃなくて、きっと読む人たちの役にも、立つはず。あんたの経験は、あんた個人にとってだけじゃなく、いろんな人にとって、何かを感じたり考えるきっかけになるものよ。

間違いなく大変だと思うけど、やってみたいと思ったら、やってみたらいいわ。絶対に意味のあるものが生まれるから。ね！

突然出てきて、言いたい放題言って、幻聴は静かになった。あんた一体、何様？　そう思いながらも、でも、

本でも書いてみたら？


それは、私の中で、ずっと消えない言葉になった。

自分の人生で起こったこと、見たこと、経験したことを、文章に、形にする……

そんなことを考えるうち、私の中には過去の出来事がとめどなく溢れてくるようになった。仄暗《ほのぐら》い闇の中で渦巻《うずま》く濁流のように、苦くて冷たい記憶はとどまることを知らず、私はその渦に、すっかり飲み込まれた。忘れようにも無視しようにも、その時感じた空気や、臭いまで思い出して、吐き気を催すほどの、苦しい日々が続いた。

その渦を止めるには、ただ自分の外に吐き出すしかないのだと直感した。

『幻聴』の言うとおり、前に進むためには吐き出すしか、ケリをつけるしか、ないのだ。

思いがけず、幻聴の言葉は現実になった。


この本は、私が生まれてから今まで、体験したことを綴《つづ》ったものです。

この本が、私にとって、あなたにとって、
意味のあるものになるよう、願っています。

目次

ブックデザイン　アルビレオ
表紙　球体関節人形：陽月
表紙　写真撮影：福田秀世（Linx）

●この物語は、著者の個人的体験を基にした自伝的小説です。本作品の記述の中には、差別表現や差別的表現ととられかねない個所があります。しかし、そうした記述は、著者が実際に体験したことを描くためには必要不可欠であり、当時の状況を多くの方に知っていただき、また自閉症スペクトラム障害（ＡＳＤ）や児童虐待、それらに付随する諸問題について真剣に考えていただくためにも、当該表現の必要性があると判断しました。

●本文中には、主人公の行動に対して、著者が補足解説を行っています。こうした行動は、自閉症スペクトラム障害と診断された子どもたち全員に見られる特徴というわけではありません。障害については個人差が大きく、こうした問題が発生しないケースもあります。

　また、本書の主人公は、自閉症スペクトラム障害のみならず周囲の無理解から起きた迫害体験の影響も受けており、必ずしも、自閉症スペクトラム障害の典型的な症例ではありません。本書の説明は、あくまでも主人公の行動についての解説です。

第1章

小さい頃

うまれた時のこと

月で生まれた人は　地球には戻れない

YUKI『COSMIC BOX』

季節が変わろうとしていた。

私が生まれたのは、色とりどりの花が咲き乱れ、噎《む》せ返るように香りたつ頃。何時頃生まれたのか分かればよかったのだが、以前母に聞いたら、「えー、そんなの忘れた」とのことだった。

……ともかくここから、私の人生は始まったのだ。

当日の天気を調べてみたら、一日中、その日は晴れていたらしい。

その日の空が、私の好きな透き通った空だったならいいな、なんて思うが、しかし、晴れやかだった天気とは裏腹に、父の心中は『晴れやか』とはいかなかったようだ。

「**は？　またやと!?　もういい、見に行かん！**」

自宅で待機していた父は、そのまま不貞腐《ふてくさ》れてしまったという。

一人目が女で肩透かしを食らい、二人目は絶対に男！　何が何でも男！　と、妄信していた父の大きく膨らみすぎた夢は、女児誕生の知らせとともに、青空の下、シャボン玉のように壊れて消えてしまったのだ。

父なりに描いていた夢はあったのだろう。いろいろとショックだったのは分かるが、せっかく狭い産道を通って、文字どおり死ぬ思いで生まれてきたのに、女だったという、これればかりはどうしようもない〝難点〟のせいで、私は喜んではもらえなかったそうだ。あとから、もっと大きな問題が判明するのに。

子供の名前を考えていた母だったが、父に相談してみたところ、一言の相談もないまま「もう役所に出してきた」とサラリと言われて仰天する。しかし、遡《さかのぼ》れば姉の時もそうだったらしく、いまさら言ってもどうしようもないと早々に諦めたらしい。母は、あまり物事にこだわらないのだ。

父が役所に出してきた名前は、父が好きだった昔の政治家からとったものだった。今流行《はや》っているようなへんてこな名前でもなかったから、無事役所にも受理され、それがそのまま私の名前となり、一家は、父方の祖母と、父、母、姉に私を加えた、五人家族となったのだった。

父と祖母は、西日本の片田舎出身で、二人とも関西弁とは少し違った方言を使っていた。おかげで、父の転勤に伴い幼い頃から関西に住む私にも、いまだにおかしな方言が混じる。祖母はもとを正せば、大きなお屋敷のお嬢様だったのだそうだ。しかし私が生まれる頃には本家との関わりはほとんどなく、大勢いるはずの親戚にも会ったことはない。正月もお盆もどこへ帰省することもなく、父の弟である叔父以外、会った記憶はない。だから、私が知っている父方の人間は、基本的に叔父と祖母だけだった。

祖母はずいぶん『いい性格』をしていて、お嬢様だったわりには勝ち気で自分本位で、わがままで、根性曲がり。思いどおりにならないと、すぐに拗《す》ねる子供っぽい人間。とある宗教に熱烈に傾倒していたが、思いやりや労《いたわ》りといったものからはほど遠く、同居していた間は父を抑えて我が家の頂上に君臨していたほどで、母とも毎日冷戦を繰り広げているような人間だった。

父は、当時ありきたりな企業戦士で、朝早くから夜遅くまで働いていた。深夜近くに家に帰ってきては寝て、翌朝また仕事に行くという日々の繰り返し。だから家庭のことは自分の母親と嫁に任せっぱなしで、あまり一緒に過ごしたような記憶もない。休みの日には自分の趣味の釣りに行ったり、疲れて寝ていることが多かった。たまに、家族で出掛けることもあったが、私には具合が悪くなった思い出ばかりで、楽しかったことはあまり覚えていない。

良くも悪《わる》くも昔の人間だった父は、子供に向かって「お前は近くの川の橋の下に捨てられていて、かわいそうだから拾ってきてやったが、わがままを言うんだったらまたすぐに捨てに行く。覚悟していろ」と平気で言うような人間だった。何でも真《ま》に受けるタチの私は、全然かわいがらないのになんで拾ってきたんだろうと、その言葉を聞くたびに首をかしげていたのを覚えている。昔気質《かたぎ》の人間だからか、亭主関白で気性が荒く、思いどおりにならないと子供にも妻にも、分け隔てなく怒りの矛先《ほこさき》を向けた。子煩悩ということも、私が覚えている限り特にはない。本人はかわいがっているつもりなのかもしれないが、何かあって一度でも火が付くとなかなか収まらず、時には謂《いわ》れのない折檻《せっかん》を受けることもあった。子供心にとても恐ろしい存在で、いつか自分は殺されるのではないかと、私はそんなことばかり考えていた。

そんな父と結婚した母は、摑《つか》みどころのない人間——少なくとも、私の目にはそう映った。専業主婦が一般的だったあの時代に、結婚・出産しても仕事を辞めず、時代にとらわれない生き方をする人でもあり、自分の意見を曲げない（やりたくなければ、子供のことでもしない）人でもあり、多少常識のない人でもあり――何せ、実家では一切料理もしたことがなかったので、嫁に来た時には、包丁を持つことすらままならなかったという――そんな人だ。自分がこうだと思ったら、直線に向かう、ある意味では強い意志を持った、ある意味では我が強く融通の利かない人間。そして、気まぐれな人間。時には、ひどく幼く、無邪気で毒気の強い子供のように、人が嫌がるようなことを平気でしたり言ったりする。私が人間をよく知らないせいなのか、それとも彼女という人間自体が変わっていたのかは定かではないが、彼女の行動の一つ一つが、しばしば私を不安にさせ、混乱させた。

そんな両親は、とあるサークル活動を通じて出会った。あまり長くない交際期間を経て、結婚。交際期間が短かったからか、母に言わせると結婚してから〝こんなはずじゃなかった〟ということが、津波のように起きたという。母も一癖あるが、父は、そして祖母は、はるかに理解を超えているのだ。……しかし、波乱含みではあったが、すぐに一人目の子供ができた。姉だ。

姉は最初の子供だったから、当たり前だがかわいがられた。……少々、かわいがられすぎたのか、もしくは、もともと持ち合わせた気質のせいなのだろうか？　母が言うには『姑《しゅうとめ》に似た』のだというが、定かではない……頭はよく、回転は速かったようだが、その頭の回転は主に勉強と、妹である私を馬鹿にするために無駄に消耗されているようだった。よく祖母と一緒になっては、親の見ていないところで私を馬鹿にしたり、召し使いのように扱う、要領のいい人間だった。

そして、最後にこの『家族』という名の小劇場にやってきた私はというと、二人目なうえ、父の期待を裏切り、女。父も母も仕事をしていて忙しかったし、祖母は二歳年上の、目に入れても痛くないほどかわいい初孫の世話に没頭している。誰も、私のことを必要としてはいなかった。

『二人目の子供あるある』で、写真の数は一気に減り、ハイハイしようが立ち上がろうが、「パパ」「ママ」としゃべろうが、大して興味も持たれない。ありがちな、二人目。別段、注目されることもない子供だったようだ。

幼児期の自分の様子は、あまり分からない。記憶もなく、ほとんど話を聞いたこともない。ただ昔、少しだけ聞けた話では、生まれたばかりの時はまったく手がかからなかったが、ある時期から、なぜ泣いているのか分からないくらい延々と泣き続けていたという。それだけだった。

当時、私たちが住んでいたのは、ありきたりな住宅地の一角だった。父の会社が社宅として借りていた、古い平屋が並ぶそのうちの一軒が私の家。近所はまだまだ整備されておらず、そこかしこが砂《じゃ》利道《りみち》、目の前の道も砂利道で、周囲には田んぼも多く、昔からの駄菓子屋なんかもあり、自然もそこそこ多い、とてものどかな場所だった。家の近所には今はほとんど見ない、木の電柱が立っていた(早い話が私が子供の頃というのは、そこそこ昔で、育ったところはそこそこ田舎だったのだ)。そのおかげで、自然と戯《たわむ》れる、いい子供時代を(ある面においては)送れたのだろう。その場所、その家に住んでいる家族は、傍《はた》から見ればどこにでもいる、普通の家族に見えたはずだ。

さて、ようやく必死におぎゃあと生まれてきて、しかし、すぐに問題が起きた。——一緒に暮らす祖母に、私は、えらく嫌われてしまったのだ。

生まれたばかりの私を見た瞬間、祖母の心は嫌悪感に満たされた。腹が立って仕方がなかった。こんな奴いなければいい——その後の祖母の態度を思い出せば、間違いなく、そう思ったに違いない。

激しい嫌悪感の理由はありきたりなもので、本当にありきたりなもので、『私が母に似ているから』というものだった。

祖母は、しょっぱなから、私との関係を完全に放棄してしまった。

動物的本能から来る嫌悪感を抑えられない祖母の理不尽な行動は、「息子に似た長女をかわいがり、嫁に似た次女を嫌い、徹底的に差別する」という、とても単純で古典的な形で現れた。姉にはおもちゃや洋服を買い与えても、私には買い与えない。姉とは遊んでやるが、私とは遊んでやらない。見ようともしない。見る時は、苦虫を噛《か》み潰《つぶ》したような顔をする。どこかに連れていってやるのも、姉だけ。おこづかいをやるのも、かわいがるのも、姉だけ。

そんな祖母がいつの頃からか、呪文のように口にしていた言葉がある。

『汚《きたな》らしい顔』だ。

それは、私に向けて言われた言葉だった。別に顔を洗ってないというわけではない。『汚らしい』＝『醜い』ということだ。『汚い顔見せて歩いてんじゃねーよ、このブサイクが』と言っていたのだ。

ふとした時に私の顔を見ては、

『ホンマに、そがん（そんなに）汚い顔して、よう生きておられる。恥ずかしくないのやろう（のだろう）ね。信じられん』というのが、祖母の口癖だった。

私はずっと言われている意味が分からず、物心つく前から言われ続けていたその言葉が聞こえるたびに、祖母の口の動きをぼんやりと眺めるだけだった。すると、また祖母は「ほんに、こん子はバカばい。頭の足りんとやなかろうか」と顔を歪《ゆが》めながら言う。だけどその意味も、私には分からなかった。

『母に似ているから』、嫌い。嫌いだから嫌い。ただ動物のように、その感覚だけに突き動かされた
祖母は、両親がいないところで私に言い続けた。

「はぁ～、ほんとに、どうやったらそがな汚い顔になるんやろうか。恥ずかしくなかと？　自分で思わんかね？　汚い顔って、あんた自分で思わんね？」

祖母は苦虫を噛み潰したような顔をして、吐き捨てた。

「なんではずかしいん？　なんでばかなん？　どういうこと？　どういういみ？」

ある日、少し大きくなった私は祖母に尋ねた。

「そういう所がたい。あー、ホンに頭の足りんのやね。話す気にもなれん」

そう言って、祖母は背を向けた。振り返った先には、姉がいた。

「**ともちゃん**（姉）**は違うから安心しぃ～**。あんたは、ほんとによか顔しとる」

背中越しに猫なで声が響く。姉に話しかけるときだけに祖母の口から出る、独特のなまぬるい声。

「せやろ～。ともちゃん、かわいいもん！　でも、ここら（私の名前だ）はブスなんやろ？　**ここらは、〝しょうもないかお〟しとるんやもんね**」

姉は饒舌《じょうぜつ》に返した。せいぜい五、六歳でも、口が達者な姉は常にこんな物言いをするのだ。

「もうよかと。言うたってしょうがなかとやから。言っても、そんなことも分からんのやろ」

「ここらって、ホンマにブスやもんね」

「ほんとに、**どげんしたらあんな顔になるかねぇ。ともちゃんはあんな顔ならんでよかったねぇ。**お

父さんに似て、ホンによかったたたい」

　祖母と姉は去っていった。祖母はいつもそんな感じで、私の存在を姉との比較のために、まるで道具のように使う。そしてその後は、中身を飲み終わり、用がなくなった空き缶のように置き去りにする。私は祖母に抱き上げられた記憶もない。食が細く、やせっぽっちな私を見て、「どうやったらそげん骨と皮ばっかりになるんね」と忌々《いまいま》しそうに言い、「**あんたに触られると骨が刺さって痛かけん、私に触りなさんな！**」と祖母は怒鳴った。そして、その後には必ず「ともちゃんはぷりぷりして子供らしくてかわいらしかぁ。あんたはほんにかわいいか。抱っこしてやろう。おいでー」と嬉しそうに笑いながら、姉を撫《な》でるのだ。

　幼い頃はそれに対して別段何も思うこともなく、傷ついてもいなかった。なぜなら何を言われていたのか分かってていなかったし、嫌がらせだということにも、気づいていなかったからだ。分からなかったから、ただ、その一言に尽きる。けれど、それが私に何の影響も与えていなかったかと言えばそうではない。まるで遅効性の毒のように、少しずつ私を蝕《むしば》んでいく。そのことに私が苦しむようになるのは、ずっと後のことだ。


　――三歳を過ぎた頃だろうか。祖母が、家を出ていった。

　後々、私のことで揉《も》めたのだと言われた。

保育園

思い出したの　まだ　外の世界が遠かった日
ちっちゃなあたしは笑ってる
清らかに広い　額を夕日に染めて

JUDY AND MARY『グッバイ』

生まれてすぐに、おそらくは母の短い育児休暇が終わるのと同時に、私は保育園に預けられた。母は当時の女性には珍しく、子供を産んでも家庭に収まるようなことはせず、姉を産んだ時も、育児休暇期間が終わったらすぐに働きだしたたし、私がお腹《なか》にいる時も、出産ギリギリまで仕事を続けていたという。

乳児保育と長時間保育を請け負ってくれるその保育園は、当時はとても珍しかったが、正規雇用で長時間働いていた母にとって、とてもありがたいところだった。

保育園舎は、今、保育園として使われていたなら確実に苦情が来るのではないかという建物で、『安全』も『安心』もへったくれもない、危険だらけの物騒な建物。今の時代では考えられない、その当時でも考えられないような古くてボロボロの園舎で、映画『三丁目の夕日』で描かれた昭和三〇年代の忘れものみたいだった。

今も昔も、こんな保育園はどこを探したって、他に見つかりはしない。それぐらい奇妙な保育園だったが、けれどそんなボロボロの園舎も渡り廊下も、私は好きだった。今にも崩れ落ちそうなほどなのに、何事にも揺るがない姿は、老賢人のようだった。そんな園舎を、愛していた。

保育園での生活は、覚えている限りほとんど遊んでいたような気がする。自然が多い分、遊びもダイナミックなものばかりで、いる子供たちは全員野生児のようだった。みんな鼻水垂らして、女の子も男の子もタンクトップ一枚で走り回っているような保育園だ。

この園の中では、私はどちらかというとおとなしい子供だっただろう。それは決して静かな子供という意味ではなく、騒々しさは人と同じくらい、あるいはそれ以上あったが、なんにせよ、運動神経が悪かった。

体も小さく運動も苦手で嫌いで、人が周《まわ》りでわぁわぁと叫んでいる状態もあまり得意ではなかったから、誰にも何も言われないのであれば室内でお絵かきをしたり、ビー玉をひたすら転がしてみたり、ありんこの行列を追ったり、色セロファンを光に透かしたり……とにかく人が見れば、「あいつは何をやっているんだ」と首をかしげるような遊びを、一人でし続けた。それを取られたり、邪魔されると、狂ったように泣き喚《わめ》いた。私の世界に許可なく土足で入ってくるものが、私には耐えられなかったのだ。

無理矢理外に出されても大抵の時間は一人で過ごした。一人で黙々と砂場で砂を積み上げたり、ひたすら鉄棒にぶら下がったりしている。足をひきずって歩いて地面に線を引いて、その上をひたすら往復してみたり、ホースから流れ出す水を、ずーっとじーっと眺めたり。たまにオニごっこしよな、と促されてやったりもするがルールが分かっていなくて、途中で別の遊びを始めてしまう。でも三、四歳の子供なんてみんなそんなものなんだろう。特別私が悪目立ちすることもなく、また園の子供たちも皆、個性あふれる子供ばかりなので、問題視されることもなかった。

自然豊かな保育園周辺には、いろんな生き物がいた。チョウチョ、カタツムリ、てんとう虫、螻《け》蛄《ら》、バッタ、コオロギ、鈴虫、蜂、カナブン、毛虫、芋虫、ハサミムシ……さすがにカブトムシはいなかったが、近くの小さな側溝にはザリガニが棲《す》んでいて、よく先生と子供たちでザリガニ釣りに行ったりした。ヘビが出て、大騒ぎしたこともあった。

自然の中で、育った。それは私にとっては幸運なことだったと思う。怖いものは多かったが、自然の世界は大好きだった。青い空の表情も、泥んこまみれで遊ぶ感覚も、すすきの穂の柔らかさも、放り投げた落ち葉が耳をくすぐって落ちる音も、尺取り虫のゆっくりな一歩も、雨の日も、曇りの日も、きらきら光る水しぶきも、蟻《あり》の行列も、そのすべてが、私のお気に入りだった。

あの時見たもの、感じたものが、何らかの形で今も私を支え、もっと言うなら私の、何か、ベースになっているのだと思う。人のことは何一つ分からなかった。でも、光や風や土や、水や火や木や動物となら、いくらでも側《そば》にいられた。何でも分かるような気がした。体という境界線もなくして世界に溶けていくようで、私はその世界のほうが好きだった。

『人間の一部』である自分より、『自然の一部』である自分のほうが、私にとっては『自然』だったのだ。

この頃、『人間』は、私にとってはまだよく分からないものだった。人と合わせるとか人と話し合うとか、誰かと気持ちを通じ合わせるなんてことは、私にはまだ、到底及ばない。何よりまず問題なのが、私には『人の顔が分からない』ことだった。

顔

園には当時、幼児だけでも十数人は子供たちがいたはずだが、三、四歳を過ぎても、私には誰の顔も見分けることができなかった。

※自閉症スペクトラム障害（ＡＳＤ）の一次障害：相貌失認《そうぼうしつにん》。人の顔が分からず、人の見分けがつかない障害。多くの場合、背格好や性別、声の特徴などで人を見分けている。表情を読み取ることも困難

先生に「○○ちゃんと遊んでおいで」と言われても、元気よく返事をして振り返って『誰が誰だか分からない』ことに気付く。服装も違うし髪形も違うけれど、どの子もみんな同じに見える。顔にはモザイクのような、ふんわりとした靄《もや》のようなものがいつもかかっていて、ぼやけてちゃんと見ることはできない。

動いているのが、人だというのは分かる。でも、『人が、一人一人違うこと』は分からない。普段から、〝誰かと一緒に遊ぶ〟ことがあまりない私は、人の顔が分からなくても、あまり困ることはないが、先生に「○○君呼んできて」などと言われた時には、返事をするものの、いざ探そうにも誰が誰やらまったく分からず戸惑うしかない。そもそも先生も確か二、三人いたと思うが、実は先生の見

著者註　「自閉症スペクトラム障害（ASD）の一次障害」とは、脳の器質的な問題（障害）によって引き起こされる問題行動である。この本に記載の一次障害は症状の一部であり、全ての子供たちに特徴として見られるとは限らない。以下、「自閉症スペクトラム障害の一次障害」は「一次障害」とする。

分けすら、私はついていなかったのだ。

なんと、園内で姉を見かけた覚えすらなかった。

家に帰る時には、母と、姉と、私の三人になる。だから、一緒にいる小さいのが姉だと分かるが、園内は小さな園児たちだらけで、しかも顔はモザイクと靄に覆われている。話しかけてきた時にはトンがった話し方から姉だと分かったかもしれないが、私は一度も、園内で姉を見かけた覚えはなかった。

他の家族の顔はどうだったのだろう。時々一瞬だけはっきりと見えたりしたことを考えれば、逆に、普段はあまり見えていなかったようだ。私は『大きくて嫌いな音（声）を出す』ものを『父』、『あの大きいのよりは小さくて、突然怒鳴りだす甲高《かんだか》い音（声）』のものを『母』、『背中が丸まって、ガサガサした音（声）で眼鏡をかけている』ものを『祖母』だと判断していた。顔が分かっていたわけではなく、それ以外の特徴で見分けていたのだ。

私にはそれ以外、人を見分ける方法はなかった。なぜみんなには人の顔が分かるのか、何か秘密の暗号でもあるのかと思い、それを私だけ教えてもらっていないような疎外感を感じていた。大人になって、普通の子供はみんな顔や名前が分かっていた〝らしい〟と知り、驚かされたものだった。

人の顔が分からないということは、人間関係では致命的だ。顔が分からないということは、表情も分からないということだ。表情が分からなければ、人の感情を知る手がかりもないのだ。

感情を、表情から読み取ることができなければ、『他人』が自分と同じように何かを感じたり考えたり、思ったりしているということを、理解することができない。もちろん卵が先か、ニワトリが先か、表情が読めないから顔が分からないのか、顔が分からないから表情が読めないのかは、分からない。ただ、人の表情が分からないということの弊害は大きかった。私はほとんど誰とも親しくなることもなく、ただぼんやりと、当たり障りないように必死に周りの子供たちをやり過ごしていたのだ。

ご飯の時間

私の記憶の中で、保育園での日々はそれでも数少ない平和な時代の一つだったと思う。少なくとも、人のいる時間の中で、一番明るく穏やかな時間だったはずだ。だけど、何より嫌いなことが一つだけあった。

『お昼ご飯』だ。

ほとんどの子が感じるであろう空腹感は、私のお腹に住んでいなかったようだ。ご飯を食べたいと思うことはほとんどなく、お腹が減ったという感覚も分からなかった。お腹を減らすことがないから食べたいという欲求もなく、なぜものを食べなければならないかすら、私は分かっていなかった。

「ほら、まだ残ってるで！　早《は》よ食べ！」

先生が大声で捲《まく》し立てる。私はその声が嫌いだった。その声を聞くだけで冷や汗が出てきて、余計にものを食べられなくなるのだ。先生は、お茶碗を持ち上げると私の口を開けさせて、口の中に食べ物を掻《か》き込むように入れた。食べ物は、あっという間に口の中で大渋滞を起こす。私は苦しくてたまらなかった。飲み込むタイミングが分からなくて、食事の時にはしょっちゅう噎《む》せるし、どれだけ噛んだらいいか分からず、ずっと噛み続けては怒られ、余計に食べるのが怖くなった。

なにより、口の中に入ってくる、食材ごとに違う感触が、私は恐ろしかった。薄気味悪い感覚。まるで、画鋲《がびょう》や紙屑《かみくず》でも口の中に放り込まれたようだ。もともとお腹が減ったとも感じていないのに、無理矢理食べさせられる理由が分からず、私はいつも理由もなく放り込まれた『異物たち』に混乱する。

※一次障害：知覚異常により、偏食や少食であることが多い

そして、無理矢理放り込まれたものが胃に落ちていくと、今度は胃がきつく張っていく感覚が私を襲う。『満腹になる』という感覚が、私には自分が内側から食い破られようとしているような恐ろしい感覚に思えたのだ。だから、何があってもお腹一杯になどなりたくはなくて、私は恐怖から必死に抵抗した。しかし、それでも先生は口の中に食べ物を詰め込むのをやめようとはしない。私はいつも、『食べ過ぎで、食べ物でいっぱいになって、体が張り裂けるんじゃないか』という恐ろしい妄想に取《と》り憑《つ》かれて、体が破裂してしまうことを本気で恐れていた。

家でも特に父が食事にうるさく、いただきますを言わなかったとか、声が小さかったとか、好き嫌いをしたとか言って怒り狂っては、私を家の外に追い出した。

「食事を大事にせんのなら出ていけ！　どこででも飢え死にしろ！　そうでもせな飯のありがたみも

分かれへん奴なんやろお前は!!　おい（母に対して）**！　もう飯も水もやるなよ!!　こんな奴に!!　帰ってきても絶対なんもやるな！　ほら、さっさと出ていけ！　勝手にどこへでも行って、勝手に野《の》垂《た》れ死にせえや!!**」

父は怒りだすと何を言いだすか分からない、ちょっとおかしな所がある。そんなこと言わなきゃいけないのだろうかということを、平気で口にする。

「**もう帰ってくるなよ!!　どこへでも行け!!**」

さんざん怒鳴り散らして私を押し出すと、父は玄関の鍵をかけた。

誰もいない夜、外には私一人きり。怖くて仕方がなかった。でもそんなことをされても食事を食べきることはできないのに、なぜ外に出すのか不思議でしょうがなかった。私は必死に『おばけなんてないさ』を歌った。

小さな私は暗闇の中に棲んでいる、おばけが大嫌いだったから。

一時間ぐらいすると、何とか家に入れてもらえる。だけど、家に入るのも、本当は怖くて仕方がないのだ。どうせ、また食事の時間になったら同じことが起こる。恐ろしい怒鳴り声を聞かなければならなくなる。食べられないものを口に押し込まれ、食べきれなければ追い出される。家に入ったら、明日もまた同じ思いをするかもしれないのだ。私はいつも思っていた。どこか遠くへ行ってしまいたい。ここから、いなくなってしまいたい。

食事のたび、給食のたび、『ものを食べる』こと、『食べきれない』ということが、怖くて怖くて、たまらなかった。そんなに恐ろしいものが一日、三回もやってくるのだ。そのたびにご飯を食べるのが、恐ろしくてたまらなかった。

今度食べきれなかったら、何をされるんだろう。

そんな恐怖心で、いつもいっぱいだった。

そして、そんな恐怖心は消えることなく、この後の人生で、ずっとずっと、私に付きまとうものになったんだった。

母

ママが呼ぶのよ
「ケーキが焼けたわよ」と
私は笑いながら手を振るの。

Cocco『がじゅまるの樹』

保育園からの帰り道は、母が迎えに来ていた。父は忙しく帰りが遅い。母は車の免許を持たないため、帰りは毎日遠い道のりを、テクテク歩いて帰っていた。姉が小学校に入学すると、母と私だけで帰るようになった。

母には、妙な癖があった。保育園からの帰り道、時々手を繋《つな》いであげると言っては、親指と人差し指で私の小さな手の平を挟み込み、力を入れて、ぐりぐりと抉《えぐ》るように触るのだ。

子供の手は、手の平の骨ができあがる途中で、まだ小さい。その骨が、皮膚の下でコリコリと動く感触が好きだという。母は力加減などせず強く押し捻《ねじ》るので、そのたびに、骨の中に針を差し込まれたような強い痛みが走る。

「おかあさん、いたい！」私が半分叫ぶと母はパッと手を離し、「ここらって意地悪やなー。そんな子とはお母さん、手、繋げんわ。あーあ、ここらがそんな子とは、思わんかったー」そう言って、スタスタ行ってしまう。母はこのぐりぐりの時しか、手を繋いでくれない。私は保育園の帰り道が怖くて、手を繋いでほしくて、「じゃあいいよ。ちょっとだけだよ」と、母に手を差し出した。母はニヤッと笑って私の手を取ると、ぐりぐりと、強い力でまた抉《えぐ》るように触り始めた。

「あー、もう、気持ちいいー。この感じ、お母さん大好きー」

子供が泣いたって、力加減もせず、止《や》めようともしなかった。


そんな母は、私にとって非常に理解しにくく、よく分からない人間だった。仕事には熱心で、決して手を抜かない人間だったようだが、子供に対しては基本的に放任主義で、加えてとても情緒不安定な印象が強かった。気分次第で態度はコロコロ変わった。落ち着いていたと思ったら、突然、怒鳴りだしたり、腕を滅茶苦茶にひっぱったり、かと思えば側《そば》に私がいても、まるで誰もいないかのように振る舞うこともあった。そういう時はどこを見ているのか、何を見ているのか分からない異様な目をしていて、ふと目が合うと瞬《まばた》きもせず、ずっとぼんやり私を眺め続けたりした。

いくつの時か覚えていないが、それでも子供の頃のこと（小学校に上がるか上がらないかの時だろうか）だったと思う。ある朝、起きてきた私を見て、母が突然、驚いた様子で言った。

「あなた、誰？」

びっくりして、私は目を瞬《しばた》かせた。突然、何を言い出すんだろう。

「……おかあさん、ここらだよ」

「えー、**私、あなたのお母さんじゃないけど??** ここらちゃんっていうのねー。どこから来たん？」

「???　ずっといたよ。ここらだよ？　ここ、わたしのいえだよ」

「えー？　ここら？　そんな子、うちには、いないわよぉ。どこの家の子？　あなた誰なん？」

わざとらしい、気味の悪い高い大声で、母が言った。

一瞬あたりが静かになった。

「おかあさん、ここらだよ！　わかる？　**こ・こ・ら！**」

「えー??　**何、この子??**　だから、そんな子知らんって。ほんまに、どこから来たん。人んちに勝手に入ったらいかんのよー。さっさとおうち帰りやー」

「おかあさん、ふざけないで！　ここらやろ?!　ずっとおったやろ?!」

「何の勘違いなんやろ？　**私、お母さんじゃないし、あなたのこと、知らないわよぉ**」

周りには朝の光があふれていた。東から昇る朝日がキッチンに注《そそ》ぎ込んで、眩《まぶ》しいくらいの柔らかな日差しが、銀色に輝くポットに強く反射していた。

「早よう、おうちに帰ったほうがええよー。おうちの人、心配するから。ほらほら。早よぉ帰りやぁ」当たり前だと言わんばかりに、母が畳《たた》みかける。

数十分やりとりを続けたが、母は私に「あなたなんて知らない、うちの子じゃない」と言い続けた。私の居場所が突然なくなってしまった。「知らない」？　**なんで？**　ただただ怖くてたまらなかった。私のこと忘れちゃったの。私のこと、知らないの。不安と悲しみで、胸の中がいっぱいになった。お母さん、私のこと、忘れちゃったんだ。……お母さん、頭がおかしくなっちゃったんだ。

心臓を、激しい動悸《どうき》が襲う。同時に、次々涙が溢れてきた。こめかみが痛くなるくらい、頭の中を、血がものすごい勢いで流れていく。　ああ、もうだめだ。だめだ。

「おい、お前、なにしよるんや」

父が起きてきた。

母はパッと父のほうに向くと、今までの気味の悪い猫なで声をやめ、いつもの調子で「ん、**ここらと遊んどった**」と言った。

「遊んどったって、お前、泣きよるやないか」

「そうなんよ。アハハハハ。ア、朝ごはん、食べる？」

母は朝の準備を始めた。当たり前の日常の光景が広がっていた。普通の、毎日の、朝の光景だ。

泣きじゃくって立ち尽くしている私とその光景の間には何の隔たりもないはずなのに、すべてが遠い世界のことのように思えた。指先も舌も、感覚がないぐらい痺《しび》れていて、自分を見失いそうなほど追い詰められていたのに、今ここにあるのはまったくの通常の、いつもの光景で、私が恐怖を感じていたことなど、その空気の中には存在していないようだった。誰も宥《なだ》めてはくれず、慰めてもくれない。

「ほら、あんたもいつまでも泣いてないで、向こうに行きなさいよ。**邪魔**」

母は私のほうに向き直ると一言言い放ち、何事もなかったかのようにまた朝の準備を始めた。

彼女は、私のことをちゃんと思い出したのだろうか。なぜ何も言ってくれないのだろう。私は完全に一人、放り出されてしまっていた。もう、さっきのことには、触れてはいけないような気がした。私がどれだけ混乱して追い詰められたかなんて、どうでもいいのだ。存在しないも同然だ。


「うちには、いない」


ずっと頭の中で言葉が回る。うちにはいない。うちにはいない。うちにはいない。

ここらなんて子は、うちにはいない。

じゃあ、私はいったい、誰なんだろう。

未《いま》だに、答えをもらっていない。

父

パパの肩車　やわらかな髪と
夏のにおいのする広い草原
チクチクおひげが痛くて泣いた
そういえばあれが最後かしら
涙を流した記憶は終わり。

Cocco『がじゅまるの樹』

父は、忙しい人間だった。子供の時は父の様子をほとんど覚えていないが、それはまず仕事であまり家にいなかったからだろう。

でも、私はホッとしていた。父に会わなくて済む。母より恐ろしく、予測不能の存在の、父に。

父はどちらかというとカッとしやすい性格で、一度機嫌を損ねるとどうにもならなかった。昨日は笑って済ませても、今日は烈火のごとく怒り、収まらない。まるで、拗《す》ねた子供のように癇癪《かんしゃく》を起こす。しかもそれが一家の大黒柱だから、父が怒りだすと子供は怯《おび》えるし、母は父を宥《なだ》めすかすが、どうにもならない。放っておくと余計に怒鳴りだすが、かといって構《かま》っても機嫌が直るわけでもない。

理屈の通らないことを言い、ひたすらなじったり気がすむまで当たり散らし続けることがよくあった。

　驚いたのは、父が野良《のら》猫に向かってエアガンを撃った時だった。自宅で飼っていた猫が外に出た時に、野良猫と小競《こぜ》り合いになったのを見た父は、日頃から「生き物はいじめるな！　どんな生き物でも大事にしろ！」と言っていたのに、腹を立ててプラスチック弾を詰めたエアガンで、野良猫を撃ったのだ。当たったのかは分からない。「くそっ、あの猫、逃げやがった」と父は怒っていたが、猫だって痛いんだから逃げて当然だ。喧嘩《けんか》するのも自然なことなのに。かわいがれと言っていた猫を、平気で撃った父が怖かった。

　父の、その時々によって矛盾した言葉は、私をひどく不安にさせた。一貫していないものを嫌い、「気分次第である」ということが理解できず、普遍的なものを強迫観念的に求める私の性質とは相いれないし、それ以上に、感情的過ぎて、純粋に理解の域を超えていて、好きになれなかったのだろう。

　気も短い父は、庭の草取りが面倒だからと、住宅密集地の狭い庭で『火炎放射器』を使うような人だった。よく苦情が来なかったものだと思う。父が愛用していたのは、草焼きバーナーなんてかわいらしい火力のものではなく、ベトナム戦争で使われていたような、とんでもない火柱を噴き上げる、正真正銘の火炎放射器だった。危ないからと外には出してもらえない私たち姉妹は、その様子を網戸越しの部屋の中から眺めていた。ゴーッという、脳まで突き破るような不吉な大音量とともに、草がメラメラと燃え上がって枯れていく。熱風が吹きつけてくるのを、姉はアトラクションか何かのようにはしゃいで見ていたが、私はその様子を見ながら密《ひそ》かに、父が怒り狂ってわけが分からなくなった時に、あの恐ろしい道具を私に向けて焼き殺すんじゃないかと、内心ビクビクしていた。

父と遊んだ記憶はほとんどない。疲れた父は休日いつも寝ていて、たまにある家族サービスは主に、「車でどこかへ出かけて、子供を遊ばせておく」ことが多かったからだ。けれど、環境の変化が苦手で、しかも車酔いがひどい私にとって、車での外出は拷問以外の何物でもなく、恐ろしくてたまらない。しかしそれを父に言うと、

「酔ったら車停《と》めたるって言うてるやろが！　みんな行きたいって言うてんのに、行きたくないやと！　お前ひとりのために、みんなが嫌な思いしよんのやぞ。何様や！」と、怒鳴り声が響くことになる。


車で出かける時、もう一つ辛いことは、『行く先が分からないこと』だった。
※一次障害：予測のつかないことが怖い

どこをどう通って、どこに辿《たど》り着くのか、目の前の建物はなんなのか、信号は何秒後に変わるのか――そういったことが分からないことが、私にとっては強烈な恐怖だった。昔はカーナビもなく、しかも父が連れていくのは、山道を揺られて一、二時間かかるような場所ばかり。私は具合が悪くて苦しくて、けれど騒ぐと怒られるから、何も言わず黙ったまま、背中を流れていく冷や汗と混乱と、格闘するしかない。その必死の緊張感が、余計に胃の不快感を強めてしまう。

あっという間に酔ってしまい、「車を停めて」と父に言うと、「なんでこの程度で酔うんや!?　お

前は!!　着くのが遅れるやろ!!」と怒鳴り声が響いた。「言えば車を停めてやる」と言っていたのに……それでもう、何も言えなくなってしまった。萎縮《いしゅく》して、気を張りすぎて呼吸が浅くなり、手足が痺れ、胃は絞られた雑巾《ぞうきん》みたいになる。そうして、様々な恐怖とストレスと吐き気が積み重なってゆき、最終的に「オエ〜」となる。怒られる恐怖でエチケット袋を取れなかった私は、結果的に大惨事を引き起こす。

「お前、酔ったら言えいうたやろが!!　ホンマにこいつはバカやな!!　くそっどうするんやこれ!!」

父が怒鳴った。――でも、言ったら怒るのに。

結局、何をしても怒られる。正解などなかったのだ。

どれだけ頑張っても、怒られて、なじられて、そして、疲れて家に帰るだけ。家族で出かけるたびに私は疲れ果て、外に出るのが嫌になっていった。運よく車に酔わなかったとしても、行った先でどうしていいか分からず、不安になり混乱し、場にそぐわない行動をして、また結局怒られてしまうのがいつものパターンなのだ。

※一次障害：慣れない場所ではパニックを起こす

あの日から何十年たっても、私にとって車は未だに拷問器具だ。あの頃の記憶が、拭えないのだ。正直この頃は、『家族』と一緒の時間が、何より辛《つら》かったように思う。

ある夜、私は脚が痛くて仕方がなくなった。五歳ぐらいだったろうか。ふくらはぎのあたりが痛くて仕方がない。その痛みは徐々に広がり、膝下から足の裏まで、言いようのない痛みでいっぱいになってしまった。

父も母も起きてきて、痛い痛いと泣く私をしばらく見て、母は一応どうしたんやろと言っていたが、突然、父が分別を亡くした。

「**ああ！　お前、ええ加減にせえや!!　ギャーギャーうるさい!!　そんなに痛いんなら、もう、脚切ったるわ!!　おい！　包丁持ってこい！**」

父がものすごい勢いで怒鳴った。

「**ほら、脚出せ!!　どっちや!!　切っちゃるわ!!　ほら！　さっさ出さんか!!**」

父は、脚を強く摑むとグイッと引っ張る。

いろんなことが頭の中をグルグル回る。脚を切るって、そのほうが絶対痛いんじゃない……なんで、わざわざ痛くなるようなことするの？　なんで自分の子供の脚切るの？

異様でヒステリックな怒鳴り声と、恐ろしさと、混乱から竦《すく》んでしまって、私はもう、一言も声が出なくなった。その様子を見た父は、

「ほら、見てみぃや。泣き止んだやろが。嘘ついとったんや。分かったやろ。**こいつはなぁ、俺たちに嫌な思いさせたろって、騒ぎよっただけや!!**　なぁ？　**ふざけた奴やなお前は!!**」

憎々しげに私を見下ろしながら、怒鳴った。

それでも、なんだかんだと言いながら、夜遅く父は車を出し、病院まで連れて行ってくれた。が、検査の結果は「原因不明」。別の言い方をすれば「異常なし」。そんな診断だった。

「見てみろ。お前のくっだらんウソにどんだけ振り回されたと思ってんねや！　この夜中に！　ふざけた奴やな！　お前は、ほんとに、どうしようもない奴やなぁ！　ああ!?」

確かに痛む脚は、でも、触れることもできなかった。俯《うつむ》いて脚を見ていると、ルームミラー越しに見ていた父が、

「お前、また痛いとか言わんよなぁ？　次言ったら、あ？　覚えとけよお前！」

そう、すごんだからだ。

内臓が引きちぎられるような鈍い感覚が走った。

ようやく家に着き毛布に入ると、全身金槌《かなづち》で叩《たた》かれたように体が痛かった。何をされたわけでもないはずなのに、脚以外にも全身が痛かった。内臓まで、さっきの引きちぎられるような薄気味悪い痛みを抱えたままだった。

体がなければ痛くもないはずなのに……そう思った瞬間、不思議なことが起こった。体が消えたように感じたのだ。痛みも消えていた。私はその『大発見』が嬉しくて、次々に体の部位を消していった。痛んでいた脚も、気持ち悪く捻《ねじ》れる内臓も、胴体も腕も首も消していった。

頭まで全部消してしまうと、痛みもすべて消え、ようやく何も考えなくてよくなった。

もう、怖くない。もう、痛くない。ようやく何も考えず眠れる……

——ああ、でも明日が来たら、また、起きなきゃいけないんだ。

眠りに落ちながらそんなことがふとよぎった瞬間、私は明日の分まで重い荷を背負ったような気分

になった。こんな思いをするばかりなのに、なんでまた明日、起きなきゃいけないんだろう。

もうずっと、目が覚めなければいいのに。

幼稚園

ほらね　今にね　泣き出すよ
ひろみちゃんて　いつもそうなんだ

クラムボン『ミラーボール』

五歳になった頃、幼稚園に行くことになった。なぜ突然、幼稚園に行くことになったのかは分からない。保育園も就学前まで通わせることができるのだから、六歳まで保育園に通わせてもいいのだろうが、こいつにはもう少し常識が必要だと思ったのだろうか。とりあえず遅いスタートながら、五歳から集団行動の基礎を学ぶべく、幼稚園にお世話になることになった。

『幼稚園』に行くための最初の難関は、思いもよらないところに潜んでいた。『**制服**』だ。

幼稚園生の大前提として「さぁ、これを着なさい」と制服を渡されるわけだけど、今まで着ていた洋服と制服とでは、まったく肌触りが違う。とりあえず着させられるが、すごく気持ちが悪い。

※一次障害：身体感覚などが異常に敏感で洋服によっては拒絶反応を示す

腹が立つぐらい気持ちが悪いのだ。例えるなら皮膚に触れる場所全部に毛虫が這《は》っているような感覚だ。そして、皮膚に擦《こす》れるとザラリと皮膚を剝《は》がすような痛みが走る。なぜこんなものを着なければいけないのか？　私はショックで、恐ろしくて、怖くて、ずいぶんいやだいやだと騒いだ記憶がある。特に吊りスカートの「肩紐《かたひも》」が私を発狂寸前にまで追い込んだ。その違和感と苦痛は究極的で、どうにも耐えられなかった。あまりに騒ぐので最後は園側が根負けして、一人だけスカートを上のシャツに安全ピンで付けた気がする。「着なさい！」と怒られれば怒られるほど、着たくなくなった。着るたびに虫が這うような洋服を着る趣味は私にはないのに。それでも制服を着なければ幼稚園には通えないと言われて、毎日泣きながら着ている間に、何とか少しだけ慣れることができた。しかし、肩紐だけは本当にだめで、安全ピンの使用が認められるまで毎日のように泣き続けていた。

入園前から大騒ぎして何とか辿《たど》り着いた幼稚園も、残念ながら、私は馴染めなかった。幼稚園での記憶は断片的なものしかないが、幼稚園に行くようになって最初に驚いたのは、異様に大勢の子供が溢《あふ》れていて、ワーワーキャーキャーと騒がしく、せわしなく、落ち着かなかったこと。側《そば》で走り回る子供たちが、私を不安にさせた。

保育園は子供の数もそう多くはなかった。人数が少ないから、何となくできあがる毎日のパターンがあったが、幼稚園は数が違いすぎた。人数が多いと突発的なトラブルや小競り合いが頻繁に起こる。おもちゃを取られたり、クレパスの奪い合いが起こったり、突然叩かれたり、誰かが泣きだしたり、ヒーローごっこが始まったり、とにかく不安定だ。

私は※1予想がつかない状況が死ぬほど嫌だった。何より、※2今まで保育園に行っていたのに、まったく勝手の違う幼稚園に通わなくてはいけないのが、嫌でたまらなかった。

※1　一次障害：予測のつかないことが怖い
※2　一次障害：初めてのもの、場所に順応できない

最初は幼稚園に行くんだよと言われて、少しお姉さんになるようで嬉しかったのだ。しかし、いざ行ってみると勝手の違うことばかりで、私はすべてに対して混乱し、怒り、錯乱した。

まず、いる人間が違う。先生も違うし、子供たちも違う。……当たり前だけど。建物も違うし、蛇口の高さも違う。園庭の広さも、トイレの場所も違う。トイレなんて、保育園は男の子も女の子も同じ空間のトイレを使っていたのに、幼稚園では男女のトイレが別々になっていたのだ。トイレに混乱したことは、今でも覚えている。

「せんせい、トイレ、ちがう」

私は先生に訴えた。

「何？　何が違うん？」先生はきょとんとして聞き返す。

『何が違う？』と聞かれれば、何が、とは答えられなかった。大体、何がって、全部違うのだ。保育園のトイレとは、広さも大きさも高さも色合いも、窓の位置も、鍵も、全部違う。私の脳には、ほん

のちょっとの違いで、それはもう『トイレではない』と判断されてしまった。一体、どうやったら『この場所』を、トイレとして使えると言うのだろうか。

しかし、なぜかは分からないが、先生たちはまったく違うトイレも、トイレだと言ってきかないのだ。

「ほら、早よトイレ行っておいで」先生が促すが、私は抵抗した。

「だって、なんか……なんかいやや!!」

「何がぁ？　何が嫌なん??」

先生もよく分からず困った様子だったが、こっちもよく分からない。

「分かった。じゃあ、一緒に行こうか！」先生は言ったが、一緒だからいいとか、そういう問題ではなかった。私は金切り声で泣き出し、先生も混乱し、語気を強め怒った。滅茶苦茶だった。

日々が混乱で埋め尽くされていた。いろんなものが違いすぎた。しかし「なぜ違うのか？」それが分からず、私はひどくうろたえた。違ってはいけないのに。私の世界は、変わってはいけないのに。

生活リズムの違いにも馴染めず、集団行動もできず、〝先生〟の言う事に忠実である事もできず、『人と同じ』であるよう迫られて、私はただつらくて仕方がなかった。

時間割で時間が仕切られる事さえ、私は自分の体を真っ二つにされる事のように感じた。

なんでみんなと一緒の行動をしなければいけないの？　私には私のペースがあるのに、なんでみんなと同じようにしなきゃいけないの？

なぜ、絵を描《か》きたい時に描いてはいけないのか、なぜ歌いたい時に歌ってはいけないのか、席を立ちたい時に立ってはいけないのかが、分からない。

その時の私は全身に拘束具をつけられたような気分で、しょっちゅうパニックを起こし、周りには、癇癪《かんしゃく》持ちと言われるようになってしまっていたんだった。

小さな怪獣・大きな怪物

怪獣にも　心はあるのさ

合唱曲『怪獣のバラード』

ある日幼稚園で、さぁみんなで練習しますよ、と渡されたのは『鍵盤ハーモニカ』だった。

私以外の子にとってはお馴染みの楽器だったが、先年まで保育園で『草笛』を吹いていた私にとって、初めて見る鍵盤ハーモニカはまるで魔法の道具のようだ。

試しにフーッと息を吹きながら鍵盤を押してみると、「ボー」みたいな「バー」みたいな変な音がした。**うわぁ、音出た!!**　いろんな鍵盤を押してみる。わー、わー、不思議。なんで？　なんなんだこれ？　よく分からない……なんで、違う音が出るんだろう……私の中で戸惑いは少しずつ不安に変わり、やがて恐怖になってゆく。

「じゃあ、みんなで弾いてみようねー！」先生は言う。みんなが一斉に鍵盤ハーモニカを弾く準備をするが、私は相変わらず、滅茶苦茶に音を出し続ける。

「ここらちゃん、みんなで曲、弾こうね」先生がやってきた。

「せんせい、これ、なんでおとでるん？」

「さぁ……なんでやろ？　不思議やなぁ。……な、みんな待ってるから、ここらちゃん、準備しようか。簡単な音からやろう。ド・レ・ミって。な？」

「じゅんびってなんの？」

……驚かれるかもしれないが、私はここまでのやり取りの意味を、まったく理解していない。何を準備しろと言われているのかも分からず、これから何をするのかも分かっていない。そして、私の不安に対して、先生は何も答えてくれない。

何度かこんなやり取りを繰り返したが、私がいつまでたっても言うことを聞かないので、痺《しび》れを切らした先生は押していた鍵盤の指をどけさせ、無理矢理、五本の指をスタンバイの位置に置かせた。

それが、私の地雷を踏んだ。


「ギャーーーーー!!!!!!　せんせい、そんなさわらんで！　さわったらあかん!!!!!!」

突然、何の前触れもなく手に電気ショックを流されたようだった。痛みに近い強い刺激が走り、虫が這っているような不快感に包まれ、私は激昂《げきこう》した。先生はそれを、甘やかされて育った子供特有の

『わがまま』だと判断し、今それを矯正しなければと考えたようだ。

「ここらちゃん、わがまま言うたらあかん‼　ちゃんとやらなあかんやろ！　みんな待ってるやん！」

大声で怒鳴りつけ、なんとしても握った手を離すまいとする。その大声が、余計に不安と恐怖を掻《か》き立てる。なんでもいいから、とにかくその手をどけて‼

「ちがう！　さわったらだめ‼　さわらんで‼　あっちいけ‼　もう、そんなしたらあかんねん‼――――っ‼‼‼　もう‼　なんでこれおとするか、おしえてよ！」

私は、突然目の前に現れた見慣れないもの……特に、自分がこれから関わっていかなければいけないものに対して、びっくりするほど強く、拒絶反応を示した。

※一次障害：見慣れないもの、新しいものに対してパニックを起こす

そして、それを少しでも受け入れようとする努力が「なぜなぜ」攻撃だったのだ。

なぜこんな形をしているのか、なぜ音がするのか、なぜこんな感触なのか、なぜこんな色なのか、いつからあるのか、どうしてこれを使わなければいけないのか、それによって自分がどういう影響を受けるのか……そういうことを私は知りたがった。なぜなら、未知のものが怖くて仕方がなかったから。だけど、私の切実な欲求は、教員や他の園児から見れば、「執着に近い自分勝手」としか映らなかったようだ。

「そんな勝手なことばっかりしとったら、知らんで!!　もう、じゃあ、ここらちゃん放《ほ》っぽっとって、みんなでやろか！」

子供たちは、「は～い」といいお返事をし、私を無視して、演奏が始まった。

私は無言で俯《うつむ》いたまま、呆然《ぼうぜん》と下手な演奏を聴いていた。そのうち、涙があふれてきて、涙は頬を伝い、手に落ちて、鍵盤を濡らした。後悔に近い感情が、胸の中いっぱいに広がる。

何が嫌なのか、何がダメなのか、そんなの私にだって分からない。なんで怖いのと聞かれても、なんでそんなに知らなければいけないのと言われても、分かるわけがない。ただ、怖いだけだった。ただ、宥《なだ》めてほしいだけ。ただ、時間が欲しいだけ。それを受け入れられるまで、待っていてほしいだけ。

だって、ねぇ、なんでみんなは、簡単に受け入れられるの？

与えられたものを、そういうものなんだって、そうすればいいんだって、なんで簡単に受け入れられる？　なんで、私はそうできないの？

数日後、今度こそ何とかしようと、鍵盤ハーモニカに挑んだ私だったけど……先生たちも喜んでくれたけれど、でも、またしても私は、癇癪をおこしてしまった。

『息を吸いながら弾く』がどうしてもできない。頑張っているのに、できない。

息を吹き込むことに集中すると、指をどうすればいいか分からなくなる。指に気を取られていると、息を吸うことを忘れる。吸いながらは弾けないから、息継ぎをしなければいけないけれど、どうやったら息継ぎができるのかが、分からない。指を言われたとおりに動かそうにも、動かない。

※一次障害：二つ以上のことを同時にできない

何もできないクセに、プライドだけは人一倍高かった私は、人前で『できない』自分を晒《さら》すことが死ぬほど嫌でたまらず、またも号泣しながらパニックを起こしてしまった。

私は叫んだ。鍵盤ハーモニカを投げて、怒りを露《あらわ》にした。ワンワン泣きじゃくった。どうしたらいいのか分からなかった。どうしてできないのかが、分からなかった。

思ったようにできないこと。それは、子供にとっては当たり前のこと。でも、私は人一倍、思ったようにできなかった。

小さくても、心だけは一丁前。私の心の中には、すでに劣等感が芽生え始めていた。

※自閉症スペクトラム障害（ＡＳＤ）の二次障害：適切な対応を受けないことにより、劣等感や自己評価の低下、不安感に苛《さいな》まれるようになり、情緒不安定になりやすくなる

そんな中、子供たちは、気付き始めていた。私の**『何か』が、自分たちとは違うようだと**。先生たちも、気付き始めていた。この子は**『何か』が他の子とは違うようだと**。……けれど、それでも具体的に、何か異常があるなんて、思わないものなのだろう。

当時の私は『躾《しつけ》のなっていない、わがままな子供』という立場に、日々甘んじているしか、なかったんだった。

ある日、先生が「ほら、ここらちゃん、みんなと遊んだら？」と私に声をかけてきた。

……なんでだろう？　その言葉が不思議だった。私はいつもみんなと遊んでいるのに……いつも同じ場所にいて、私が遊んでいる隣で他の子も遊んでいる。ちゃんとみんなと遊んでいるじゃない。

著者註　「自閉症スペクトラム障害（ASD）の二次障害」とは、障害を理解されず不適切な対応を続けられた結果、劣等感やストレスなどの心理的要因から子供たちが陥る非社会的行動や不登校、自傷行為や引きこもりなどの問題行動のこと。内容は多岐にわたる。それらが高じると鬱や不眠、統合失調症、強迫性障害や拒食症など重度の精神疾患に発展することも多い。以下、「自閉症スペクトラム障害の二次障害」は「二次障害」とする

私にとっては、それが『みんなで遊ぶ』ということ。同じ空間で、まったく別々にであっても、同じ『遊び』に分類されることをやっている人がいれば、それは『一緒に』やっていると言えるんだと思っていた。もちろん、普通の感覚で考えれば、それは違う。園の先生もそういうことが言いたかったのだが、私はそんなことすら、分かっていない。

「じゃあ、みんなで追いかけっこしよか。なっ」

そう言われて、ああ、いいよと、追いかけっこを始めてみるが、それがまた大混乱の始まりになる。とりあえず、先生に「走って！」と言われ、わけも分からず走り出したが、オニが追いかけてきて不意に肩を叩いた瞬間、私は大爆発した。

「**なんでさわった！**」大声で叫ぶ。怒りが、後から後から湧いてくる。

「えー、だって、さわらなあかんねやんか」

「**さわるなー！　さわったらあかんの！**」

「だって、そんなん、おにごっこできひん！」

「**きもちわるいんや！　さわるな！**」

「そんないいかたないやろ！　あやまりぃやー!!」

「**うるさーい!!**」

私の身体感覚は、突如『触れられた』という事実に過剰反応していた。突然触られたうえ、子供同士の追いかけっこで、それが叩かれる感覚に近かったのも、私の怒りと混乱に火をつけた理由だったのかもしれない。

……しかし、パニックの理由は、実は他にもあった。なんと私は五歳でありながら、いまだに『追いかけっこ』の正しいルールを理解できていなかったのだ。いや、『鬼ごっこ』と言われていればよかった。『鬼ごっこ』ならオニに追いかけられて逃げる、触られたら交代、と、何となく分かる。でもその時先生に言われたのは、『追いかけっこ』であって、『鬼ごっこ』ではなかった。私の中で、鬼ごっこと追いかけっこは、同じものであると認識されていなかったのだ。

※一次障害：ゲームや遊びのルールが分からない。融通が利かない

保育園では基本的に『鬼ごっこ』は『鬼ごっこ』だった。たまに『追いかけっこ』ということもあったかもしれないが、私はそれをうまく理解していなかった。そして、別に理解しようとしていなかろうと、何とかなったのが保育園だ。

しかし、幼稚園児で五歳児ともなると、みんなすでに『鬼ごっこ』も『追いかけっこ』も、始めたなら最後までやるべき『ゲーム』であると理解していた。もっと言えば『けいどろ』や『影踏み鬼』などの難しい遊びも、他の子供たちはちゃんと理解していたのだ。飽きたからと言って自分勝手にやめていいわけではないのだと。でも……私にはまったく別世界の話。

こっちは追いかけるだけだと思っていた『追いかけっこ』で、突然ポンと触られたものだから大混乱していた。相手の子は『追いかけっこ』と『鬼ごっこ』は同じものだと理解しているし、触らなければいけないから触ったのだが、突然私が怒り狂って非難したので、驚いて、大声を出したのだ。だ

が、その声を聞いて、私は余計パニックになってしまった。ワーワー言う声に、特に、自分に対して激しい口調で言われることに耐えられない。突然の物音や、大声に驚き、毎日当たり前のように錯乱状態になってしまう。

「ここらちゃん、どないしたん!?」

先生や他の子供たちが、駆け寄ってくる。

「せんせい、ここらちゃん、あかんねん！　**タッチしたのに、オニやりたないとかいう！**」

タッチした女の子が、ふくれっ面で訴えた。

「え、そんなん、ここらちゃん、わがままやん！　ちゃんとやらなあかんやんか〜！」

「あやまりぃや〜！」

!?　私は仰天した。「オニやりたないとかいう！」とその子は叫んだが、オニをやりたくないなんて、私は一言も言っていないのだ。

しかしその子は、私がオニをやりたくないがために「触られたくなかった」と言い訳をしていると邪推したらしい。私は混乱し、自分が伝えたいこともうまく言葉にできず、とうとう不安から金切り声をあげ、叫びだしてしまった。この居心地悪く私を苦しめるひどく混乱した感覚から、一刻も早く抜け出したかったのだ。でも、誰も助けてくれない。むしろ私を苦しめようとする。

「**あかんの！　そんなことしたらあかんのやろ!!　もう、みんなうるさい!!**」

私は何人もの声に負けないように、必死に大声で怒鳴った。

「ここらちゃん、うるさいやないよ!!　そんな言い方したらあかん！　みんなに謝らなあかんで!! ちゃんと謝りなさい!!」

先生が強く言う。そして、それが、致命傷になった。私は滅茶苦茶に泣き叫んだ。

私は、ただ、怖かった。何もかもが怖かった。ルールの分からないゲームも、突然騒ぎ出す子供たちも、触られて、怖くて不快でたまらない時に、一気に畳みかけるようにみんなからワーワーと捲《まく》し立てられることも、ただ怖くてたまらなかった。

一事が万事、そんな状態……ある時は手をつないで踊りましょうと言われたが、リズムに合わせて隣の子が無理矢理、私の手を上げ下げする不快感と恐怖に耐えられず、その手に噛みついて逃げようとしたこともある。

園児全員がきゃあきゃあと楽しそうに興じる遊びから、一人怖がって泣き叫び、人の手に噛みついてまで逃げる姿は、きっと異様だったに違いない。園の隅っこで蹲《うずくま》りメソメソと泣き続ける私を見て、決定的なものを先生たちは感じたようだった。つまり『**この子の何かがおかしい**』と。

その決定的な違和感を感じとったのは、先生だけではなかった。

園児たちも、当然のことなのだろうか、私から離れていった。

人と、折り合いをつけて、あなたと私にいいようにやっていきましょうと、折半《せっぱん》することができないのだ。近づけば近づくほど、子供たちは避けていった。そして、距離を縮めようと努力すればするほど生じる軋轢《あつれき》に私はさらに混乱し、異常な行動をとることが多くなっていった。

まるで小さな怪獣のようだった。みんなが私を怖がり、側に近よらなくなるのは、むしろ当然と言えたかもしれない。普通に考えれば何でもないところで突如として怒り出し、暴れだし、人が傷つくようなことを平気で言ったり、したりした。暴れて物を投げた。感情がコントロールできず、すぐ泣いたり、拗《す》ねたり、叫んだりして、いつまでもぐずって、言うことを聞かなかった。自分勝手に動き回り、他の子供たちを邪魔し、叱れば、また泣いて暴れる。そんな小さな怪獣に、みんなが手を焼いていた。小さな怪獣に、みんな困り果てていた。

だけど、小さな怪獣の中に大きな大きな怪物がいて、そいつが暴れるせいで小さな怪獣が暴れていることは、誰も知らなかった。

私は、いつ襲い掛かってくるか分からない、大きくて恐ろしい怪物から、毎日死に物狂いで逃げ惑っていた。怖くてたまらず、なんとか蹴散《けち》らしてやれ、と、必死に振り回す腕が友達の肩に当たり、顔に当たり、あたりかまわず投げたものが人に当たり、人を傷つけていた。

私は、誰より怖かった。自分の中の大きな怪物に飲み込まれないようにするだけで、精一杯だった。だけど飲み込まれないようにと頑張れば頑張るほど、助けを求めたい周りの人間はいなくなってしまうのだ。

いつの間にか私の中で、『幼稚園』という、他人と関わらなければいけない空間が苦痛でたまらなくなってしまった。憧れていたはずの『幼稚園生』という偶像のメッキもあっという間に剝がれ、見苦しい現実だけが横たわっていた。——どこまで行っても問題児だという現実だけが。

そしてこの頃には先生の制止も聞かず、勝手に園庭に出たり、みんなと同じ行動をとらなくなっていた。

私は誰もいない園の運動場をフラフラと歩いては、わずかに生えた雑草を眺めたり、遊具の塗料が錆《さ》びてはがれてできた、無作為で魅力的な模様を、ずーっと眺めたりして物思いに耽《ふけ》る。そうするととても気持ちが落ち着いて、ようやく喧騒《けんそう》から離れてホッとできるのだ。

ぼんやりしていて外の世界の理屈はてんで分かっていないクセに、小難しく物事の理論や成り立ちや、あり方を考えることは、私の大好きな『遊び』の一つだった。

覚えることじゃなく、私は、考えたり発想したりすることがしたかった。そういうことのほうが好きだった。だから一人でずっと考え事をしていることが多くなった。考えることが、楽しかった。月はなんで落ちてこないのか、風はどこから吹くのか、そんなことばかり考えていた。そして、風と話ができたらいいのにとか、水たまりの中に魚が住んでいればいいのにとか、魔法が使えればいいのにとか、いろんなことを想像して、一人で遊ぶようになっていった。頭の中では、私は自由だ。どこにでも行ける。何でも、できる。

一人でいろんな空想をしたり、その中にどっぷりと浸って遊ぶ。それが私の中で『一番楽しい遊び』になり、外の世界と私とを隔てる大きな囲いになった。

※一次障害：ひとりで自分の世界（ファンタジー）にふけることが多く、一定のパターン化された空想やファンタジーに没入する

私は一人でいる時にニコニコ笑っている事が多くなり、そういう時だけ静かに穏やかに過ごすようになった。

『囲い』の中は、私の平安。私の安らぎ。その中には私と『私にとってのリアルな世界』が果てしなく広がっている。風も歌うし、水も歌う。火は遊び、虹が香る。

外の冷たく、見せかけだけの思わせぶりな世界に対して、私の世界は豊満で柔らかく鮮やかで、私のすべてを包み込んでくれていたのだ。

幻覚

夏のことだったと思う。幼稚園で、夜、キャンプファイアーが行われた。お泊まり会か何かだったのだと思う。

覚えているのは真っ暗な空へ向かって、目が醒《さ》めるようなオレンジ色の炎が、火の粉《こ》と灰を巻き上げながら高く高く、舞い上がっていく様子。そして、オレンジ色の炎に照らされて子供たちが元気な声で歌い、踊っていたこと。何かの映画の影響か、みんながインデアンのまねをして口元を手で叩き「アワワワワワワ」と声をあげながら、飛び跳ねていた。

そんな時、広場の片隅に子供たちが集まっているのを見つけた。数人が蹲《うずくま》って、何かをしている……何かを見ている？

「なにしてるの？」

声をかけると、

「ヒヨコ。ヒヨコがおんねん」

と返事が返ってきた。

え。ヒヨコ？

覗《のぞ》き込むと、まっ黒に煤《すす》けた輪郭が、チロリチロリと空を舐《な》め上げる、オレンジ色の炎で照らし出されていた。埃《ほこり》まみれで薄べったくなり、地面とほとんど一体となったその姿は、くちばしと、鳥類特有のか細い脚が突き出していなければ、ヒヨコ「だった」とは分からないほどの姿だった。

「え、いきてるの？　そのこ、いきてるの？」

「わかんない。うごかへん」

「しんでるんやない？　あっちいこうよ」

「えー、いきてたらどうするん！」

「そうやでー！　いきてたら、かわいそうやんか」

「かってにころすなや！」

まだ、五、六歳の子供たち。死の概念ははっきりとはなく、非日常的な瞬間に、突如として現れた『ヒヨコ』に戸惑い、生死の判別ができずにいた。もしかしたら、生きていてほしいという思いが強かったのかもしれない。どう考えても、命を宿しているとは思えない姿にも、「もしかしたら」と諦めることができなかった。

「うごかへん……びょうきかな？」

「え、びょうき？」

「だいじょうぶかな？　せんせい、よんでこうか？」

「ようちえんで、かえへんかな？」

「え、なにー？　ヒヨコいてんの？」

「おまえ、おすなや！」

どんどん子供たちが集まってきて、あまりの騒がしさに、そこにいた誰かが叫んだ。

「みんな、ワーワーいったら、ヒヨコ、かわいそうやろ！　うるさいよ！」

子供たちが少し黙った。このかわいそうな『ヒヨコ』を、どうしてあげればいいか、おそらくその場にいた子供たち全員が考えていたのだ。

誰かが一人、おずおずと手を伸ばした。そして、まだ、ほんの少しだけ柔らかさの残った『ヒヨコ』の羽毛を、そっと撫でた。本当に優しく、小さな手を伸ばし、そっと撫でたのだ。私は息を飲んだ。なぜかその瞬間が、とても神聖で尊いもののように感じたのだ。

それを見た他の子供たちも、そこから何かの儀式みたいに、代わる代わる手を伸ばし、まるで自分たちの力を注ごうとするように優しく、優しく『ヒヨコ』の背中をなでた。すごく空気が静かになって、穏やかになった。静かな教会の中みたいだった。まるで美しい絵をぼーっと眺めるような気持ちで、私はその光景にただ見入っていた。『何か』が私の目を引き付けていた。今この場所に感じる『何か』は、今まで生きてきた中で感じたことのないものだった。こんな姿になっても、子供たちは「生きていてほしい、生きていてくれたら」と祈っているのだ。

そして私も、ヒヨコに手を伸ばした。とても厳粛《げんしゅく》な気持ちで、手を触れた。だけど、枯れ草や埃にまみれた羽毛の下の、ひどくやつれた『ヒヨコ』の体に手が触れた瞬間、例えようのない切なさに襲われた。

『ヒヨコ』は、もう、きっと、目を覚まさないんだろうなと思ったのだ。こんなに生きていてほしいと思っているのに、この『ヒヨコ』が起きてくれることは、恐らくもう、決してないのだ。

そして、誰かがその埃まみれの『ヒヨコ』を、手に掬《すく》い上げた。

「みんな、なにしてるんー？　こっちおいでー」

ちょうどその時、先生がのんきな声をあげながら、私たちの方へ近づいてきた。

「あ！　せんせい！　ねぇ！　ヒヨコいてる！」

誰かが元気よく叫ぶ。

「えっ？　ヒヨコ？」

先生は驚いたように声を上げ、そして誰かの手の中にいた『ヒヨコ』を見て、もっと驚いたように声を上げた。

「**うわーーーーー！**　あかん！　あかんて！　もうぅ……」そう言うと、明らかにうろたえながら、

「ほら、もうね、ヒヨコさん……あのー、死んでんねん。……もうね、ここに、置いといたりぃ」

先生は、無い言葉を選ぶように、でも、サラッと言ってのけた。

一瞬の沈黙。祈りは、無残に砕かれてしまったのだ。

「あ、あ、やっぱしんでんねや。やっぱり……やっぱりなー！」

無理に明るく振る舞うように、誰かが声を張り上げた。

「せんせい、ヒヨコ、しんでんの?」

すがるようにまた、誰かが言う。

「そう……そうやな。そうなん。もう触ったらあかんで」

ヒヨコを持った子に、地面に戻すよう促しながら、先生は上《うわ》の空《そら》だ。どうやったら子供たちを『ここ』から引き離せるのか、考えあぐねているようだった。

「でも、じゃあせんせい、うめたらなあかんやん。かわいそうやもん」

優しい子が訴えた。でも、先生は、子供たちをキャンプファイアーに戻すことで精いっぱいだ。

「いやいや! もうね、もうだめ。触ったらあかん」

「なんでぇ? こんなとこ、ふまれちゃうよ!」

また手を伸ばそうとする子供に、先生が堪《こら》えきれず、一言言った。

「あー! もう! あかんて! 汚いから!!」

「**汚いから!!**」その言葉がひどく私を打ちのめした。

汚い? このヒヨコのこと? ……**汚い??**

なんてこと! 汚いって!! 私は信じられないほどひどく動揺していた。ショックを隠し切れなかった。

先生、ひどい。すごくひどい。ヒヨコが、かわいそう。生きてたらかわいがらなあかんとか、大事にせなあかんとか言うのに、死んだら、汚いって。そんなのひどい。このヒヨコだって生きてたのに。死んだらもう汚いものなの？

私も死んだら「汚い」って言われるん？

先生、そんなのおかしい。

そう強く思った瞬間に、とんでもないことが起きた。突然、私の目の前に広がる地面すべてが、

——屍《しかばね》に、埋め尽くされて見えたのだ——

何が起こったか、分からない。すべての地面が、死体・死体・死体。とにかく死体だらけ。それは人間のもの、動物のもの、虫のもの、植物のもの、とにかく、ありとあらゆる『死』が積み重ねられている。

突然『ないはずのもの』が見えたことに驚いているのに、それに対して忌諱《きい》や恐怖はなく、ただ、そこにある死の姿が、とても当たり前のもののように思えて、なんだか不思議な感じがした。

そして、私の頭、もしくは心の『どこか違うところ』が高速で動き始めた。心がとても静かになり、どこか深いところから、すごく強い『想い』のようなものが、湧き上がってくる。


——先生、この間ね、テレビで言ってたの。「生き物は死んだら土に還《かえ》る」って。死んだら、みんな土になるんだよ。だからね、土はね、死んだ生き物からできてるんだって。木も草も牛も猫もヒヨコも、死んだらみんな、土になるんだよ。足元はね。死んだ生き物たちでいっぱいなの。

死んだ生き物は、下にいてね。でも、下から、私たちを支えてくれているんだよ。死んだ生き物が、生きている人たちを支えているの。死んだ人たちが支えてくれているから、私たち、今、生きて

いけるんだよ。

だから、そんなこと言っちゃいけないの。

——死んでいても、生きていても、命は、とても、尊いんだよ——

不思議な感覚に包まれていた。目の前には相変わらずたくさんの死体の山が見えていたが、薄ら暗いものは感じず、ただ、命は命の上に成り立っているんだと感じた。私がこうして今生きているのは昔、死んだ人が、生き物が、今、確かに私を支えてくれているからなんだと、確信に近いものを感じていた。うまく言葉にはできないが、感謝や感動に近いものが静かに胸の中に流れていた。

「ここらちゃん、ほら、戻ろー。ほら、キャンプファイアー、綺麗《きれい》やでー」

気が付くと、火が燃えていた。舌なめずりする炎は空を飲み込もうと、相変わらず無駄な努力を続けている。今までまったく別の世界にいたような気分だった。全身の感覚が全開になったような、あの不思議な感覚が、少しずつ消えていった。

先生も、子供たちの心をヒヨコから引き離そうと、無駄な努力を続けている。

「ほらー、火、すごいねー。綺麗やねー」先生が言った。

……先生、変なの。どっちなの？　冷めた視線で先生をそっと睨《にら》み付ける。ヒヨコも死んでいたけど、今燃えている木だって、死んでいるのに。木は綺麗でヒヨコは汚いの？　同じなのに。生きて、死んだものに、変わりないのに。

先生が火に近づいていくその姿に、さっきのたくさんの屍の映像が被《かぶ》さって見えた。

……なぁ、先生。地面は、死んだ人たちでできてるんやって。先生が汚いって言った、死んだ生き物で、できてんねんて。

死んだ生き物たち、汚いとかいうんやったら、もう、地面踏まんかったらええねん。

とても冷ややかに、心の中で呟《つぶや》いた。

その時の私は当時よくあった、動物番組や自然を特集したような番組が大好きで、おそらくそこから形成された観念、信じ込んだ世界観が、頭の中にできあがっていたのだろうと思う。そう考える以外、説明のしようがないから。

それからも不思議な感覚に陥ることがあり、大抵はないはずの匂いを感じたり、映像が見えたり、感覚を感じたり、聞こえないはずの音を聞いたりということが、しばしば起こった。そしてそれらは、通常であれば幻聴・幻覚と呼ばれ、どちらかというと精神や肉体に悪影響を及ぼすものになるはずだが、私にとってはむしろその逆で、後々私にとっては必要不可欠と言ってもいい『存在』になっていったんだった。

……だけどこの頃はまだ、ふらりふらりと顕《あらわ》れる、その不思議な出来事の輪郭《りんかく》をなぞっては、さっきのあれは何だったんだろうと首をかしげ、そして、そんな不可思議な出来事もすぐに忘れてしまい、私は相変わらず的外れな行動ばかりの問題児で、日常の喧騒《けんそう》に振り回されていたんだった。

その他、卒園まで

不思議で謎めいた体験は心のどこかに置き去りにしたまま、私の日常は相変わらず人との距離感が摑めないまま。

幼稚園での生活は、毎日波乱に富んでいた。相変わらず友達はできず、一部の先生には煙たがられ、怒られてばかりいて、あまりにも度が過ぎて怒るを通り越し、ほとほと心配されたりした。

それでも、一部の先生は、一風変わったへんてこな女の子を愛してくれた。特に一人の先生は、家族からあまり構われるという経験がなかった私に、突然豹変《ひょうへん》することもなく、プチッとなってヒステリックに怒鳴りだすこともなく、私がすることを馬鹿にしたり笑ったりすることもなく、辛抱強く私と関わろうとしてくれていた。

今でも、ありがたかったなぁと思う。残念ながら、具体的に何をしたとかは思い出せないけれど、どちらかというと好きな先生だったことは、覚えている。本当に、よくしてもらった。そして、その他の先生たちも、園長先生も、別に私を嫌って邪険に扱っていたわけじゃない。

誰も、知らなかったのだ。
誰も、正しい知識を持っていなかった。
誰も、何も知らなかったのだ。

そんな中で、みんな本当にいろいろご苦労もあったと思う。とても大変だったと思う。それでも必死に、私の面倒を見てくれたことに、感謝している。

まぁ、一番大変だったのは、他の誰でもなく、私だけどね。

いちねんせいになったら
いちねんせいになったら
ともだち　ひゃくにん　できるかな

童謡『一年生になったら』

第2章

スズモト

はじまり と やらかし

アブラナ、桜、チューリップ。　花は咲き乱れ、四月。

私はこの春の良き日に、巨大な『収容所』そっくりの、小学校へと足を踏み入れた。

ここから、私の長い長い六年が始まったのだ。長い長い、六年間の『収容所』生活が。

そして、その六年の中でも最悪の一年が、これから始まろうとしているところなのだ。


新一年生は廊下に集められていた。それは、入学式の直後のことだったろうか。

廊下は驚くほど光にあふれていた。その光があまりにも美しくて、蕩《とろ》けてしまいそうに見とれ、ボーッとしていた私は、ざわめき立つ子供たちの声を聞いてようやく我に返った。

あまりにも、教員たちが来ないのだ。そのうち立ち上がってウロつく子供たちも出てきた。私もつられて立ち上がりフラフラ歩き出すと、廊下の隅に集まりコソコソと話す大人の群れを見つけた。

「あかんってぇ、一人増えたら……もう……どないしよか」

「割り、変えるしかないでしょうね。でも時間……大丈夫ですかね??」

「大丈夫って……大丈夫ちゃいますけど、割り直さなしゃーないやろ……」

こんな内容だったろうか。


L字に曲がった校舎の、長い辺の二階、端っこの方。そこが一のDの教室だった。廊下の窓のすぐ下には飼育小屋があった。鶏や、ウサギがいた。

部屋中を見渡し、私はその不思議に戸惑っていた。いろんな匂いがして、いろんなものが置いてある。かけたてのワックスの匂い。古びたペンキの香り。雑巾で拭かれたラインの入っている、緑色なのに『黒板』という名の巨大なボード。床に張られた木のタイルは、寄木《よせぎ》の小市松模様。色とりどりで、眺めていてもまったく飽きる事はない。そして、部屋から溢れんばかりの机の山。

ここが『教室』。

教室の中は騒がしかった。何せ、この間まで幼稚園児だった子供たちでごった返しているのだから、騒々しくないわけがない。先生が来るまでの間、教室はさながら動物園だ。私は誰の顔も分からず、ただわけの分からない不安でいっぱいに満たされたまま、椅子に座って足元を見ていた。新品の上履きが、気持ち悪くて仕方なかった。家で練習していたけれど、改めて履くとやっぱり気持ちが悪くて泣きそうだった。

ようやく教室に、女性教諭がやってきた。私はてっきり、先日の入学式で見かけた先生なのだと思っていたが、しかし、家で母に言われていた先生の名前とは違う。

この女の人は、いったい誰だ？

女性教諭は簡単な挨拶《あいさつ》をし始めた。しかし、私の耳にはもうすでに、そんなものは届いていない。教室中に溢れる見慣れないいろんなものが、キラキラと魅惑的に光って私を誘っているのだ。ああ、立ち上がって、窓に沿って張られている、あの手すりに触ってみたいな。

そんなことを考えていると、ふと、気になる声が背後から聞こえてきた。

「うわ〜っ。くろ〜〜〜い！　なー。すっごいくろいなぁ」

「ほんまや〜。え？　なにじんかなぁ？」

「コクジンさんちがう？」

「あー、ほんまや。コクジンさんや」

子供たちが、声を押し殺してクスクス笑う。

？？？

途中から聞いたので、意味は分からなかった。この子たち、何を話しているんだろう？　よくは分からないが、どうやら、何か〝面白い話〟をしているようだ。

「なに？　コクジンさんって、なに？」

すぐ側で笑っていた男の子に声をかけると、その男の子は、前のほうを小さく指さし、

「だって、アノヒト」

と、小声で呟いた。そこには浅黒い肌をした、背の低い例の『女性教諭』が、相変わらず話をしている。

「え？　あの人が、なに？」

「すごいはだのいろ、くろぉ（黒く）ない？」

よく分からない私は、よく分からないまま、相槌《あいづち》を打つ。すると、男の子は得意そうな顔をし、

「あのひと、せんせいやって。ねっ、コクジンさん」と、一言、返した。

「？？？　……コクジンさん？　だから、コクジンさんって、なに？」

私がまた尋ねると、察しが悪いなあというように、

「もう。だってさ、いろ、くろいやろ。コクジンさんやん。……コ・ク・ジ・ン・さん！　いろのくろい、ガイコクじんやって」とフン、と言い放った。

え〜、ガイコク人？　**外国人！！？**

当時の日本には、今ほど海外からの人間はいなかった。うちの周りは特に田舎だったから、幼い時に外国人を見た記憶なんてものはない。えー、その外国人が、今、目の前にいるの!?

「**え〜!!　コクジンさん!?　あのひと、コクジンさんなん!?　わたしたちのクラス、コクジンさんがせんせいなん!?**」

私は大声で言った。慌てて「シー！」と制止する男の子の動作は、理解できなかった。

シーン

周りにいた子供たちが一斉にこっちを見た。そこにいた、その女性教諭も。

世界から音が消えていた。

しかし、そんなことに気付きもしない私は、その男の子や同じようにひそひそ話をしていた子供たちが「ヤバイ！」という顔をして俯《うつむ》いたことにも気付かず、いろんな疑問を、その子にぶつけ続けた。

教室中が物音ひとつ立てようとしない。……ただ騒々しく捲《まく》し立てる私と、もう一人、音もなく奇妙な圧迫感を発する者がいる以外は、息を潜め、事の顚末《てんまつ》を見守るに徹している。

たった、それだけ。

たったそれだけのことが、その後の私の人生を、大きく変えてしまった。

目の前に立つ、その『女性教諭』が、ひどくギラついた目で私を見ていることには、まったく気付いていていなかった。

そして、地獄が始まろうとしていることに気付きもしない私は、突然静寂に包まれた原因が何なのか分からず、その変化に驚いたが、やがて静かなほうが落ち着くんだったと思い出し、これでようやく安心できると、上機嫌なのだった。


私たちの学年は、本当は四クラス編成になるはずだった。四クラスにするのにギリギリの人数で、あと一人増えれば、五クラス編成にしなければならないのだ。しかし、その年は児童の転入・転出が多く、教員たちにすら、最後まで何クラスになるか分からない状態が続いたという。——やがて、教員全員が、四クラスで大丈夫やったなーと油断しきっていた入学式当日、嬉しくない大・どんでん返し。最後の最後に、当日に、一人転入してくることが決まってしまったのだ。たった一人。でも、それによって、急遽《きゅうきょ》クラスの再編成が必要になり、クラスは、五クラスまで出来たのだ。

もしも、転入生が来なかったら……。もしも、あと一日遅く来ていれば……。今でも時々、考える。本当なら私は、Cクラスに入るはずだったのだ。しかし、一人転入してきたことでクラスの再編成が必要となり、クラスは一クラス増え、私は、Dクラスに入ることになった。もし、その子が入学式当日に飛び込んでこなければ、Dクラスに入ることはなかった。Dクラスに入り、あの女、鈴本が担任になることもなかった。

そして、鈴本自体が私の目の前に現れることもなかったのだ。

スズモト

鈴本は背が低く、筋肉質な体つきをした、二〇代後半から三〇代前半の女教師だった。その時代には珍しく未婚で、日に焼けた肌の体育会系の教師だった。その肌を見て子供たちは『コクジンさん』と言って、笑っていたのだ。本物の黒人と思っていたわけではなく、馬鹿にして嘲笑《あざわら》っていたのだが、もちろん私はそんなことに気付きもせず、ただ子供たちの『言葉』だけを聞いて、『言葉』を真に受けて、「コクジンさんなん!?」と叫んだのだった。

だけど執念深い鈴本は、その言葉を、決して聞き逃さなかった。

最初の頃、父兄は鈴本に騙《だま》された。言うことはもっともだったり、筋の通った内容だったりして一見よさげな教師に見えたからだ。しかし、自分に逆らう者には容赦しないと、その目線で子供たちを威圧し口をつぐませた。そうやって圧力で、人をコントロールする術《すべ》に長《た》けていた。

彼女が現れるとその学校、その学級で、いろんなことが起こったそうだ。後々、私の母親の耳にまで、その噂《うわさ》は伝わってきた。

〝子供の様子が、なんやおかしなったらしい〟

〝〇〇っていう子、登校拒否になったんやて（当時は不登校という言葉はまだない）〟

〝子供の話を聞いてたら、あの先生、どうもやっていることがおかしいみたいや〟

〝暴力が……〟

人から人へと伝わる話には、尾ひれがついたものも多いが、鈴本の話の場合、そのほとんどが事実だったのだと思う。なぜなら私自身がこの目で見、この耳で聞き、この体で体験したから……

鈴本は、もしかしたら当時でも、『危険な人間』だと、学校や教育委員会で認識されていたのかもしれない。なぜなら一般教員であり年齢的にも若く、管理職でもないのに、その前にいた学校では、クラスを持っていなかったというから。こいつを担任にしてはいけないという『何か』が、あったのではと思う。……しかし、だからこそ私たちの学校で突然の転入生が出て、クラスが一クラス増え、教員が一人足らへん！　と大騒ぎになった時、どのクラスも担当していないお手すきの彼女が、真っ先に臨時の派遣教員候補に挙がったのは、当然と言えば当然だった。

そして、鈴本は私の前に現れた。

もしクラスが増えていなければ、もし、その子が来ていなければ……

今となっては、もう、誰なのかも分からない『転入生』。君がいなければ、私の小学一年生は、もう少し違うものになっていたかもしれない。

君が来なければ、君が、あとせめて一日遅く来ていたら……

とても、恨めしく思う。

——最初に鈴本に言われた言葉は、

「あなた、名前はなんていうん？」確か、そんな言葉だったろうか。

私は精一杯明るく、元気よく、お返事をした。

「はい！　しばざき　ここらです！」

柴崎心良、六歳。

何も分からないまま、晴れて小学一年生になった。

宣戦布告

数日経《た》った頃、ようやく子供たちが教室にも慣れ、落ち着いてきた時を見計らい、鈴本は言った。

「では皆さん、学校の中がどんなところか、いろいろ、見て回りましょう！　探検!!」

校内見学の日だったんだろう。

校内は大抵教室が並び、同じような作りだが、音楽室や調理室やプールが見えるとみんな興奮する。どこに行っても初めて見るものばかりだ。体育館がある特別棟には、図書館や理科室、図工室などがあり、空気がひんやりしていて薄暗い。ちょっぴり恐ろしくもあり、子供たちは少しざわつき、口々に何かと捲《まく》し立てる。……でも、私の場合、それどころではない。いろんな所をあっちゃこっちゃとウロつくものだから、気が気ではない。今どこにいるのか、どこへ向かっているのかも分からず、歩きながら混乱が募る。

※一次障害：初めてのところに抵抗がある

そして、フワフワ、オロオロ、ぼややんとしながら別のクラスとすれ違ったりするうちに、なんと私は、一人だけ迷子になってしまった。気付いたら他のクラスに紛れて説明を聞いていたのだ。

そのまま誰もいなくなってしまい、何をすればいいのかも分からず、最初は焦りと不安を感じていたが、廊下に差し込む〝光〟に気付いた瞬間に、そんなものは消え去ってしまった。

優しくて温かな光。細胞の中にまで光が沁《し》み込んできそう。なんて綺麗《きれい》……。そして気が付くと、光に誘われるように、私はフラフラと歩きだしていた。

とりあえずみんなを探そうとも思ったが、歩いているうちに一人で静かに歩くほうがよっぽど『探検』っぽいし、自分のペースで見たいものを見ることができると気付き、私は楽しくなって、あっちこっちとウロチョロしてみた。だんだんワクワクしてきて、跳ねるように私が歩き出した時、突然、後ろからけたたましく「**柴崎さん!!**」と叫ぶ声がした。

ビクッとして振り返ると、廊下の奥に、鈴本が立っていた。

小さい体に似合わない大股でズンズン近づいてくると、鈴本はものすごい形相《ぎょうそう》で私の腕をガッと掴み、強い口調で、

「**ちょっと、何やってんねん！　あんたは！**」と、すごんだ。

「わからん……。わからんくなって……」私はしどろもどろになりながら答える。

「……なぁ、あんたが勝手におらんくなったやろ。**まずごめんなさいやないの**」

「……？」

「『**ごめんなさい**』**は？**」

「え……でもね、せんせい……」

私も、どうしてはぐれちゃったか分かんないの。気付いたら他のクラスに紛れちゃって。ここどこ？　みんなはどこ？　どうしたら戻れるかなぁ？　そんなことを聞こうとしたその時、

「**でもねってなんやねん!!**」

鈴本が声を張り上げた。驚いた私は仰《の》け反《ぞ》るように身を引こうとしたが、腕を掴んでいた鈴本は振り回すように、自分の方に引き寄せた。

「『**でもね**』**ちゃうやろ。お前。謝れや。さっさと**」

私は混乱して何も言えなくなってしまった。睨み合ったまま、私たちは微動だにしなかった。

「……あんた、分かってんの。この前のこともやで」

「え……？」

「コクジンさんって、なんやねん。あんた言うたやろ。聞こえてないとでも思ったんか？　失礼やろ。……おい。**聞いてんの!?**」

気付いたら、私は震えていた。

「誰がコクジンか。言うてみぃ」

「……せんせい？」

私はいまだに、鈴本が何人《なにじん》かも、分かっていなかった。ただみんなの言うことを、鵜呑《うの》みにしたまま、家で「たんにんのせんせい、がいこくじんさんなんやって！」と母に言っても、「ふぅーん」というだけで、何も教えてはくれなかったのだ。

「なぁ」

鈴本は私の上腕を摑み、ギリギリと爪《つめ》を立てながら言う。

「なんでそんなこと、言うたん」

「……わかんない。みんないってた……せんせい、いたい……」声が震えた。

「みんなって誰。あんた以外言うてる子、見てないで。あんた謝れん上に嘘《うそ》つきなん？」

強く抗議しようとしたが、それ以上に強い目で、強い腕力で、食い込む爪で、鈴本は私を抑えつけていた。目が、怖い。気味の悪い正体不明の圧迫感を、鈴本は全身から発していた。『そういうこと』が分からないはずの私でさえ分かるほど、強力で空恐ろしい何かを、鈴本は持っていた。

……分かんない。よく分かんない。でも、私、この人、すごく怖い……

しばらくは無言のままの私を睨みつけていた鈴本だったが、

「**あー。もうあんた、決まったわ。あかんわ。あかん子や、あんた**」

そう言って、突然すっと立ち上がり、

「ほら！　もう戻るよ！　さっさと動く！　アホちゃう、この子」鈴本は言った。

気持ちの悪いものを感じながらも、何もなかったのだと、自分に言い聞かせる。途中、恐る恐る鈴本を見ると、さっきのことなど何もなかったように、今にも鼻歌を歌い出しそうな顔をしていた。

しかし、クラスの列に戻るなり、子供たちを前に、鈴本は声を張り上げた。

「みなさーん、ようやく柴崎さんが見つかりましたぁ。柴崎さんは突然、一人で勝手に列を飛び出して、みんなに迷惑をかけましたぁ。皆さんどう思いますかー？　いいことやと、思う人ー！」

シーン。

「じゃあ、悪いことやって思う人ー！」鈴本がサッと手を上に上げた。

合わせたかのように、子供たちの手がバーッと上に上がる。

「ほら」私は後ろからグイッと押されて、グラついた。

「……え？」

「え、じゃない。**さっさと言えや**」

「……なにを？」私には何がなんだかサッパリ、だ。

「〝何を？〟って何やねん。そんなことも分かれへんの？　あんたバカか」

「え、でもせんせい、なにを？」

混乱しながら、私はもう一度聞いた。

※一次障害：何に対して、いつのどんなことに対して、と言わなければ分からない。漠然とした『さっき』、『あの時の』や、間接的な表現では、相手の言いたいことが理解できない

「**さっきも言うたやろ！**」

「なに？　……なにが??」ホントに何も分からないまま、私は鈴本に聞き返した。

「**ええからさっさと謝れや!!　あんたホンマに頭足らんのと違う!?**」

あまりにも強い口調に、完全に思考が停止してしまった。黙り込んだ私に、鈴本がキレた。

「**早よぉ言えや!!**」

そして声と同時に頭に、強く響く衝撃。

鈴本が頭を思いっきり叩いたのだ。でも、何が起こったのか分からない。痛さと驚きと混乱で、わけが分からなくなった私は泣き出した。

それを見た鈴本が、一言言い放つ。

「……みんなどう思う？　柴崎さん、**泣けばいいと思ってるよ**。こういうの、どう思う？」

「……あかんと思う」誰かが言う。

「いけなーい」「ダメでーす！」「だめー!!」続々と声が上がる。

「でもね、**言われてもね、きっと分かんない子なんだね**。柴崎さんは。そういう子なんやろうと思います。仕方ないね」

そういうと鈴本は、私の服の襟元を乱暴に摑み、投げるように列へと押し込んだ。

「さあ、みんな、行こうか。**迷惑な人のせいで、遅くなってもうたからね**」

列は、静かに動き出す。頭に嫌な振動が、感触が残っていた。強く握られ、爪が食い込んだ腕は、まだヒリヒリと、か細い悲鳴を上げ続けていた。

プロレタリア

なんとか小学一年生の新生活が始まったが、私には常に困難が付き纏《まと》った。慣れないことがとにかく多すぎる。他の子供たちと仲良くすることは当たり前のようにままならず、同じように行動することもできない。授業に合わせて教科書を出すことすらできず、授業に集中することもできなかった。今は黙って話を聞かなきゃいけないということが分からず、なぜ話を聞く必要があるかも、分からない。

あんなことがあったにもかかわらず、私は脳が暴走するまま、自由奔放に鈴本の言葉の間に「なんでそんななるの？」「先生それおかしい」なんて平気で言ったり言葉の間に茶々を入れたりして、鈴本から強い反感を買っていた。鈴本のような人間が邪魔をされた時、どんな反応を示し、その後どんなことをしてくるかを想像する力は、持っていなかった。
※一次障害：未来を予測しどうなるかを考える想像力の欠如
もともと私は、好奇心が強く、いろんなものに興味を持ち、ちょこまかと動き回る性格。男の人は

苦手だが、どちらかというと人見知りもせず、誰にでも話しかけるような子供だった。

※一次障害：積極奇異型。ＡＳＤ児の行動パターンの一種。多動を伴い集団行動が著しく苦手で、離席やパニックなど問題行動が多い。養育者との緊張感のある関係や虐待的な環境で育ったものに多く見られるとも言われる。あまり自閉的に見えない

一部の大人にはその様子が自由奔放で明るく、屈託《くったく》のない子供と映り好かれることもあったが、相手が聞いていようと聞いていまいと、まったく意に介さずに話し続けたり、自分と相手の立場の違いも考えずに話しかけたりするところがあり、同年代の子供たちとは、当たり前だがうまく関わることができなかった。また、ＴＰＯを踏まえて行動することができない私は、『先生が話している時には静かにする』、『授業中は黙って話を聞く』、『とりあえず、座れ』という当たり前のルールを守ることすらできずにいた。……もう一つ言うなら、『相手に嫌われている時は近づくな』という鉄板ルールも、そのルールの存在自体に気付いていなかった。その結果、鈴本の覚えが悪くなってしまうのは当然と言えば当然だったろう。反感を買っていることにさえ気付かなかった私は、当初から鈴本に強く当たられることが多かった。しかし、それは彼女の特性が、ごく早いうちに現れたにすぎなかったのだと、後々知ることになる。

他の子供たちは当たり前だが、私よりずっと落ち着いていて、お行儀よく座ることもでき、話も黙って聞けて、前日に次の日の準備もできる、普通の子供たちだった。その中でも特別愛らしく聞き分けもよく、愛想のいい子供たちに対しては、鈴本は寛大で、失敗さえも笑って許す。その他の『普

通の』子供たちには気分次第。ひどく厳しく怒鳴り散らす時もあれば、笑って済ませる優しい教師になることもある。しばらくはそんな日々が続いた後、鈴本は徐々に本性を現していった。

鈴本は次第に『依怙《えこ》贔屓《ひいき》』するようになったのだ。

自分が気に入った子供はよく褒めたし、みんなに『お手本』にするように奨《すす》めた。そういう子供たちは、事実、おとなしくてかわいげもあって、人にうまく取り入れる『空気の読める子供』だったのだろう。でも、何かの拍子に鈴本に嫌われた子供は大変だ。数人を贔屓するのが好きなように、数人のターゲットを決めて攻撃するのも、鈴本の好きなことだった。それをクラス全員に見せつけることで、「こうなりたくなければ、私の言うことを聞け」と、暗に子供たちに迫っていたのだ。そして、その試みはうまくいった。残酷な話だがそれによって、クラスはまとまるようになっていった。数人の子供たちを犠牲に、クラスは表面的には機能していたのだ。だが、その『数人の子供たち』は、さんざんだった。ひどい叱責と、暴言と、時には暴力で、なかなか学校に来なくなる子もいた。さらに悪いことに、鈴本にターゲットにされた子供たちは、クラスの子供たちにもいじめられる運命にあった。

そうやって幾《いく》たびか波乱を繰り返した末、私たちのクラスは鈴本をトップに、子供たちが『上・中・下』のヒエラルキーの中で生きる、階級社会になった。

私がどこにいたのか……言う必要もないだろう。

最初から最後まで、私は鈴本の標的であり続けた。

私が持って生まれてしまったモノと鈴本の、何と相性の悪いこと。残念ながら、普通の教師でも音《ね》を上げるような『問題』を抱えて生まれた私は、動物的本能に従って生きる残酷な彼女に媚《こ》びることも、自身をよく見せることも知らず、また、じっとしていられず、余計なことばかり言い、彼女好みの『控えめで、愛らしく、おとなしくて聞き分けのいい、いい子』には程遠かった。

実際問題、私は混乱を生み出していた。授業中にもかかわらず、席を離れては歩き回り、授業に集中せず、教科書も出さずにボーッとしていたり、他の子に話しかけたり、突然、歌を歌いだしたりした。忘れ物も多かった。前日に、明日持っていくものの確認なんか、したことがなかったのだ（なぜそれをしなければならないかも、知らなかった）。怒られていることにも気付かず、馬鹿にされていることにも気付かず、鈴本に言い返すこともあった。それが鈴本にとっては余計に腹立たしかったのだろう。集中砲火はひどくなるばかりだった。

まだ入学して日も浅かった頃の授業中、私は色とりどりの花の形をしたおはじきを、夢中で机に並べて遊んでいた。赤や青や黄色、緑のカラフルなおはじきは宝石みたい。私はまるで夢見心地で、机の上に次々におはじきを並べ、瞬《まばた》きもせず、言うなりに並んでゆくその姿を眺めて、喜びと達成感に浸っていた。

それが算数の授業中ではなく、おはじきを並べる時でもないということにも気付かずに。

「〇〇〇〇、〇〇〇〇〇〇。〇〇〇〇〇〇〇〇〇〇〇〇」

何か聞こえた気がしたけど、私には分からなかった。一つのことに夢中になると、周りで何が起こっていても、気付かない。私は顔いっぱいに笑みを広げたまま、机の上のおはじきを無心に眺め、次の〝アレンジ〟に入ろうとしていた。しかし、突然、目の前に『手』が現れ、私の大事なおはじきを崩してしまったのだ。私は突然のことに気持ちをコントロールできなくなり、大声で泣き叫びなが

らその手を押しのけようと引っかいた。しかし、次の瞬間響いたのは、

「あんたが悪いんやろ!!」

という怒鳴り声と、手の上に思い切り叩きつけられた、何かの「ゴリッ」という、鈍い音と痛みだった。『手』が筆箱を、私の手に思いっきり振り下ろしていたのだ。私は机をガタガタ揺らし、頭を抱えて泣きじゃくった。

「あんた何!? キチガイか!! うるさいんや! 静かにしい!!」声は相変わらず叫ぶ。私は、わけも分からず混乱する。

「ほら、教科書出して!! ノート取れ!!」

無理矢理私の机の中から、教科書とノートを引っ張り出そうとするその『手』の暴挙に、私は必死に抵抗した。でも、次の瞬間、取り出されたノートが私の頭に振り下ろされ、怒鳴り声が響き、私は完全に混乱し、思考が停止した。

ただ、涙だけがあふれる中、また、声だけが響く。

「あんたな。キチガイ一人がみんなに迷惑かけるってなんやねん。そんなんなら学校来んでええねん。帰れや！」

学校生活の基礎がまったくなっていなくて、私は遅刻も日常茶飯事だった。むしろ定時に学校に着いたことのほうが数えるほどで、遅い時は一二時近くなってから学校へと到着するようなあり様だ。

小学校に上がると、普通は集団登校がある。何か起きたりしないように、上級生と一年生が一緒に

学校へ行くものだ。私の住んでいた地区でもそれはあった。なのに、私は毎回遅刻していた。

理由はというと、なんと、そもそも『集団登校自体に参加していなかった』からだった。

集団登校は、とにかく居心地が悪い。ザワつき、騒々しく歩くたくさんの上級生に囲まれ、学校に着くまでを過ごすことに、私は耐えられなかったのだ。

※一次障害：騒々しい環境に混乱する

上級生といっても、やはり小学生。とてもうるさく、予測不能で恐ろしい。最初の頃、上級生の女の子が危ないからと、私の手を握って歩こうとしたことに私はパニックを起こした。離してと言っても「ダメ！」とムキになって離そうとしない上級生の手を、私は振り切って猛ダッシュして怒られた。集団登校の子供たちの間でも、すぐに私は『何か変わった、扱いづらい下級生』となり、そしてそれからすぐ、私は集団登校に間に合わなくなったのだ。

しかし、一人で学校に行くようになってから、大きな謎が生まれた。なぜか、ギリギリに学校に着ける時間には家を出ているはずなのに、私は毎日のように遅刻大王だったのだ。それがいつも不思議でたまらない。本人には遅刻しているというつもりはなく、普通に歩いたら時間ギリギリの八時半には学校に着くはずなのに、着いてみると学校の大時計が一〇時を指していたりする。それを見た私は、あの時計はなんであんな時間を指しているんだろうと、不思議に思うのだ。

※一次障害：時間の感覚や概念を理解するのが難しく、どのぐらいのペースで何をやればよいのか分からない

学校に着くと気持ちは萎《しぼ》んでいく。時計の針を見て余計に気持ちが重くなる。鈴本は気分次第の人間で、さすがに何度も繰り返してきて、そこに何らかのパターンがあることには気付き始めていたが、残念ながら人の顔色を見る能力、それに臨機応変に対応していく能力は、私にはいまだ備わっていなかったのだ。

教室の扉をガラリと開けると、鈴本が教卓の前に立っていた。扉が開いた瞬間、こちらを見る。子供たちも、一斉にこちらに目を向ける。私はなぜいつもみんなでこっちを見るのだろうと思っていた。勉強していればいいのに。

「ランドセルおいて、すぐこっちに来なさい」鈴本の声が響く。

私は机に向かいランドセルの中身を取り出そうとしたが、鈴本の「ええから、全部おいてさっさと来る！」の声に、鈴本のところへと向かった。

バシッ!!

鈴本の手が頭にクリーンヒット。グラグラして、もう頭が回らない。

「何ノロノロ歩いてんねん。急げや」

鈴本は私の腕を摑んで、みんなの方を向かせると「そこ立っとけ」と、授業に戻った。

子供たちの目がこっちを見る。笑っている子、隣の子と話をしながらニヤニヤする子、いろいろだ。顔は相変わらず分からないが、口角が上がっていることは分かる。でも、なぜ笑っているのか、私には分からない。さらに言えば、今、なぜ立たされているのか、その意味も理解していない。

黒板を写していた男の子が、せわしなく頭を動かした挙げ句、顔をしかめて言い放つ。

「せんせいー。しばざきさんでみえませんー！」

小声で、アハハハ、と笑い声が聞こえる。

こっちをチラッと見ながら、

「ホンマやな。ちょっと、少しは考えたらええのに。みんなの迷惑や」

鈴本が言い放つ。

だけど私はどうしたらいいか分からず、そのまま微動だにしなかった。

「ああ、もう、めんどくさ。そんなことも分かれへんねや。あんた**ホンマに頭足りてへんなぁ!!**」

そう言って再び腕をグッと摑み、鈴本は出入り口に向かって、私を思い切りボンッと投げ飛ばした。体はハデに扉にぶつかって、扉のガラスが、ビリビリ音を立てた。


「**フラフラすんな！**」


つんざくような怒号が飛び、何もなかったかのように授業は再開し、私は立ったまま終業の時間を迎える。授業が終わると、いつものように鈴本が呼ぶ。

「なんで遅れたん？」

教師用の机に肘《ひじ》をつき斜に構える鈴本に、不安と恐ろしさを感じながらも、正直に「分からない」と答えた。それ以外、浮かばないのだから。

「分かれへんねや……自分で歩いてきたのに。なんで遅くなったかも分かれへんねや。なぁ？　ホンマ、あんたバカなん違う？　頭どうなってんの？　何が詰まってるん？」

鈴本の渾身《こんしん》の嫌味を、尋ねられていると思った私はおずおずと、

「……のう（脳）……？」

と答えた。


「だったらもっとましな行動せぇや！」


休憩時間に入っていたクラスが、一瞬で静まり返る。

「ねぇ」大きく息を吸い込み鈴本が言う。

「あんたね、叩かれても怒られても言うこと聞けないって、もうさぁ、**動物以下だよ。犬だっておん？　猿さんだって叩かれれば言うこと聞くんだよ。あんた、動物より下だよ。**分かる？　ねぇ。嫌やないん？　怒られたないとか思えへんの？　気を付けようと思わんわけ？」

「……おもう……」

「じゃ、なんで遅れるん？」

「わかれへん……」


バシッ!!

乾いた音が響いた。こめかみに強い力を感じた後、ジワリと熱がこもる。

「もういい。さっさと戻って。頭来るわ」鈴本が、突き放した。

とにかく叩かれ突き飛ばされ、大きな音で脅され、怒鳴り散らされる。そんなことが、毎日のように続く。

教室で他の子供たちとトラブルが起こったら、理由など聞きもせず、即座に私のせいと決めつけられる。気が付くと、すべて私が悪いことになっていた。周りの子供たちは自分をうまく正当化する術を持っていたが、私は持たず、鈴本にうまく取り入ることができず、クラスの子供たちがワァワァと捲《まく》し立て、鈴本にあることないこと言っているのを聞いても、頭の中をうまく整理できず、「それは違う、ウソだ」と、「本当は違うのだ」と、説明もできなかったからだ。そしてうまく言えず、私がパニックを起こし泣いてしまうと、また鈴本が「**自分のわがままを通そうとしている**」と言ってがなり立て、それでも気がすまなければ、叩いたり物を蹴って脅かしたりを繰り返した。

次第に調子に乗っていく子供たちは、私がパニックやヒステリーを起こし叫びだすのを見ては楽しみ、また鈴本に言いつけ、再び私が怒られるのを見ては心の中で舌を出す、品のない遊びに興じるようになっていった。

ある時、歌の歌詞が、うまく発音できていないと言って、みんなの前でひたすらバカにされながら、歌わされたことがあった。舌の筋肉をうまく動かせず、ろれつが回らないことを鈴本はやり玉に挙げ、「こんな簡単なこともできんで、恥ずかしくないん!? そんなん、幼稚園生でもできるで!? **みんな小学校一年生なのに、あんたまだ赤ちゃんかぁー?** ねぇ? **バブバブバブ〜〜〜**ってさ。

あんた、もう幼稚園からやり直してきたほうがええで。あー、〝赤ちゃん園〟やな？　ハハハハ！」

※一次障害：低緊張症。筋肉を適度に緊張させられない（力を入れられない）ため体を支えられず、姿勢が悪い・歩き方がぎこちない・発音が不自然などとして現れる。身体が柔らかいのが特徴

鈴本は〝赤ちゃん園〟の他にも、一年を通して「キチガイは牢屋に入れる」「知恵遅れ学校に入れる」と言い続けた。

〝赤ちゃん園〟とは、鈴本の言うところの、『私のような要領を得ない、頭のおかしい赤ん坊みたいな子供がたくさんいる、閉鎖的な気持ちの悪い場所』らしい。恐らく「知恵遅れ学校」と同じ意味だったのだろうと思う。

「あんたみたいに一日中、わけの分からん声あげて騒いでる子が腐るほどいてるわ。あんたにピッタリの場所やんか」鈴本は言った。私はそこに入れられるのが怖くて、必死に鈴本の言うことを聞こうとした。『一度入ったら出られない』と言われていたのもあり、私は何とかしてそんなところに行かされずに済むように〝自分〟に、私の言うことを聞かせようとしたのだ。決して、私の思いどおりにはならなかったとしても。しかし私が失敗すると、鈴本は笑顔を浮かべ、「あー、みんな、柴崎さんにもう、サヨナラゆっといたほうがええで。柴崎さん、明日から〝赤ちゃん園〟やからなぁ。挨拶ぐらいちゃんとしといたりぃ」と、ゴミを片付けましょうとでも言うかのように、クラス中に申し付けた。そして私に向き直ると「今日の夜にでも〝赤ちゃん園〟の人が、迎えに来るはずやで。あんた覚悟しといたほうがええんちゃう？」と吐き捨てた。

子供たちはあっという間に「柴崎は頭がおかしい。クラスの恥。〝赤ちゃん園〟に行け！　キチガ

イ!!」と毎日のように罵《ののし》るようになった。鈴本の使う言葉は、瞬く間に子供たちに感染する。私はクラスメイトから常に「バカ、キチガイ、あたまのおかしいやつ、ていのう（低能）」と言われるようになり、「しばざきとはなすとバカがうつる」からと、誰からも、口をきいてもらえなくなった。

鈴本がやる、事が事だけに、子供たちがそれを真似るようになるのも、時間の問題だった。そんな時、鈴本の視線は私以外の子供たちに向けられ、彼らの反応を見ていた。鈴本は子供たちに傷ついた人間を見て笑えと、常にその視線で強要していたのだ。

子供の時からできないことだらけの私には、それをあげつらって笑われることは『お前には一銭の価値もない』と言われているも同然だった。だからたびたび激昂し、最後は消えてしまいたくなった。必死に努力してもできないことを笑われ続ける中で、自分にも嘘をついて必死にごまかそうとする癖がついていた。しかし、ごまかそうにも小手先とも言えないちぐはぐなごまかし方しかできない私の、あらを探し、肉の柔らかいところを選んで、鈴本はどこまでも突いてくる。鋭くとがった残忍な欲求をナイフに、抉《えぐ》って晒《さら》して、笑いものにする。同じ船に乗り込んだ子供たちは、荒《すさ》んだゲームを楽しんでいた。いつの間にか目覚めた動物的な欲求が、彼らと鈴本を同じステージに立たせていた。

友達なんか、一人もいなかった。

毎日毎日、ほんの些細なほころびを見つけ、鈴本は責める。私はまるで四六時中、鈴本に見張られているようでどこにいても気が休まらない。怒鳴り声も恐ろしい形相も暴力も、頭に、体にこびりついたまま、いつまでも私を、じくじくと浸潤《しんじゅん》し続ける。それはやがて腐り化膿《かのう》し、全身に張り巡らされた血の道を辿って、隅々《すみずみ》へと広がっていくのだ。

その日も、私はボンヤリと窓の外を眺めていた。私は、自分でも呆《あき》れるぐらい集中力がないのだ。
※一次障害：ADHD（注意欠陥／多動性障害）を併存することがあり、一つのことに集中し続けることができない
勉強はとにかく苦手だった。さらに言えば、鈴本の怒鳴り声や暴力が怖かったのも手伝って、私は最初から、授業にまったく集中できていなかった。授業中でも油断すれば、鈴本の平手打ちや罵声《ばせい》が飛んでくる。いろんな理由から勉強に身が入らず、結果的に成績は最悪。小学校一年生にして、私は完全に落ちこぼれだった。

劣等感から来る苛立《いらだ》ちやストレスは、仕返しをすることもなく、私を震えあがらせることもないノートや教科書に向けられた。鉛筆でグチャグチャに塗りつぶしたり、ビリビリに破ったりするのだ。やってはいけないと思っていても、苛立ちや混乱から、気付くとやっている。私にとって、この頃の教科書やノートは勉強道具ではなく、溜《た》まりに溜まったストレスのはけ口でしかなかったのだ。そんなビリビリ、グチャグチャのノートが、今、まさに生み出されている最中に、鈴本はその〝製造過程〟を目撃した。本人が唖然《あぜん》とするほどのものだったのだから、驚かないわけはないのだろうが、その後の行動は教師として、どうだったのだろう。

「え、**何これ。え、え、え、ちょっといい？**　ちょっと貸してぇ」

教室中に聞こえるような声で、鈴本は半ば叫ぶと、私のノートを奪い取り、高く掲げた。

「見てー。柴崎さんのノート。**すごない？**」

教室中の児童たちに見えるように、ゆっくりとノートを回す。ビリビリのノートの紙が、破れてペ

ロンと垂れ下がっている。私は書いた文字も見えなくなるぐらい、黒い鉛筆でぐちゃぐちゃに線を引いていた。

「うわーきったな〜！」

一斉にドンヨリとした声が上がる。それこそ、鈴本の求めていたものだった。ザワつきながら、クラス中が笑う。

「え〜〜〜っなにあれ、よめへん！」

「ねー。汚いよねー。読めないよねー。なんやろなー、これー」鈴本が相槌を打つ。

「せんせいー。なにそれー。なにかいてあるんですか？」

まるで獲物を見つけた小型犬のように、爛々《らんらん》と目を輝かせながら、ある子が聞いた。

「先生も分っかれへん。こんな汚いノートの使い方しかできん子、見たことないもん（笑）。ねー。

……ちょっと、聞いてみよか」そう言って、私に目を落とした。

「これさ、なんて書いてあるん？」

私は口をつぐんだ。気持ちの中はイライラや、怒りや、やるせなさでいっぱいだ。なんで、こんなことばかり……ずっと我慢しなきゃいけないんだろう？

「ねぇ、黙ってないでぇ、教えてよぉ」鈴本が無邪気を装ってせっつく言葉に、とうとう私はぶちぎれた。

「せんせいにいわなあかんことやないやろ!!」

びっくりするぐらいの大声で、鈴本に噛みついた。教室中が息を飲んだ。それは、鈴本もだった。

「しばざき！　そういういいかたするから、あかんのやろ！」

誰かが叫び、私を非難する。しかし、それに答えたのは、私ではなく、なんと鈴本だった。

「もう、ええんよ！」

クラス中が張りつめたように静かになる。次に続く言葉を、子供たちは固唾《かたず》を飲んで待った。

「もうええやん……分かっとるやん……分かっとったやん。最初から……ねぇ……」

柴崎さんはぁ、最初からぁ、頭がぁ、おかしいんですからぁ！　ね〜！」

変なイントネーションでおどけながら言う言葉に、クラス中が甲高い笑い声に包まれた。それを見て、一番笑っていたのは鈴本だった。

鈴本を見上げながら、私はただ、異常だと思った。何かがおかしい。何かが変だ。

「書けるもんなら、書いてみぃ。きったないノートにさ」

薄ら笑いを浮かべながらノートを机に叩き付けると、鈴本は授業へと戻っていった。その間も、子供たちはクスクスクスと笑い続ける。休み時間になると、子供たちが私のもとへやってきて「しばざき、ノートみせてよ」なんてニヤニヤしながら言いだす。さっきまでさんざん嫌な思いをした私は、それで逆上し、暴れだした。

どうしたら放っておいてくれるの？　どうやったら馬鹿にされない？　どうやったらみんなに愛される子になれる？　混乱する頭のどこかで、そんな思いが駆け巡る。けれど問いかけに対しての答えはどこにもない。そして結局、私が押さえつけられて、怒られて、嫌というほど頬を張られる。

「ホンマにあんたは、迷惑しかかけへんねやな！　どれだけクラスが迷惑してるか、少しは考えぇよ！　それとも、言うだけ時間の無駄か!?　脳タリンに、何言っても無駄か?!　あ?!」

針の筵《むしろ》

みんなの幸せは　私がいないこと

倉橋ヨエコ『涙で雪は穴だらけ』

一のDではよく学級会が開かれた。学級会とはクラス内で起こった『問題』を、いろんな意見を出し合って自分たちで解決していこうという時間だ。

黒板には、白い文字で「**議題　柴崎さんをどうしたらいいか考える**」と書いてある。

そう、このクラスの『**問題**』は、**私**なのだ。

鈴本は教卓の前に私を立たせると、チョークを持って黒板の前に立ち、クラス全員に、私の『いけないところ』を一人ずつ言わせ、それを黒板に書きこんでいった。

「しばざきさんはぁ、すぐおこるし、ひとのはなしきいてないからぁ、あかんとおもいますぅー」

「しばざきさんは、じゅぎょうちゅうとか、すぐたってあるきまわったりして、みんなをじゃまするし、わるいとおもいます！」

「いつもわすれものをして、じゅぎょうにさんかせえへんし、せんせいがまえのひに、いつもゆうてるのに、ちゃんとかいてへんから、わるいんやとおもいます」

「ひとがいわれていやなこととかゆうたりしてー、いつもーじぶんかってやとおもいます」

子供たちの言った内容を、黒板に書きながら、鈴本は「みんな、声小さいよ！　**もっと大きな声ではっきり言いなさい！**」と促した。黒板はみるみる埋まっていく。

「ひるやすみがおわってからもまだたべてたりして、みんなとか、じゅぎょうのじゃましてるとおもいます」

「ひとりがまじめにやらんと、みんながおこられるのに、しばざきさんはいっつもまじめにやれへんし、せんせいおこらせてばっかりやし、ほんま、なんか、すごく、いやです」

……よくない。悪い。嫌、邪魔、迷惑。よくない。悪い。嫌、邪魔、迷惑。……私は何度もその言葉を頭の中で繰り返した。何千回と言われている言葉を。よくない。悪い。嫌、邪マ、迷ワク。ヨクナイ。ワルイ。イヤ、ジャマ、メイワク。ヨクナイ。ワルイ。イヤ、ジャマ、メイワク……その言葉の意味は理解していた。みんなにバカにされ、笑われ叩かれるような人間という意味だ。そして人から、みんなから、必要とされない人間という意味だ。だけど私には『なぜ自分がそう言われているのか』、その前後の言葉はまったく理解できないのだ。それでも、この熱狂的な祭りは続いていく。鈴本が、心から楽しそうに笑っている。

学級会は、延々続く。まるで丸裸で立たされて、蜂に刺され続けているような気分だ。私は、小学校一年生になってもいまだにクラスメイトの顔すら分からず、そんな中開かれる学級会は私にとって『正体不明で不特定多数の、どこの誰とも分からない人間』から、ひたすら総攻撃を受けているという、とても恐ろしいものだった。

誰が誰か、分からない。だから、全員が怖い。全員が信用できない。全員が、敵に見える。時間はすべて、不安と、苦痛と、恐怖。そんなものに埋め尽くされ、ただ何度となく、繰り返す。

「**あんたな、誰のためにやってると思ってんねん!!**」鈴本の目が嫌というほど吊り上がった。

「あんたが全然良くなれへんから、こんな事せなあかんのやろ!! みんな嫌なんやで!! この時間も、ホンマはみんなの大事な勉強の時間やねん!! あんた一人のためにみんなが嫌な思いしてるんやで!!」私の態度に反省が見えないと言って、鈴本はことさら大きな声で怒鳴った。

「……なんかさぁ、おらんほうがええんちがう?」

みんなの音量から離れて、一人だけ声が大きくなってしまった女の子の声が響いた。もちろん、鈴本は聞き逃さない。

「うわっ聞いた？　今の。もうおらんほうがええって。そこまで思われてるんだって！　あんたさぁ、お友達にまでそこまで思われるって、**すっごいねぇ！　すごいよ？　ね、すごいと思わん？**」

何も言えずに、項垂《うなだ》れたまま、立ち尽くす。

「おらんほうがええ」その声が、耳の奥で小さくこだました。

――私は、いなくていい。

泣きたかった。辛かった。私は、誰にも必要とされていない――求められてもいないし、愛されてもいなかった。でも、必要とされていないし愛されてもいないのに、その場から消え去ってしまうことは許されなかった。まるで見世物みたいに晒《さら》され、見下されるためにそこに立ち続けることを義務付けられているようだった。もう嫌だっていうなら、授業やればいいじゃない。やりたくないなら、やらなきゃいいじゃない。先生が勝手にやってるんじゃない。

バカみたい。

疲れていたし、正直うんざりしていた。子供ながらに、何一つ解決しないんじゃないかと、うすうす感づいていた。これにはきっと、何の意味もないのだ。

でも、それでも鈴本はやめようとはしない。無理矢理、頭を掴まれ振り返らされると、黒板はびっしりと細かい文字で埋まっていた。緑色の黒板に書かれた白い文字が、これ全部お前の悪口なんだよと、粉を吹き散らしながら主張してくる。

「どう思う？　これ。柴崎さん、自分でどう思うん。答えられんかったら、あんた、何も分かってないってことやで。この丸々一時間、ぜーんぶ無駄にしたってことやからな」

ああ、もう、まだなんか言ってる……

「……いけないとおもいます」私は絞り出すように答えた。言われたことが、分かっていたわけではない。もう機械的に、こう言われたら『自分は悪い人間だと認めなければならない』と覚え込まされただけだった。しかし、それを聞いた鈴本は、

「おおー、それは分かったんやー。すごいすごいー、ほら、みんな、拍手ー！」

と素《す》っ頓狂《とんきょう》な顔をして、子供たちに促した。子供たちはバカにしたように笑いながら、拍手をする。だけど、なんでも言葉どおりに受け止める私は、ああ、自分はすごいんだ。ちゃんとできたんだと思って、バカにされたことにも気付かず、喜んだ。こういうことすら、私たちは分からないのだ。

「じゃあ、いけないことだと分かりましたぁ！　はいー！　次!!　どうしたらいいと思うん!?」

半分、狂気じみた高揚感に包まれ、妙にリズミカルなしゃがれ声で鈴本が脳を刺す。……それこそ、私が知りたいことなのに。

何も言えない私を見て、鈴本がお決まりと言わんばかりに、侮蔑的な視線を送る。

「はー？　あんた、また黙んねんなぁ。黙ったらすむと思ってるんやぁ？　せやろ？　何なん、あんた。そんなん、社会出たら通用せえへんで！　それとも〝赤ちゃん園〟行ってやり直すか!?　なぁ!?」

ガン！


鈴本は教卓の脚部分を思いっきり蹴った。音と振動が響き、瞬間、体がビクンと跳ね上がる。それを見て、鈴本は、「ハハハハハ」と、高らかに、笑った。

「ほら、ええから、早よぉ答ええよ」真顔に戻った鈴本が、またせっつく。

その時ふと、妙な浮遊感に全身が包まれているのに気づいた。周りの世界が遠くなった気がする。

……あれ、なんでわたし、ここにたたされてたんだっけ。……ああ、おこられて……え、なんで『わたし』がおこられてるの？　……ん？　……『わたし』って、だれ？　どんなひとだっけ？

不思議な気分で顔を上げると、まるで周りに霧がかかっているかのように、教室の景色や他の子供たちがぼんやりする。

頭の中にまで霧がかかったようで、ボーッとして、はっきりしない。

わたし、いま、ここでなにしてるんだろう……

だいたい、『ここ』って、なんだったっけ？　きょうしつ？　って、ホントにあるばしょだっけ？

まるで、ゆめをみているようなきぶん……

……ここは、ゆめのなかのせかいなんじゃないだろうか。ホントはわたしのからだはべつのところにあって、ただ、これ、ゆめをみているだけかな。

今ここにいる自分が、自分じゃないような、奇妙な感覚に包まれ、私はぼんやり、何もない宙を見続けていた。

「**何……また〝分かんなくなっちゃった〟の?**」

また、鈴本の呆れ声が響く。私は頷《うなず》いた。

だけど、その頷く感覚さえ、私にはまるで誰かがコントローラーで操作して、動かしているように思える。

「**まー、しゃーないか。柴崎さんって、頭パーやもんなー。パッパラパーやもん。パッパラパーのパー♪パーパーパー♪ってね**」

鈴本は頭の横で手をクルクル回しながら、ピエロのようにコミカルな動きで言い放った。クラス中がどっと笑う。

その、音の韻《いん》のおかしさに、私の脳が反応した。それはもう、原始的な反応で、言葉の内容に関係なく、ただ『音』の不思議なリズムと高低に、脳は不思議な魅力を感じ、反射的に私の口角を上にあげたのだ。

しかしその途端、些細な変化も見逃さなかった鈴本が豹変した。

「**なぁ、自分のこと言われてんの、分かってんの? お前がキチガイやて言うてるんやで!!**」


ガツン!

鈴本は、教卓を嫌というほど蹴った。――いや、正確には、蹴ろうとした。のだろう。

イラつきすぎたせいか、目測を誤った鈴本の足は、私の向《む》こう脛《ずね》を、嫌というほど蹴っていた。

「…………‼」

瞬間的に電流でも流れたかのような、強い痛みが走る。あまりの痛みで思わずその場にしゃがみ込む。声も出ない。一瞬にして教室中が黙り込み、気まずい空気がクラス中を包んだ。さすがに鈴本にも「ヤバイ」という空気が走る。

でも、それでも自分を正当化する、鈴本は、なんて素晴らしい才能の持ち主だろう。

「**……え……先生、そんなに強ぉ、蹴ってないよなぁ？**」

子供たちの方を見ながら、眉をひそめ、鈴本は言った。

「**うん！　そんなにつよぉ、けってない！**」誰かが答える。

「やろー。そんなに痛いはずないなぁ。なぁ、**わざとらしいなぁ**」

鈴本はそのまま私に目を落とした。

「あんたね、そういうところやんか？　そういうところを言われてるん。分かる？　いつでも泣けばええ思って。自分の思いどおりしようとして。……そういうところが嫌われるんやで。あんたホンマに、分かれへん子やなぁ。そこまで脳が足らんと、かわいそうになってくるわ」

鈴本が言い終わるか終わらないかで、チャイムが鳴り響いた。

「あー、みんな、学級会終わり！　**もう、柴崎さんほっといて、ほら、外行こ、外！　遊ぶよー‼**」

号令で、クラスはざわめきに包まれた。

そのざわめきは次第に廊下へと移動し、廊下から、階段へ、階段から階下へと移動し、やがて聞こえなくなった。

静まり返った教室には、蹲《うずくま》った私だけ。足を押さえて、体を丸めて、俯《うつむ》いた目からは涙が次々零《こぼ》れ落ちる。小市松模様の教壇床に映える、小さなお池は、どんどん大きくなっていく。

痛む足も、みじめさも、みんな消えてしまえばいいのに……海に沈む泡のように、消えてしまえ。消えろ。消えろ。消えろ。消えろ。消えろ。消えろ。消えろ。消えろ。消えろ。消えろ。消えろ。消えろ。消えろ。消えろ。消えろ。消えろ。消えろ。消えろ。

波が私を飲み込み、苦しむさまを嘲笑いながら嬲《なぶ》る前に、消えろ。

そして、痛みは消えた。感覚も、消えた。ここに今、いない。誰もいない。それだけは分かった。

私なんか　いない

私の心は、おかしな音を響かせるようになっていた。

狗《いぬ》

わたしの頬は　どうして
あんなに凍えていたんだろう

Cocco『うたかた。』


学校に入ってしばらくし、四時限目の終わりのチャイムが響くと、より一層、気持ちは落ち込むようになった。一番嫌いな、給食の時間がやってくるからだ。

幼い時から食が細く、口に入ってくる食べ物の異物感が苦手で偏食な私は、とにかくいろんなものが食べられない。特に当時の小学校低学年は、「好き嫌いなく、残さず全部食べるように！」と否応《いやおう》なく言われたものだが、感覚異常で、普通の人の半分の量も食べられない私にとって、給食の時間は地獄そのものだった。鈴本は、子供たちが食事の量を減らすことを許さない。食べられる量はみんな違うのだから、嫌いなものもちゃんと食べるというルールの下、全体的な量を減らすことは別に悪いことではないはずなのに、鈴本はアホの一つ覚えで「残さずしっかり食べること！」と連呼し続けていて、それが私に余計なプレッシャーを与えていた。

私の子供時代の給食は、とても平凡だ。ありきたりな昔ながらの給食が、アルマイト食器に載っている。アルマイト食器はアルミの合金でできた軽い給食用の食器だった。薄っぺらいため、ぶつけたり落としたりされて、必ずどこかへっこんだ、貧相な器だ。

給食が始まった小一の時点では、私は違和感や吐き気は感じても、味はほとんど感じない。何より恐怖感で物が食べられない。給食の時間が終盤に差し掛かっても、私は半分も進んでいない。そして、バスケットの中へと戻ってくるアルマイト食器の音が、私の耳に追い打ちをかける。このアルマイトの皿の独特の音が、耳の過敏ととにかく相性が悪い。どこかで過敏が出ると他の感覚まで異常をきたして、イライラしたり、ものすごく具合が悪くなったりするのだ。

「**はあ？　あんたたち、まだ食べてるん!?**」わざとらしく驚いたような声で、鈴本が叫ぶ。私以外にも、給食が苦手な子は二、三人いて、片付けの終わっていく中、ぽつぽつと姿を現していたのだ。

「食べ残しは許さへんで！　全部食べるまで席立つなよ！　トイレも行くな!!　全員やで!!」鈴本は、食べきれていない子全員に念を押し、他の子供たちを連れて校庭へと出ていった。トイレに行って嫌いなものを吐き出すからと、トイレも禁止された。

でも結局、食べ終わることができず、掃除の時間になっても教室の後ろへ下げられた机に挟まれたまま、もにゅもにゅ、私は食べ続けた。その頃には他の残されていた子たちもいなくなり、大抵、私一人が残っていた。

午後の授業が始まると、まだ食べ終わってないのかと、鈴本が怒り狂って叫ぶ。

「**あんた、まだ食べてたん!?　ホンマにバカやな！　ちっとは迷惑考ええや!!**」

そのまま食べ切れなかった給食を、給食室へと運ぶことがしばらく続いた。

ある日、やっぱり給食時間の終わりギリギリになっても食べ終わりそうにない私の目の前に、鈴本がやってきた。

　鈴本は目の前に立ちはだかると「一〇分で食べろ!!　一〇分やで!!!!　分かったか!!」と声を張り上げる。私は余計に緊張し、食べ物が胃に落ちなくなってしまった。喉の奥に、気味の悪いえずきが起こる。もう胃に入る場所なんてなかった。もう無理だ。

「ああ！　もう！　さっさと食べぇや！　ほら……**ほらぁって!!!!!!　口開けろや！**」

　鈴本は、異様な声で怒鳴り散らした。ダメ、頭、頭がおかしくなっちゃう……

　鈴本は突然スプーンで乱暴に食べ物を集めると、無理矢理私の口をこじ開け、グッと中に押し込んだ。口の中でスプーンがガチャガチャと歯に当たる。喉の奥へとスプーンが押し込まれ、強烈な吐き気が起こった。鈴本は押し込む手を緩めない。息もできず、突然のことに半狂乱になった私は滅茶苦茶に暴れ、鈴本の手もろともスプーンを撥《は》ね飛ばし、器の中に、押し込まれたものを吐き戻した。

　鈴本は、自分のやったことも忘れて、執念深い目で私を見ていた。

　無言で、私が弾き飛ばし床に落ちたスプーンを拾うと、洗いもせずに机の上にあった給食をそのスプーンでいじりだす。ご飯が入っていた器に、他のおかずを全部ぶち込んでいく。

　その中には、私がさっき吐き出したものも、混ざっていた。

　鈴本は、吐き出すのも見ていたんだから、もちろん知っている。

　その時は、たしか煮物のようなものと、黒くて弾力があったから、ひじきの五目和《あ》えみたいなやつ、それからご飯だった。鈴本は全部を一つの皿に入れてしまい、上からまだ半分以上残っていた牛乳を、ビシャーッとかけた。そして、それをまた洗ってもいないスプーンで、ぐちゃぐちゃと混ぜ始めた。大きなざく切り野菜も小さく小さくスプーンで潰し、できあがったのは得体のしれない『元』食べ物だった。

……何だこれ……これもう、食べれないよね……こんなになったら、もう、食べなくていいよね……小っこい頭は考えた。きっと、食べ残しとして処理するために、そうしたのだろうと思った。そう、思いたかった。

でも、鈴本はスプーンの柄《え》を私に向けると「**さっさと食べえよ**」と言い放った。

妙な静寂に包まれ、私は胸に冷たいつららが刺さったような、全身の血が凍るような感覚に陥った。縋《すが》るような気持ちと信じられないような気持ち、半分半分で鈴本を見上げる。先生、本気で言ってるんやないやろ？　これ、動物にやるやつやろ？　なんで私に食べろって言うん？　うそやろ？でも、鈴本は無言で凝視し続ける。目の奥には、それに応える気持ちなど、微塵《みじん》も浮かんでいなかった。

次第に頭の回転がゆっくりになって、私はぼんやり考えていた。

神様
お願いだから
神様　止めてください
いたいだけの　心臓　止めてください

いきているからこわいんでしょ
しんだらこわくないんでしょ
このまま　私　こわれてしまう
このまま　どんどん　おかしくなる
止まった方がいい
いま　止まった方がいい
しんぞう　こわれてしまえ

止まりかけた、ようやく、コトリ、コトリと動く思考回路の中、私は思った。脳も神経も全部痺《しび》れている。心臓だけが痛くて痛くて、恐怖や痛みがなくなるなら、喜んで死ぬのにと思った。

目が。

鈴本の目が。

気味の悪い目が、こっちを見ている。瞳孔が開いて瞬《まばた》き一つせず、じっと見つめ続ける目は、私からひと時もそらされることはなく、拒否すれば今度は間違いなく死ぬまで私を痛めつけると言っている。お前なんかに、選択肢はないんだと。

だれも、たすけてくれない。

スプーンを受け取る手は、震えていた。受け取った瞬間、涙が零《こぼ》れても、誰も、何も言わなかった。

私が一口、その……『給食』を食べるまで、鈴本は瞬きもせずじっと見続けた。そしてそれを私が呑《の》み込んだのを確認すると、「授業が始まるまでに、全部食べとけや」そう言い残し、教室を出ていった。

感覚は、なかった。何も感じなかった。味もしなかった。どこか遠い場所にいて、何かの機械がどこかの穴に、何かを入れていっているのをボーッと見ている。そんな感じだった。

それは、私には何も関係のないこと。あの『機械』が『どこに』『何を』運んでいたとしても、私には、関係ない。『機械』は次々に『どこかの穴』に『何か』を入れていくけど、私は見てるだけ。

何も、知らない。関係ない。何にも感じない。関係、ない。

――でも――

私の頭の中のほんの少しだけ残った正常な部分が、小さな音を立てて、また、コトリと動いた。

でも、本当に関係無いの？　あれは、あの機械は、本当は、私の手じゃないの？

あの手が運んでいる『何か』は、吐いたものも混じっている、全部ぐちゃぐちゃに混ぜられた給食で、運び込まれていっている『どこかの穴』は、私の口じゃないの？

――私、人間が食べないはずのもの、食べさせられてるんじゃないの？

なんで？

頭の中で、何かが軋《きし》む音が聞こえた。

あと少しで、きっと、今まで作ってきた何もかもが、消えてなくなってしまう。

きっと、あと、ほんの少しで。

音のない時間が、無音の時間が、流れた。


突然、廊下からけたたましい笑い声が駆け込んできた。無邪気な笑い声を響かせながら、クラスの男子たちが、教室に戻ってきたのだ。そして、何かが気になったのか、私のそばまで寄ってくると、驚くほど大声で叫んだ。


「うわぁーーーー!!　なんやねんこれ!!　しばざき、ざんぱん《残飯》たべてるーーー!!　きもちわるーーーっ!!」

「どうしたん……うわぁ！　しばざき、なにくうてんの!?」

「うそぉ？　……ホンマやぁー!!　しばざきさんなんでざんぱんたべてるん!?　アハハハハ！　きったなー！」

「えー、おまえ、そんなんうまいの??　そんなんすきなん!?　えーっうまいん？　うまいん??」

子供たちが騒ぐのが、まるで遠くの喧騒のように聞こえる。

「……たべてみる？」

「いいよ！　いいよ！　おれは……　**おれはにんげんやもん！　そんなんたべれへん!!**」

周りにいた子供たちが、ドッと笑う。ケラケラと、無邪気に声を上げて笑っている女の子もいる。

「そんなんええねん!!　な、な、どんなあじがすんの!?　いうていうて!」わけの分からない異様な熱気に包まれ、子供たちは騒ぎ立てる。

「ね、ね、まずくないの!?　ええから、はよいうてって!」

「……まずくはないよ……」私は答えた。事実、もう味なんて感じなかったから。

「しばざき、した《舌》、おかしぃーーーーーー!!!!!!」

取り囲む子供たちは、叫び、ゲラゲラ笑い、手を叩き、口々に言う。

何も感じなかった。もう、好きにすればいい。勝手にすればいい。

「しばざき、おまえ、もう『いぬ』やな!!」男の子が、断言する。

「ほんまや!　おまえ、『いぬ』や!!」

「きゅうしょくたべる『いぬ』!　アハハハ!」

「いーぬ!　いーぬ!!
おーーーーい!!　きょうしつに『いぬ』いてるぞぉーーーー!!!!!!」

笑い声が響いた。

全員の目に口に、虚《むな》しくなるほど眩《まぶ》しい笑みがあふれていた。

犬じゃない。そう、言いたかった。

犬じゃ、ない。

でも、私は、人間でもなかった。
人間扱いすら、されていなかった。
人間扱いすらされない、私は、いったい、何なんだろう。

毎日繰り返される〝儀式〟のたびに、私が少しずつ、私じゃなくなっていった。

盗人

小学校低学年から中学年まで、私は学童に通っていた。学童は正式には『学童保育所』と呼ばれ、両親の帰りが遅い子供たちを、夕方まで預かる施設のことだ。両親の帰りがいつも遅いため、学校が終わった後は、私はいつも校内の学童に向かっていたのだ。

学童はいつものように騒がしかったが、その日、不意の来客があった。なぜか鈴本が来たのだ。初めてのことだった。そのまま出入り口のところで二、三人の学童のスタッフと立ち話していたが、不意に学童のスタッフが私の元へやってきた。

「柴崎さん、今日、帰り、何か変わったことあった？」

そう聞かれたが、『変わったこと』が何を指すのかも分からず、私は何もないと返事した。

学童のスタッフは鈴本の元へ戻っていき、短い会話の後、鈴本が「**はぁ!?　ウソや!?　信じられへ**

ん。ふてぶてしい……」と叫ぶのが聞こえた。

いったい何が起こったんだろう。事件か？


その日は、父も母も早く帰ってきた。学校から、連絡があったのだろう。

父はとても恐ろしい声で、

「**お前、物盗んだんやってなぁ**」

と言った。

しばらく事情が呑み込めなかった。頭の中を掻き回してみても、情報はまったく出てこない。なんで？　なんで私、物を盗《と》ったなんて言われてんの？

「**黙ってないで、なんか言え!!**」怒号が飛ぶ。

「なに……？　わかんない……なんのこと……？」恐怖で、動悸がどんどん激しくなる。

「**分かれへんやとぉ。お前、ふざけるな!!　学校から連絡があっとるんやぞ!　お前、帰りに学校に来とった出店《でみせ》の物、盗んだってやないか!!　泥棒したんかお前は!!　答ええ!!**」

その時、私はようやく思い当たった。というより、突然、出来事が頭の中に浮かんだのだ。けれど、盗んだ？　泥棒した？　なぜ、そんなことを言われているんだろう。

その日、学校の裏門前にポンポン菓子の出張販売車が来ていた。ポンポン菓子というのは圧力釜で作る、お米を原料にした昔ながらのお菓子で、私は見るのも初めてで、学校帰りに子供たちが群がる中、その様子を物珍しく眺めていた。その時、大半の子供たちが帰った後、残った子供の一人がおっちゃんに、バケツの中に少し残った分をどうするのかと聞いた。おっちゃんは笑って、これは売り物にならないから食べてもええでと言い、その瞬間、子供たちが歓声を上げて食べ始めたのだ。

もちろん、学校帰りに何かを食べたりするのは禁止だと知っていたが、そこにいたみんなが食べている。おっちゃんもええと言い、その場にいた他の男の子も「食べれんの今だけやで、急ぎや！」と言った。そして、なんとそこには鈴本のお気に入りの子もいたのだ。

私と目が合うとその子は慌てたように「おい、しばざき！　おまえ、これ、ひみつやぞ！」と口をモゴモゴさせながら言った。それを見た私は安心した。安心して、食べた。

私はそれだけで『仲間』に入れたようで、すごく嬉しかったのだ。「これ、ひみつやぞ！」その言葉は、友達同士で言う言葉だ。私は初めて言われて、とんでもなく嬉しかった。

友達になれた！　そう、最高の勘違いをした。

だけどそう思った瞬間、後ろから突然けたたましい声がして、振り向くと、クラスの女の子たちが立っていて「**あっ！　たべてるやろ！　たべてる〜〜〜！**」と大声で叫びながら、食べているのを確かめようと近づいてきたのだ。男の子は慌てて取り繕《つくろ》ったが、訳も分からず口をもぐもぐさせる私を見て、女の子たちは、

「もう、せんせいゆうからね！　ゆうからね!!」そう叫び、おばちゃんのようにわぁわぁ言いながら、ドタドタ走り去っていったのだ。

そんなことが、昼過ぎに、どうやらあったようだった。

とにかく驚いた。確かに、私は、食べてはいけない（らしい）出店のものを食べたけれど、なぜ『盗んだ』ことにされたのだろう？　おっちゃんは『ええで』って言ったし、周りにいた子も『ええ』と言ったのだ。なぜ盗んだと言われてしまうのだろう。

同時に、そんな出来事を、すっかり忘れていたことにも驚いた。私の頭の中からは、その時の記憶が、完全にすっぽりと抜け落ちていたのだ。あんなにはしゃいでいたはずなのに、私は言われるまで、思い出すことすらできなかった。なんで？　どうして？

しかし、そうやって思い返してみると、ここ最近の記憶が、ところどころ抜け落ちていることに、私は気付いた。始まったばかりだったはずの授業が、いつの間にか終わっていたり、どうやって帰ったか分からないまま、気付いたら家の中にいたりすることが多くなっていた。『自分が自分じゃないような違和感』だけでなく、いつの間にか私の中に『記憶のない時間』が生まれ、どんどんと増えていたのだ。――だけど今はそれどころではない。なんだかんだで怒られています。今、私。

「**聞きよんのか!?　お前、返事せぇ!!**」

「はい……」

「**はいじゃなかろうが!!　どういうことや!!　説明せぇ言うてんねや!!**」

説明しろと言われても……私の頭の中は混乱していた。頭の中で、いろんなことが飛び交っていた。なぜ盗んだことになっていたのだろう。なぜ記憶が無かったのだろう。誰がいいと言えば、良かったんだろう。なぜ鈴本は、盗んだと決めつけたんだろう。あの子たちが盗んだと言ったのだろうか。なぜ父は盗んだと信じたのだろう。……なぜ父は、いつも話を聞くこともなく、ひどく醜い声で一方的にがなり立てるんだろう……

父の声を聞いていると、私はいつも具合が悪くなる。どんどんどんどん、歯車が狂っていくように何もかもが飛んで、何を言われているのか、分からなくなる。

※一次障害：怒鳴り声を聞くと、思考が止まってしまう。聴覚が敏感で特定の音が苦手

鈴本の時もだが、父の声はよりひどく、私の耳を傷めつけた。まるで耳から入った虫が、脳を食べながら這《は》い進んでいるようだ。頭の中が空洞だらけになり、何も考えられなくなっていく。加えて父は、私が幼い時から何も変わらず、一度火がつくとあることないこと怒鳴り散らし、子供ながらに父が怒りだすたび、私は今度こそ殺されるんだと思っていた。

「おい、黙るな!!　ふざけるな!!
返事をしろ!!　さっさとせぇ!!」

父も、言葉の最後は叫び声のような異様な声になる。その声は私にとって、まるで拷問だ。頭の中を切り裂かれるようだ。頭がおかしくなっていく。返事をしろと言われても、何を言えばいいのか分からない。なにより、すでに何を聞かれているのか、分からない。言いたいことは山ほどあるが、それを言葉にすることもできない。岩に挟まれて胸が潰されているかのように、息が詰まる。

返事をしない私に、父は余計に苛立っていった。そして、また一段とひどく醜い声で怒鳴り散らした。私はまたそれで頭の中が掻き回されるように苦しくなっていき、何も考えられなくなっていく。微動だにせず泣くばかりの私に、父は激昂した。

「泣くな!! お前が下らん人間やからこんななるんやろが!! お前がクズやから悪いんやろ!! 物盗るやら最低や!! お前性根《しょうね》が腐り切っとるんか!! 盗人《ぬすっと》か!? 盗人なんやなお前!! 人に養ってもらっとるクセに、ふざけたマネしやがって! 泣いて済むと思うな!! お前みたいな人間はうちにいらん!! 出ていけ!!!!!! 今すぐ出ていけ!! もう、好きなところで野垂れ死にすればいい!! ほら、さっさと出ていけ!!」

必死に「ちがう……」と言っても父に「**何が違うんや!! 言うてみぃ!!**」と大声で怒鳴られると、恐怖で混乱してしまい、怖くて言葉が出てこない。それ以上に、私はすでに〝鈴本の呪い〟で、完全に心のバランスを失ってしまっていたのだ。

父に何度も叩かれ、翌日学校に行く頃には、「柴崎が泥棒をした」という噂は、クラスにも広がっていた。なぜそうなってしまったのか、他の子たちも同じことをしていたはずなのに、私だけが物を盗んだということになっていた。

みんなが陰で『知恵遅れがドロボウした』と言っているのを聞いて、ひどく打ちひしがれた。しかし、そのうちやってもいない盗みを、本当は自分がやってしまったんじゃないかという気すらしてきた。していないのにこんなに言われるわけがない。私、〝私じゃない時〟に本当に物を盗ってしまったんじゃないの？　そんな不安感と罪悪感に苛《さいな》まれた。でも何度思い返してみても、盗っていないはずで、でも、『盗った』と言われる。私の中にいる盗ってない私と、みんなの中にいる盗った私。どっちが本当の私なんだろう？　盗ったと認めたら楽になる？　でも盗っていないのに……

心がバラバラになりそうだった。

朝のクラス会で、鈴本はニヤリと笑いながら「これでキチガイのあんたでも分かったやろぉ？　キチガイやからって、社会出たら許されへんねんでぇ。次はあんたホンマに牢屋やからな。覚えとかなあかんで」と、嘲笑《ちょうしょう》を憐《あわ》れみでいい加減に包んだような、厭《いや》らしい言い方をしたあと、

「みんなは泥棒になったらあかんでー!!」と大声で子供たちに言い放った。

子供たちは、私などいないような顔をして、

「あたりまえやろ、せんせーーー!!」と、大声で返した。

私の脳はボーッと、意味も理解せず、言われ続けていた言葉を〝正しく〟再生し続けた。

バカ、キチガイ、チエオクレ、アカチャンエン、ドロボウ、ロウヤ……。バカ、キチガイ、チエオクレ、アカチャンエン、ドロボウ、ロウヤ……言葉、コトバ、ことば。なんでこんなにたくさん、いろんなおとがあるんだろう。いろんなおとがあるんだな。うえにしたたにうごきまわって、おっかしいの……

私気質

こうして書いていると、人によっては私のことを、きっと気弱でいつもビクビクしていて、かわいそうな子供だったんだろう、と思うかもしれない。

でもこの時の私に、この本を読んでいる誰かが出会ったなら、まったく違うじゃないかと目を丸くしていただろう。

黙れと言われてもなかなか黙らないし、笑いだしたら止まらない。一方的に人に話しかけたり、人見知りもせず、工事現場のおっちゃんや知らないおばちゃんでも、興味を持つと誰にでも話しかけたりするから、神経質なお子さんなどという言葉は、間違ってもかけられることはなかった。加えて、何度注意されても同じ間違いを繰り返し、反省の見えない態度の連続が、大人から見れば明るく人懐っこい半面、口が達者で騒々しく、言うことを聞かず、すぐ場を掻き回す、大人をなめた神経の図太い子供と思われていたんだろう。

でも実際どうだったか、私の内面ではどうだったかというと、残念ながら、私は思われているほどノー天気でも、明るくもなかったのだ。

感情の波は激しかったが、それは自分を……と言うより、『脳』を〝コントロールできない〟からに他ならなかった。感情が何らかのきっかけで昂《たか》ぶると、一瞬で脳を、行動をコントロールできなくなってしまう。それは喜怒哀楽すべてに言えて、笑っているから楽しいかといえば、決してそうではなかった。なぜ自分が笑っていたのか、なぜ騒いでいたのか、分かっていないことも多いのだ。脳の反応に突き動かされ行動し、脳が伝える刺激の強さに困惑し、脳が起こす混乱に巻き込まれていた。そして一人になるとぐったりする。脳の興奮に、私自身ついていけないのだ。

鈴本や親やクラスメイトたちは、そんな私を、自分に甘く自制心がなく、身勝手で、迷惑な子供と見ていた。

畳みかけるように言われると混乱して言葉が出なくなってしまう所が、都合が悪くなると黙り込む悪い癖に見えていたし、ちょっと触れられただけで怒り狂ったり、些細な刺激でパニックを起こし、泣き、いつまでもぐずるところが、自己憐憫《れんびん》に浸る自己中心的な人間と取られていた。

だけど『私』は、『私の意志ではコントロールできなかった』のだ。

ライターのフリントホイールを回せば火がついてしまうように、銃のトリガーを引けば弾《たま》が発射されてしまうように、外からの予想外の刺激は、半ば強制的に私の脳を騒がせていた。みんなの脳にはもれなくついている『安全装置』が、なぜか私にだけついていなかったのだ。もしそれが付いていたら……鈴本に、あんな目に遭わされずに済んだかもしれない。愛らしく、かわいい子供になれたのかもしれない。

『もし、普通の脳を持っていたら』

だけど、私にはなかったのだ。『普通じゃない脳』で、この世界と戦うしかなかった。他に方法はなかった。与えられた武器だけで戦うのがこの世界のルールなら、私は何一つ間違ったことはしていなかったはずだ。

だけど、許せないという人間がいる。『なんで普通じゃないんだ』と責める人間がいる。『普通であること』を与えられなかったことに、人と違うことに、どれだけ恐怖を感じているかも知らず、まるで悪魔祓《ばら》いと称して人を鞭打《むちう》つように、教育という名の正当化された武器を手に、何度も何度も、振り上げた腕で私を打つ。『お前が普通じゃないからいけないんだ』と叫びながら。

私はただ耐えるしかなかった。どこにも逃げ場はないのだ。そして這いつくばりながら、どこにあるかも分からない『普通』を、見たこともない『普通』を、私は必死に探していた。それさえ手に入れれば、私は怒られなくて済むはずだ。それさえ見つければ、みんなに愛されるようになるはずだ。それさえ掴《つか》めれば、自由になれるはずだ。

目も見えないのに、赤いバラを探す盲目の旅人のように、私はどこまでも地面を這いずりながら、広大で当てもない世界の中、彷徨《さまよ》っていた。

コワイ物は探さなくても、そこかしこに

焼きつくその寝顔
甦《よみがえ》るのは　眠れる森の王子様
もう　目覚めないで。

Cocco『眠れる森の王子様〜春・夏・秋・冬〜』

怒鳴り声や給食、慣れない所、突然触られること、夜、オバケ、父、母、祖母、姉、鈴本……いろんなものが怖い私に、ある日また、怖いものが増えた。それは一生、私が恐れるであろうものだった。

小学校一年生の夏、とある催し物を見に行った時のことだった。イベント会場では、さまざまなイベントが行われていて、私は両親と一旦別れ、祖母と姉と一緒にあるアニメ映画を見ることになった。日の暮れゆく中、私は何度か来たことのあるそのイベントを心から楽しんでいた。

やがて始まった妖怪が出てくるそのアニメ映画で、私は主人公（？）の妖怪が忽然《こつぜん》と姿を消してしまうラストの意味がいまいち理解できず、

「おばあちゃん、ね、あのようかい（妖怪）、どうなったん？」と、終わった後、祖母に聞いた。邪険にされても気づかず、私は何度もしつこく聞きまくった。

祖母は、目尻を下げて話をしていた姉から目を離した途端、悪臭でも嗅いだような顔をして、私を見下ろし忌々《いまいま》しげに、

「死んだったい!!　最後はみんな死ぬと。あんたも同じやろが！　ホンにバカじゃなかろうか!!」

と、言い放った。

心の中に見たこともない閃光《せんこう》が走った。そうして、次第に強くなる震えがやってきた。私は理由も分からない恐怖に駆られて、慌てて祖母と姉を追いかけた。

「おばあちゃん、なんで？　あのようかい、しんだん？」

「死んだって言いよろうが。こん子はホンマに、頭の悪いね」

「……でも、わたしも？　わたしもおなじって、どういうこと？」

「うるさいねぇ……**あんたもいつか死ぬやろが!!　当たり前やろ!!!!!!**」

全身に衝撃が走った。そして、なぜかその時、私には、祖母が考えていることが、はっきり分かった。……気がした。


——さっさと、死ね——


周りの喧騒が、一段と遠くなった。にぎやかな喧騒から一人切り離され、息もできない小さな箱の中に閉じ込められてしまったようだ。ここにいるようないないような、あの『感覚』に少し似ていたけれど、でもその中で私が感じているものはいつもの感覚ではなく、生々しく迫ってくる死への恐怖だった。**私は初めて、『私もいつか死ぬのだ、この世界から消えてしまうのだ』と気づいたのだ。**

心臓が震えていた。膝も震えていた。目も、手も、脳も震えていた。冷たい氷の中に閉じ込められたように、全身に、痛みに近い冷たさを感じていた。

自分の手を触ってみた。右手。左手。私の手……まだ、動いている……でも、動かなくなる日が来るのだ。歩いている足も、動かなくなる。心臓も、目も、耳も、内臓も、肺も動かなくなる。

どうしよう私……私も死ぬんだ。　私……私、死んじゃう！

初めて知るその『事実』が、重くのしかかった。同時に、絶対に触れてはいけない、〝禁忌《きんき》〟に触れてしまったような背徳感と恐怖感が、私の中に一気に押し寄せた。――なぜかは分からないが、私の中にははっきりと、絶対に触れてはいけない〝禁忌〟に触れたのだという感覚があったのだ。

私は悟られまいと必死だった。

このことに気付いたと、誰にも言っちゃいけない。『死ぬことに気づいた』ってこと、絶対に、誰にも知られちゃいけない!!

その『事実』は、七歳の『未熟』な私が、知っていいことではなかった。『人はみんな死ぬ。私もいつか死ぬ』なんて、気づいてはいけなかった。内臓がねじれる気味の悪い感覚に襲われ、強い吐き気とめまいが同時にやって来る。全身から噴き出した脂汗は、夏の夜の、うだるような熱風のせいだけではなかった。

いやだ。嫌だ。イヤだ……　**死にたくない!!!!!!**

家に帰りベッドに入っても、私は恐ろしくて眠れなかった。全身を黒色で塗りつぶされたような気分だった。そうして、死を恐れて震える心の奥底に、もう一つ、心配事が生まれていた。

死にたくない。だけど私は……　私は、みんなに望まれていないから、**いつか、みんなに死になさいと言われるかもしれない。**

私は、鈴本や、祖母や、姉や、学校のみんな、もしかしたら、両親からも……疎《うと》まれているかもしれないことに、心のどこかで気付いてしまったのだ。

何よりの『禁忌』。それは、自分がいらない人間かもしれないということ。みんなから、死ねばいいと思われているかもしれないこと。

でも、きっと、いつか死になさいと言われたら、私、死ななければいけないのかもしれない。私は『必要』ないのに『存在』している『不要』なものだから……

真夏の暑い暑い夜、汗をかきながら、起毛《きもう》の厚い毛布にくるまり、震えていた。

連絡事項

小学生になった私は、以前より格段に怒られることが増えていた。学校ではもちろんのこと、家でもしょっちゅう怒られる。毎日怒られ、さらにそれが日に三度、四度と回数が増えてゆく。

その一端を担っていたのが、『連絡帳』だった。

手元に、その当時の連絡帳が一冊だけ残っていた。あの頃の様子が少しだけ垣間見《かいまみ》える。連絡帳の始めのページには、鈴本の字でこう記してあった。

〔今日は、授業中ふざけてばかりでしたので、少々きつく注意しました。(中略) どうかこころちゃんのためにも、ご理解くださいますようお願い致します。(少々きびしく、しかし、やさしく包み込む私の方針を)〕

優しく包み込まれた覚えないけど。私は思うが、しかし、『子供のためを思って、時にはあえて厳しく接している』と保護者に先に思い込ませておけば、先入観を逆手《さかて》にとって、親を味方につけることができるのだろう。事実、私の親はコロッと騙されたのだから。

体罰の容認を求める内容もあった。


［（前略）ほかの子供は一生懸命やっているのにここらちゃんだけは（著者註　おはじきを）山積みにして遊んでいるのです。そういう時は手をパッチン。それでもこんどは本も皆と同じところを開かず、先の方を開いて勝手に見ながら笑っています。集団生活のきまりやマナーはきちんと守らせていきたいと思っていますので、厳しく指導することもありますが、ご了承下さい。］

パッチン？　**パッチンどころか!!**

文章だけを読むとまるでいい先生だ。あえて自分から『叩いている』ことを報告する（それも軽めに叩いていると思わせる）ことで、子供のためを思ってやっていると思わせるためだろう。何より「体罰なんか滅相もない!!」と言ってバレたら後が面倒だが「子供のために、やむにやまれず」ということを強調しておけば、親の情状酌量を引き出すこともできると考えているのだ……ずる賢い女だ。

こうして、何も知らない母と、鈴本の連絡帳のやり取りは続いていく。

「書こうか書くまいか、随分悩みました（中略）教室でとびばこのような遊びをやっていたらしく、その時、はずみで友達の○○君の目にここらちゃんの足が当たりました。

幸い、ケガはありませんでしたのでその点はご心配なく（中略）ただ、問題なのは謝らずに外に逃げていったことです。ほかの子供たちが「あやまりぃやー」といっても「イヤ!!」の一点ばり。とうとう私が怒るはめになりました。（中略）どうして外ににげていったか、教室で聞きました。「謝りたなかってん」と言います。そうです。ここが一番の問題なのです。「どうして謝りたくなかったん？」ときくと「自分でもわかれへんけど謝りたくなかってん」と答えました。」


この時のことは、何となく覚えている。確かに私は、何を怒られているのか分からず、謝ったりすることが苦手だった。けれど、当時の私は、それを差し引いても『謝らされる』のが嫌だったのだ。それは毎日のように理由も聞かずに怒鳴り続け、私が悪いのだと決めつける鈴本に対しての、精一杯の抵抗だった。私に謝らせるたびに『したり顔』をし、人を暴力でコントロールすることに、歪んだ快感を感じているこの女に、怒りも軽蔑も拒否感もあった。そういういろんな気持ちが一気に現れた態度が、『謝らない』だったのだ。逃げたのは混乱して、とにかく気持ちを落ち着かせたかったから。ただ、それだけだった。しかし、それは同時に諸刃《もろは》の剣で、こうして母に言いつけられて、窮地に立たされることになるのは結果的に私でしかない。

そんな鈴本に対しての、母の返事はこうだ。

［（前略）謝りもせず逃げるのは、何よりいけないことだと、時間をかけて説明しました。日常的にありがとう、やごめんなさい、の言葉がすっと出てこないので、気になっていました。（中略）私も努力いたしますが、どうぞよろしくお願いします。］

母は、私の話を聞こうとはしなかった。いつも連絡帳に書いてある言葉や、電話で鈴本に言われたこと（二人はお互いの自宅の電話番号まで教えあって連絡を取っていた）を鵜呑《うの》みにしていたのだ。母は鈴本の巧みな話術にすでに言い包《くる》められているし、私は起きた物事を具体的に説明できるほど、頭の中を整理することができない。話がこじれにこじれると、最後は父が出てくる。父は内容もよく把握しないまま、とにかく怒鳴り散らし、わけの分からないことを言って感情的になじり続ける。私は怖くて泣きじゃくり、最終的に悪くもないことで謝らされるというパターンを繰り返していた。

鈴本は、姉のことも好んでよく使っていて、姉に、〝こころちゃんこんなことしてん〟と学校で言い含めたりした。姉は、教室にまで私の様子を聞きに来るような子供だったので、鈴本はいつもニヤつきながら、けれど真剣そうに、姉にああだこうだと私の日頃の様子を吹き込んでおくのだ。姉は両親が帰ってくると、鈴本から聞いた話を、両親に報告する。

「こころ、また学校でこんなことしてんって！」

姉が声を張り上げる。その内容は、確かに私が実際にしたこともあったが、でも、違った。鈴本の都合のいいように歪曲《わいきょく》されていて、その裏に隠されたものがあったのだ。しかし口をはさむと、「あんた黙っとけ！」と姉はすごむ。姉の話は鈴本から聞いた話と、自分の主観的な意見が混ざりあってむちゃくちゃだった。

「先生がめっちゃ困った顔してたよ。どうやったらあんなふうになるんやろかって。私まで恥かかされたわ〜！　やっぱり、ここらは頭おかしい。一緒におりたない！　早く『黄色の救急車』呼んで、ここらは連れていってもらったほうがええよ！」

姉はよくこう言っていた。『黄色の救急車』とは、姉に言わせれば精神異常者を乗せて精神病院に連れていく救急車、なのだそうだ。

姉は次第に、鈴本に聞いた私の『悪いこと』を、嬉々《きき》として両親に話すようになった。それは、自分と私とを比較した時に自分がとてもいい子になったような気がしたからかもしれないし、自分が悪いことをしたのを誤魔化《ごまか》すためかもしれないし、純粋に、早く『黄色い救急車』を呼んでほしかったからかもしれない。私には、姉が私を窮地《きゅうち》に追い込めば追い込んだだけ、喜んでいるように思えた。

そして、それはあながち間違ってはなかったのだと、今でも思っている。

しかし、連絡帳の中には、時には自分で読んでも『ああ、ちょっとそれは……』と思わず苦笑いするようなものもある。


[※昨日体育館のわたりろうかのすみで〝トイレ〟をしています。基本的なことですのでちゃんと、トイレでするように指導しました。]

これにはさすがに、失笑。これも鈴本の大ウソだと言ってしまいたかったけど、読んで思わず蘇《よみがえ》った記憶があったということは、やらかしちゃったのはどうやら私のようだった。でもそれにも一応、理由はある。早い話が幼稚園の時と同じで、私には「トイレはトイレでも、特定のトイレ以外は、トイレではない」という厄介な抵抗感と混乱がいつもあるのだ。特別棟でトイレに行きたくなったものの入れず躊躇《ちゅうちょ》し、結局いつも使う教室側のトイレまでもたずに、渡り廊下の隅（屋外）で用を足したというのが事の顚末だった。

しかし、こうして連絡帳に書かれた鈴本の主張だけを素直に読んでしまえば、私は明らかに問題児だった。結局、連絡帳は私の第二の通信簿で、その成績は決して優秀とは言えなかった。本人なりにさまざまな理由があったにせよ、傍から見れば言うことは聞かない、融通も利かない、わがままで我が強く、時間にルーズで、勉強もせず、宿題もせず……人の邪魔ばかりして、友達もいない。

最低なのは私のほうだった。

時々出てくる、母と鈴本が励まし合う記述を見ると、虚《むな》しさは倍増する。

母：［今日はずっと叱ってばかりおりましたので、社会の宿題も済ませておりません。明日させますので……もうどう言っていいのかわかりません。毎日のように言ってなぜわからないのか、同じことを繰り返すのか、すみません。今日は私も落ち込んでいます……］

鈴本：［社会の宿題、承知しました。宿題よりももっと大事なことをしていただいているので、よろしいですヨ。お母さん、そんなに落ち込まないでください。実は、今日、朝の係活動をせずに遊んでいたのです。私も「何故《なぜ》わかってくれないの？」という気持ちでいっぱいになりました。けれどもお母さんと私の両方があきらめたら、それこそもうおしまいなのですよね。頑張りましょう。少々、厳しいぐらいに注意していかないと無理かもしれません。（中略）ほめることも大事ですので、もちろん、いいことをしたら、力いっぱいほめてあげたいと思います。その反対に、いけないことをしたら、厳しく注意する。何事も、中と半端ではいけないような気がします。」

鈴本のこの決意が、彼女をあんな行為に駆り立てたのだろうか？　だが、彼女がしてきたことは、〝注意〟とは言えない。やみくもにがなり立て、言いなりにさせようとし、突き飛ばし、叩き、子供を嘲《あざけ》り笑う彼女と、この連絡帳の中の彼女はまるで別人だった。

そんな彼女は、時には私を、思いやるような言葉も、連絡帳の中に記していた。

「（前略）人なつっこく、むじゃきな　ここらちゃん。私にはそれでも通用するのですが、ほかの子供には通用しないのでは、と不安です。〝ごめんなさい〟が言える素直な子供に育ってほしいと思います。私には本当に〝よく笑う　人なつっこい〟ここらちゃんです。正直なところも　好きです。いいところを伸ばしてやりたいですネ。」

それを読むと、私の記憶が間違っているんじゃないかという不安にさえ襲われる。今の私から連絡帳を見ても、この先生はいい先生で、大変な生徒にご苦労されているんだろうな、と思えてしまう。
しかし昔、偶然当時の同級生に会い、恐る恐る聞いてみたら、ちゃんと鈴本にされたことを覚えていたのだ。記憶は、間違ってはいなかった。ある意味では、毎日癇癪《かんしゃく》をおこして怒鳴り散らす鈴本に怯え、押さえつけられたのはクラスの全員で、全員が被害者だったのだと思う。クラス全員が大事な小学校しょっぱなの一年間を、滅茶苦茶にされたのだ。

それと同時に、連絡帳の中の鈴本も、『まったく彼女自身と違う』とは言えないのかもしれないと思うことがある。実際、機嫌がいい時の鈴本は、子供たちを大事にした。笑ったし、筋の通ったことを言う時もあった。――それはあくまで、機嫌がいい時という条件付きではあったが、私を含めクラスの子供たちは、そんな貴重な時間を貪《むさぼ》った。大事にされたかったし、普段怒ってばかりの鈴本から優しくされたり、認められることは、クラスの中でステータスだったから。

私も、愛されたかった。彼女に、認められたかった。クラスの一員として、必要な人間だと思われたかったし、大事な子だと思われたかった。願いは、最後まで叶《かな》わなかったけれど。

もし願いが叶うなら、今後、同じようなことが、学校という社会性を学ぶべき場所で、起こらないでほしいと心から願う。おかしな人間はどこの世界にもいる。そうした人間が淘汰《とうた》されつつある教育現場でも、それでも**まだ、息をひそめて隠れている**。すべての教師を疑えとは言わないけれど、おかしな人間がいるのは事実だ。

誰にも味方してもらえない子供は不幸だ。居場所がない。過敏になる必要はないが、子供の話を最後まで聞いてあげてほしい。冷静な判断力を持って、それが事実かどうか、見極めてほしいのだ。今はICレコーダーやビデオカメラなど、便利な道具もいっぱいある。その気になれば確かめる方法は、いくらでもあるのだ。いい先生もたくさんいるのだから冤罪《えんざい》は困るが、自分と子供の身を守るためにも、おかしいと思った時には行動する勇気を持っていてほしい。

子供には、親のあなた以外、頼れる人などいないのだから。

課外授業

あれこれって
知恵を絞ったあげくが裏目にでます

Mr. Children『フェイク』

じっと座っていることも集中することもできない私にとって『勉強する』なんて夢のまた夢もいいとこだった。どんなに怒られても鈴本の話に集中できない私は、いつも後れを取りっぱなしで、もちろんテストの点数も、のび太君並み。そんな私に鈴本は、「このままでは帰せない」と言い、私を一人教室に残し、プリントやノートを毎日のように書かせた。

「お前、ホンマに頭おかしいんやな!!　何べん同じこと言わすん!!」

目の前でプリントを見ていた鈴本が、嫌というほど、手を引っ叩《ひっぱた》く。狂気じみた声が頭の中を掻《か》き回し、ぐちゃぐちゃにする。間違った箇所を、定規でバンバン叩く。

「ち、が、う、やろ!!　バカか!!　バカの答えやな!!　これバカの答えやで!!　こんなんも分かれへんの!?　ええ加減にしぃや!!　ほら、さっさと書きなおせよココ!　……早よなおせて!!」

「ほら、また同じことやろ!!　なんで同じ問題分かれへんねん!?　これはこっちと同じことすればええって、さっき言うたやろ!!　何べん言わす!?　ナメてんの!?　なぁ!?　わざとかお前!?　なぁ!……なぁって!!　答えろや!!!!!!」

ガツン!

蹴られた机が、おなかをギュッと潰すその痛みが、なぜかひどく生々しく体に響く。怒鳴られても、叫ばれても、私には分からないのだ。単語の意味は分かっても文章としては入って来ず、さらに長い文章の言葉は、もうどうしようもなく理解ができない。脅せば言うことを聞くというわけではない。困らせるために、わざと言うことを聞かないわけでもない。

※一次障害：一度にたくさんのことを言われると理解できない

本当に、分からないのだ。

どうしたらいいのか分からず錯乱状態のまま、泣き、屈辱的な時間だけが過ぎた。時々、隣のクラスの先生なんかがやって来て、先生まだやってはるんですか？　そろそろ会議が始まりますよ、などと言っては私を助けてくれたりしたが、それもネタが尽き、なかなか難しい状態だった。

鈴本の奇行は、近辺のクラスでは知られたものだったのだろう。一日中大声で喚いていたのだから、当然と言えば当然だ。時には他学年の女性教員が「困ったことがあったらいつでも相談しに来なさい」と、わざわざ私に声をかけることもあった。みんな、私が置かれている状況を、知っていたのだろう。けれど、私は漠然と言われた『困ったこと』という言葉が何を指すか分からず、助けを求めることが出来なかった。だから結果的に、毎日のように惨酷《ざんこく》なことが起こることになった。

鈴本は、放課後になると机を挟んで目の前に座り、一瞬たりとも目を離さず、少しでも課題を間違えればひどくヒステリックな声で怒鳴り出し、叩いたり机を蹴ったりを繰り返した。必死に問題を解こうとするけれど、いつ鈴本が怒鳴りだすかとビクビクし、恐怖と焦りで頭はどんどん働かなくなる。強くヒステリックな怒鳴り声で、頭はさらに鈍麻していく。

「こんな問題にどれだけ時間かかってんねん!!　こんなん、みんな一〇秒でできる問題やで!?　あんたホンマありえへんよ!?　もう、幼稚園からやり直してきいや！　小学校に幼稚園児はいらんねん!!　それか知恵遅れ学校行くか!?　迷惑やろ!?　みんなの迷惑考えろよ!!　あんたのためにどれだけ迷惑してるか!!　もうちょいマシになれよ!!　自分で考えろよ!!　ほら、手が止まってる!!　今言われてんのに、なんで止まれんの!?　さっさと書きぃや!!」

「字が汚い!!　書き直し!!　あんた、こんなん誰も読めんやろ!!　字ぃ書けていうてんねん!!!!!!　字ぃを!!!!!!　さっさと消せ!!　ほらもうさっさとしろ!!　グズグズすんなよー!!　こっちも時間ないんやで!!　脳タリンのためにどれだけ時間使わなあかんねん!!」

「……あー、もう、またや。またやった。また同じバカ。また同じことの繰り返し。叩かれな分かれへんねや。ちょっと優しくしたらすぐこうやもんな。叩かんかったら分かれへんねや。ホンマ、動物と同じやで。ほらぁ、叩かれたなかったら自分でさっさとやれよ!!　叩かれたない言うんやったら、叩かれんでええようにやれや!!」

鈴本はひたすら怒鳴り、叫び、心を掻き回し続けた。

ある時、とうとう限界を超えた恐怖と混乱に耐えられなくなり、私は叫ぶと机を押しのけて立ち上がった。もう耐えられなかった。何を求められているのかも、何をすればいいのかも、何も分からない。苦痛だけが増し、全身を切り刻まれるような痛みと苦しみを、毎日のように味わわされ続けていた。

終わりなんか見えない。もう耐えられない。

しかし、狂気じみて叫ぶ私の手首を、鈴本はものすごい力で摑んで抑え込み、それ以上に狂気じみた声で叫んだ。

「叫ぶんやったら叫べよ！　ホラ!!　でも絶対離さんからな!!　お前の好きになんかしたらんからなーー!!　キチガイやからって優しくすると思うなよ！　叫びたかったら叫べよ！　ホラ！　叫んだらええやろ!!　ホラ！　叫べよ！」

体がぶつかって、机や椅子がガタガタと嫌な音を立てて鳴る。見開いた目に、醜くがなり立てる女の顔が映った。顔は、微《かす》かに笑っているようにさえ見えた。

全部、支配されてる。

私は、この女にすべて、支配されている。

私の小さな体も心も、完全に無力だった。踠《もが》いても鈴木の手を振り払うことはできなかった。泣き叫んでも誰も助けてくれない。何も変わらない。

ただ毎日、息をしようとしているだけなのに、切り刻まれるように苦しかったのはなぜだろう。

こんなにつらい思いを毎日のようにしたにもかかわらず、私の成績は当然ながら上向くことはなく、私の通信簿は「もう少し」だらけ。一年生二学期の成績なんて、図画工作が「ふつう」以外はすべて「もう少し」ばかり。結局、頭の中に残ったものなんて、鈴木の不快な怒鳴り声以外、何もなかったのだ。

あんなにつらい思いをしたのに、あんなに苦しい思いをしたのに、残ったものは真っ白い灰になって崩れ落ちた自分と、私の中に潜《ひそ》み続け、ことあるごとに現れては私を苦しめる、恐ろしい顔をした、化け物のような女だけだった。

こんな夢を見た

今日も　夢を見た。

Cocco『眠れる森の王子様～春・夏・秋・冬～』

小学校一年生だったと思う。とても強烈な、夢を見た。

戦争が、始まる夢だった。

夢の中の私は異様な空気の中、ショックを受けていた。〝戦争〟なんて、おじいちゃんおばあちゃんから聞く話だと思っていた。まさか自分が戦争に巻き込まれるなんて思ってもみなかったのだ。この家も隣の家も、小学校も、全部焼けてしまう。もうすぐ灰になってしまうなんて……

戦争が始まると聞いて、家の中では家族があわただしく走り回っていた。生きるために最低限必要なものを、次々に大きなリュックに放り込んでいく。私は『持っていくもの』として、本棚にあった本を次々に、自分用の大きなリュックに放り込んでいた。本。とにかく、本が必要だ……途中ふと顔を上げると、父と母と姉と祖母は、大きな一つのリュックに自分たちの荷物をまとめて詰めていた。私のリュックは私が持たなきゃいけないのに……心のどこかで〝なんで私のは入れてくれないの？〟と思ったけれど、今はもうそれどころではない。

生きなくちゃ。　何があっても生きなくちゃいけない。

本なんか出せと母が叫んだ。私も負けじと、本がなくちゃダメなんだと叫ぶ。父と姉が、どうせそいつは馬鹿なんやから放っておけと、怒鳴り合いに終止符を打つ。

「じゃあ、せめて食料だけでも入れえ!!　ここ（床）に置いてるから！」母が苛立ち紛《まぎ》れに吐き捨てた。

「いいよ。どうせわたしのぶんなんかないもん！」なおも本を詰め込もうとリュックと格闘しながら、私はチラリと床の上を見た。床の上には、缶詰が、一個。ほら、やっぱり。他の食料は、他の家族がリュックに詰めた後だった。

「いっこ（一個）とか。もう、いらん。どうせそんなんじゃ、（生き）ながらえん」「あんた、そんな、ホンマにいらんの!?」「**いらん!!**」ようやく本を詰め終わり、リュックの上蓋を閉じようとする。本だらけ。本のみだ。……一瞬、（食料も……）と思ったけど、覚悟を決めた。食料なんかあっても仕方ない。**本で、生き抜く**。そう決めた。　その時、声が聞こえた。

一冊、忘れてるよ。

ハッと本棚を見ると、一冊だけ深緑色の本が残されていた。大変！　この本は、この本だけは持っていかなくちゃ。これがなくちゃ、他の本も意味がないの。

「もうええやろ!!　もういい加減にしろ！　時間ない！　行くぞ!!!!!!」

父が苛立ち叫ぶのと、リュックの蓋を閉めるのはほとんど同時だった。そして間を置かず、空襲警報が鳴った。

ウウーーーーー。ウウーーーーーー。

重くくぐもった、唸《うな》り声のようなサイレンが響く。　とうとう、やってきた。

慌てて、勢い良くリュックを背負おうとする。が、あまりの重さに、なんとリュックが持ち上がらない。家族は全員、家から出ていってしまった。どうしよう……ああ、本が、私の体の一部だったらナァ……そう思った瞬間、突然、リュックの中の本の半分ぐらいが、一瞬で私の体に溶けて吸収されてしまった。リュックは信じられないほど軽くなり、私は嬉々として走りだした。

玄関を出て振り返った時、先ほど母が食料を置いていた床がチラッと見えた。なぜかさっきよりも食料が増えている。やっぱり持ってくればよかった……リュックも半分空いたのに……そう思ったけど、その瞬間、父の手で扉は閉じられた。

「走るぞ！　急げ!!」

みんなが一斉に走り出す。急がなきゃ、急がなきゃ、逃げなきゃ、死んじゃう。耳鳴りのようにサイレンが鳴り響き、鼓膜を揺らす。

（死んじゃダメ！　生きなきゃ!!）

曲がり角にある電柱を通り過ぎた瞬間、見上げた空にゾッとした。どぎつい鮮やかな赤紫色の雲が、向こうの空を埋め尽くしていたのだ。町が焼かれているんだと直感した。雲ではなく、町を焼く炎が、燃え上がった煙に反射していたのだ。　次の瞬間、私は恐ろしい事実にハッとした。

……そうだ！　人が！　人が、あの雲の下にもいるんだ!!

その光景は、果てしなかった。赤紫色の雲、その下で焼かれる町。焼かれていく人々。焼き尽くしていく、敵の飛行機……そうして、想像を超えた力がもうすぐこの町にもやってきて、すべてを焼き払い、飲み込んでしまう。どうにもできない大きな力で、世界が呑み込まれていく。その中で小さな私は、なんて無力なんだろう。

やがて空を見上げる私の目に、いくつかの小さな〝影〟が映った。肩に四つのプロペラを付けた、銀色の影。プロペラの回転音が響く。サイレンの音と重なったその音楽は、いつまでも不気味に鳴り響いている。

ああ、B29だ。私は思った。とうとう、やってきたのだ。全身の毛が逆立つような感覚に襲われ、私は家族の方を振り返った。逃げよう！　そう、言おうとして。

でも、振り向いた時、もうすでに、家族はいなかった。どこかに行ってしまった後だった。戦火の迫る中、私は一人、ぽつんと取り残されていた。

……しょうがない。しょうがないの。仕方がない。いつものことだもん……大事な時には、いつもいないの。……それでも、生きなくちゃ。私、絶対に、生きなくちゃいけない。また、全身に力が籠《こ》もる。　生きるんだ。生きるんだ。生きるんだ。

なにが、あっても。

震える手を握りしめた瞬間、息を切らしながら、目が覚めた。

故障

私をロボットにして
ロボットにして
神さま　お願い
ロボットにして
ロボットにして
居場所が欲しい　今すぐ欲しい

倉橋ヨエコ『ロボット』

ある時期から、母は私の様子が変わったことに気付いたという。

ボーッとしていることが増え、何か言われてビクッとしたりオロオロしたり、落ち着かない行動や動きが増えたように感じた。しゃべる内容は以前からおかしかったが、それ以上に『何か別の意味で』おかしい、と思うようになった。

そんな私の様子を、のちに母は『挙動不審』と表現した。

学校で鈴本に怒鳴られ押さえつけられ、勉強をきちんとやらなかったといっては遅くまで教室に残され罵倒され、家でも怒られ何もかも否定され、私は、何をしていいのか分からなくなっていた。

『機械のように、言われたことを言われたとおりに、やらなければいけない（でなければ怒られる）』のに、それができない自分に苛立ち、その次にはやってくるであろうあらゆる暴力を恐れていた。名前を呼ばれただけで、次は叩かれると思うようになった。忘れ物の数は日を増すごとにひどくなり、さらに落ち着きがなくなった、どもるようになった。

自分が自分じゃないような感覚はどんどん増え、怒鳴られている途中で景色が真っ暗になり、記憶が飛ぶことが増えた。それ以外でも、さっきあったことが思い出せないなどの異常な状態は、学校でも増えていった。

敬老の日を控えたある日。学校では、「校区内のお年寄りの皆さんにお手紙を書こう」という課題が出された。私はこういう漠然とした課題が一番苦手なのだ。案の定、一人だけ残され、手紙を書く羽目になってしまった。

［おじいちゃん、おばあちゃんこんにちは。わたしは△△しょうがっこうにかようしばざきここらです。］

ここまでは書けるものの、その後をどう書けばいいものか分からない。頑張って書いて持っていくたびに、鈴本は「**ねぇ、自分で書いて、おかしいと思わん？　こんなん言われてどう嬉しん？　少しはまともなもん書けよ。こんなんもらって、嬉しいわけないやろ**」とひどく不機嫌そうに吐き捨てた。

「じゃあ、なんてかけばええの？」

鈴本は呆れた、というようにぐるりと目を回した後、鋭い声で、

「**そんなん自分で考えええよ‼　そんなことも分からんのかい⁉　はー。やっぱりバカは違うねぇ**」と言い、顎《あご》をしゃくって『早くもどれ』と指示をした。それが分からない私は、しばらく教卓の前に立っていて「さっさと戻れ‼」と、また、頭を叩かれた。

もう何を書けばいいのか分からない。どう書けば鈴本が満足するのかが、分からない。ただ、疲れていた。何も考えたくなかった。

小学一年生。だけど、私は疲れ果てていた。

しかし突然、私の頭の中に『とってもいい言葉』が浮かんだのだ。鈴本は思った事で、本当のことを書けばいいと言っていた。事実を書けばいいのだ。それなら、鈴本も文句はないだろう。

私は頑張って書きあげた『自信作』を、意気揚々と鈴本のところへ持っていった。

「せんせい、できたよ！」

「おー、ようやくできたん。頑張ればできるんやん。よしよし、貸してみ」

鈴本の機嫌もいくらか良くなったようだ。

しかし、文章を読んでいくにつれ、鈴本の顔が曇り、『手紙』を握る手に力が籠もる。それと同時に、私はなぜか『自信作』の内容が、まったく思い出せないことに気づいた。いくら考えても、たった今考えて書いた手紙の内容が、全然、思い出せない。

そんな私に降り注いだのは『よくできました』の褒め言葉ではなく、例によって、とんでもない雷

だった。

「お前、ホンマに頭がおかしいんやな！　本気でこれ書いたんかい！　本気で!!　バカか!!　どんだけクズやねん!!　こんな奴がおるん!?　こんな奴ホントにおるんかい!?　あーーー!!　クラスにあんたみたいなん居てると思ったら、虫唾《むしず》が走るわ!!」

とんでもない声で叫び私の腕を掴《つか》むと、鈴本は思いっ切り振り飛ばした。机や椅子がガラガラと騒ぎ立てる。目の前に立ちはだかり、鈴本は再びすごい形相で怒鳴る。

「え……え……でも、なんて……？　なんて、せんせい、かけばいいの……？　なんで……なんで……」

焦り、戸惑い、泣く私を再び立たせ、鈴本はまた突き飛ばした。再び椅子や机が鳴り響く。私が這い上がるように席に座ると、鈴本は『自信作』を机に叩きつけた。

「ここ、全部消せや！」

せっかく書いたのに……？　でも、鈴本への恐怖から、私は渾身の『自信作』をすべて消した。消しゴムで、一つ一つ、跡形も残らないように、全部、消した。そして全身の震えを止められないまま、鈴本に聞いた。

「せんせい、ね……なんてかいたらいい……？」

私は、なぜいつも、怒られてばかりいるんだろう。隣で怒鳴り散らす鈴本の声を聞きながら、私はぼうっと考えていた。頬の上に熱い線を引きながら、涙がいくつも落ちていった。

結局、私は、鈴本に言われたとおりに手紙を書き連ねた。動転しながら書いたからか、書いた内容は一切覚えていなかった。ただ一言、鈴本が叫んだ『〝おじいちゃんおばあちゃん長生きしてね〟とでも書いとけばええやろ!!』という言葉を聞いて、ああなるほどと思ったが、じゃあ最初からそう書きなさいと言えばよかったのにと、遠のく意識の中、思っていた。鈴本は、結局、自分好みの文章を私に書かせ、それを持って去っていった。

……何であんなに怒られたんだろう。私は、なんて書いてしまっていたんだろう。

数日後、たまたま鈴本に連れられて職員室へ向かう途中、他のクラスの教員と鈴本が立ち話をし始め、私はそこで私の『自信作』の内容を知ることとなった。鈴本は女性教員を見ると挨拶もそこそこに、横にいる私の愚痴を言い始めたのだ。

「もう、この子、ホンマあかん。頭どっか壊れてるんですよ。この間もねー、敬老の日のお手紙出すヤツ……この子、なんて書いたと思います？『**おじいちゃん、おばあちゃんは、すぐ死んじゃうけど**』**やて!　信じられます?**　ホンマに、頭どうかなってるとしか思えないですよ。こんな知恵遅れのために、クラスみーんな迷惑ですよ。こんだけ言われてても、この子全然分かってないんですよ。ホンマにねぇ、もう、こっちが頭どうかなってまうわ!　知恵遅れ学校でも行ったらよかってん!!　なんで私がこんな子、見なあかんのやろ!?　ホンッマに……」

鈴本は、その他にもうっぷんをぶちまけるように悪口雑言《あっこうぞうごん》吐き散らすと、清々《せいせい》したという顔をした。私は今さらながらに驚いた。本当に、まったく覚えていなかったのだ。そんなこと書いたっけ。なんでそう書いたんだろう……というか、**それは書いちゃいけないことだったのだろうか。**

だって、ウソはいけないというから本当のことを書いたのに。それがダメだというのなら、どう書けばいいか最初から教えてくれたらよかったのに。

「いやー。もう、この子、**ダメです**。あかんのよ。もうね……**ダメ**（笑）」

鈴本の鼻にかけた笑い声が、とどめを刺した。


そっか。　**私、もう、ダメなんだ**。


ぶっ壊れていて、おかしくて、キチガイで、ダメだ。　ダメなんだ。

言葉は、繰り返しこだました。まるで大きな木がちっぽけな大地に根を下ろし、がっちりと掴んで離そうとしないように、『この子は、ダメ』その言葉が、深く食い込み、小さな心を支配した。


ある日行われた個人面談で、鈴本は母に言った。

「お母さん、ここらちゃん、**白痴か知恵遅れやないですか?**　あの子、私じゃ責任持たれませんよ。このまま大きくなったら、大変なことになるんやないかと思いますけど」

母は仰天して狼狽《ろうばい》し、否定しようとした。しかしそれと同時に思い当たることも、いくつかあるように思えた。何よりいつも一緒にいて、わが子のことを誰よりよく知る教師の言葉は、彼女の心を動かして余りあるものだった。加えて最近、様子がおかしかったこともあり、母はすぐさま知人に紹介されたある検査機関に私の検査を依頼した。その時は、つまらない『遊び』をいくつかさせられたのを覚えている。——大人になってから知ったが、それは知能検査の一環だったのだ。

検査の結果は、知能に際立った異常はなし。むしろ『調子のいい時のものを合わせると』、知能指数は一二〇以上と、いくらか高いほうだったそうだ。

『調子のいい時』と断ったのは、その時その時で、気分にばらつきがあり、気分が乗らないとまったくテストに集中しなかったから、らしい。通された部屋が違えばぐずるし、やりたくないもの、苦手なもの、分からないものは『嫌だ。やらない。気が乗らない』などと言い、頑《かたく》なにやろうとしなかったようだった。だが、集中力にバランスを欠き、できる時とできない時、また、できることとできないことは大きく分かれるが、それも『まま、あること』とされ、成長するにしたがって落ち着くとの見解が、その機関では示された。それでも、母親なりに抱いていたいろいろな心配事を吐露していくうちに、では経過を見るためにこちらに通ってくださいと言われ、私は週一の頻度で、そこへセラピーを受けに行くことになったのだった。

当時、私は小学校一年生。大人たちがどんな話をしていたのかも知らないし、どんなことを言われたのかも分からない。知能指数にしろ、その当時の検査結果にしろ、知ったのは大人になってからだった。

その機関では主に箱庭療法やプレイセラピーなどを受けていたが、学校での状況がよくなったわけではなかった。何が変わるわけでもない。セラピーは、本と同じ。一瞬だけ現実を忘れる時間が、週に一時間というわずかな時間、増えただけ。しかし、そのわずかばかりの時間をも踏みにじり、嵐はすべてを飲み込み、巻き上げ、破壊し尽くし通り過ぎていく。何もできないまま、私は雨と風に晒《さら》されながら、嵐が去るのをじっと待つしかなかった。嵐に出くわす時にはいつも、私には逃げ場も、駆け込める安全なねぐらもない。もし逃げたとしても、嵐はどこまでも追いかけてきて私を見つけ出し、大事なものもすべて破壊し尽くしては高らかに笑う。

まるで蔦《つた》のように満遍《まんべん》なく絡みつく空虚《くうきょ》の化身《けしん》が、私から生きていくために必要なすべてのものを、奪い去ってしまったようだった。

一年中、嵐だ。

毎日、嵐が吹き荒れた。

そしてとうとう一年が過ぎ、そんな嵐が私の目の前から姿を消す日がやってきても、その時のことなんて、もう、記憶もない。

長い長い苦しみが終わった日のことさえ、私は、もう、思い出すこともできないままなのだ。

第3章

バトンタッチ

バトンタッチ

教室で誰かが笑ってた
それは　とても晴れた日で

Cocco『Raining』

怒濤《どとう》の一年が終わると、鈴本はあっという間に姿を消した。それこそ、霧が山から吹き下ろす風で掻《か》き消されるように、私の前からも学校からも、忽然《こつぜん》と、姿を消した。

たくさんの傷を残し、たくさんのものを破壊した、あんなにひどい嵐の去就《きょしゅう》は、あまりにもあっけないもので、彼女がどのように去っていったか、今は思い出すすべもない。

私たちは二年生になった。学校では改めてクラス編成がおこなわれ、クラスは四クラスになり、私は二のBになった。学年が上がることにもおののき、教室が変わったり教科書が変わったり、下駄箱までの道順が変わることにすら私は混乱し、相変わらずまたぐずったり、騒いだりした。

二年の受け持ちは〝ばあちゃん先生〟。ずいぶん年だったような気がするが、正直ほとんど覚えていない。印象も薄く、ただ昔ながらの先生、というイメージ以外、覚えていることもない。

彼女にとっても私は、節度がなく、騒々しく、授業を邪魔する迷惑な児童に他ならず、どちらかというと、彼女も鈴本と同じアングルから私を見ていたようだった。

〝ばあちゃん先生〟が私を問題児としか見ていなかった事実は、通信簿からも読み取れた。

［二年生一学期のコメント：
授業中、気が向けば発言します。作文絵画、書写等の時は、途中で投げ出してしまう点がきになります。最後までやり抜く精神力の育成が課題であると考えています。］

［二年生一学期　学校生活の動向：
グループの中で遊んでいる中に単独行動に移り、みんなが楽しく遊んでいるのを見ると仲間に入れてくれないと言ってわめきちらすのでみんなと協調するように話しかけて指導してきたが仲々効果は薄い。］

まるで実験動物の観察記録みたいだ。淡泊に短所だけを書き連ねてあるのを見ると、彼女の私に対する覚えも、よっぽど悪かったに違いない。そして大して印象もないうちに、二年の一学期はあっという間に終わり、楽しくない夏休み（どうせ学童だ）も、あっという間に過ぎ去り、そして、二学期になった。

また嫌な学校が始まった……そう思いながら学校に行って、驚いた。

ばあちゃん先生が、若返った！

青天の霹靂《へきれき》

クラスに来たのは、若い女性の教員だった。

一瞬、クラスを間違えたのかな？　と思ったが、女性教員は、そのまま教壇に立ち、自己紹介を始めた。そして、なんとこのクラスの受け持ちだと言う。何が起こったのか意味がまったく分からず、ちんぷんかんぷんでうろたえっぱなしだったが、なんてことだろう。その言葉どおり、**そもそも彼女こそ、私たちの担任だったのだ。**

諸事情により一学期の間、休職を余儀なくされ、一学期はばあちゃん先生が代理を務めていたらしかった。ばあちゃん先生は彼女の復帰を機に、ハタ迷惑な生徒のいる教室からこれ幸いと去り、若い女先生はようやく名実ともに、私たちの担任として学校に復帰することになったのだった。

ともかく、新しい（?）先生がやってきた。

先生の名前は、堀田《ほった》先生。二〇代半ばから後半の、明るくて元気でハキハキとした、色白で愛らしい先生だった。色眼鏡なしで見れば、しっかりとした、いい先生に見えたが、私には『女性の若い教師』に、とても嫌な思い出と、とても悪い印象があった。せっかく以前よりはましなばあちゃん先生になったと思ったのに、また若くてはきはきとした先生がやってきたのだ。彼女の言葉の端々《はしばし》に鈴本を思い出し、私は不信感を募らせることになった。

さて、いつものことだが新しい状況・新しい環境に適応不能な私は、また一年生と二年生の一学期同様、いろいろと混乱することになった。

たとえそれが、苦しみからの解放を意味する変化であったとしても、私の脳は変化を受け入れず、私を半狂乱にさせる。驚かれるかもしれないが、受け持ちが鈴本からばあちゃん先生になった時でさえ、そうだったのだ。とにかく、まったく違う対応・違う状況を呈《てい》されると、それが今までより良いものになっていようと、受け入れることができない。もちろん、この時も同じだった。

たとえば、席替えがある。給食の時間のあいさつが変わる。そんな些細なことで、もう大混乱だ。慣れないパターンに頭を掻きむしり、不安で気が狂いそうで、怖くてたまらない。しかし、怖くて仕方がないだけなのに、みんなには怒られてしまい、また、不安と恐怖が募る……そんな状態から、とにかく〝起こるすべてのこと〟に、慣れていかなければいけない。

私はしょっぱなからターボ全開、毎日のように大騒ぎした。いまだに、教師に対しての態度もなっておらず、言い方に気を付けることも、そのあと起こるであろうことにも、想像し、対応するには至っていなかった。

何かを発表するたびに大騒ぎする私に、堀田先生も最初っから困ることになる。その混乱は数日、もしくは数週間続くことになったが、ある日、昼休みだったろうか。そんな私を呼び、堀田先生が切り出したのだ。「**柴崎さん、あんな**」

体には一瞬で力が入り、子供ながらに隙を作るまいと身構えた。蹴られるのか、殴られるのか――。でも、そんな強気の態度とは裏腹に、ひどい動悸と恐怖が全身に走る。

そんな、身構えた私の上に降ってきたのは意外な言葉だった。

「あんな、先生は、先生にしかなれへんねやんか」

……？

「もしかしたらな、柴崎さんにとって、一年生の時の先生のほうが良かったかも分からん。〇〇先生（ばあちゃん先生）のやり方のほうが良かったかも分かれへん。でもな、先生は先生のやり方しかできんから」

私はきょとんとした。一体……何の話？？　何のことを言われているのか、さっぱり分からない。

※一次障害：端折《はしょ》って話されると話の脈絡が掴めない

「……先生のやり方、最初は嫌やと思うかも知れんけど、**先生も頑張るから、柴崎さんも一緒に頑張ってくれへん？**」

堀田先生は話を続けた。

その後の説明で、鈍い私もようやく、クラスのさまざまな変更事項のことなのかな？　とうっすら分かったが、同時に言われた言葉に混乱していた。

一緒に頑張る？　こんな言葉、家でだってかけられたことはない。しかし、自分の意見を簡単に変えられない私は、相変わらず「でも、そんなん、良くなっていくかどうか、分かれへん……」と、ふてくされ、小声ながらも意地を張り続けるしかない。叩かれるかもしれないし、蹴られるかもしれない。でも、言いたいことは言わなきゃ気がすまない。それが私なのだ。

「そっか〜、確かにそうやなぁ〜。**……じゃあ、良くなってないと思ったら、教えてくれへん？**　そしたら先生、**もっと良くなるように、考えるわ〜。どう？**」

そう言うと同時に、堀田先生は、ニコッと笑った。

一瞬にして思考回路が停止した。日本語だけれど、今まで私が聞いたことのある、どんな日本語とも違った。今まで使ったことのない思考回路に電流が流れたような気分だ。

彼女はもうええよと言い、私は拍子抜けし混乱したまま、とりあえず教室の外に出ていった。不思議な感覚だった。空気がフワフワしていた。どう反応していいか分からなかったが、決して嫌な気分ではなかったのが、自分でも驚いた。むしろ、嬉しいくらいだ。もしかしたら、堀田先生は今まで出会った人間と、何か違うのかもしれない……。でもどこかでまだ、安心はできないとも思っていた。人間は突然豹変するのだ。父も、母も、鈴本もそうだ。さっきまで普通だったと思ったら、突然怒鳴り散らしたり、物を投げたり、叩いたりする。人間は、恐ろしい。人間は、ちょっとおかしい。

人間っていう『生命体《いきもの》』は、怖いものなのだ。


二学期は、まだ始まったばかり。堀田先生との、残りの七ヵ月が始まった。

ふしぎなこと

堀田先生は、あっという間に子供たちの人気者になった。もともと子供好きの性格と、真面目《まじめ》さと温厚さを持ち合わせ、厳しい面も持っていたが、それが過ぎるということもない人だった。

どんな子供にも依《え》怙《こ》贔屓《ひいき》することなく、気分で言うことが変わることもなかった。喧嘩した子供たちを叱る時も、双方《そうほう》の主張をしっかり聞き、子供たちにどうしたいかどうするべきか、考えさせた。ある意味では普通の先生だったのだろう。でも、私にはあまりにも新鮮だった。そしてその対応の一つ一つに、驚かされ続けた。

たとえば、給食の時間だ。

堀田先生に替わった最初の給食は、怖くて仕方がなかった。私は不安で硬直したまま、目の前の給食を眺めていた。一時になり、給食の時間が終わったが、食べられなかった給食は相変わらず目の前にてんこ盛りで、微動だにしない私を見て、堀田先生がやってきた。

私は身構えたが、先生は、無理せんでええよ。食べれへんのやったら返しておいでと言い、私は叩かれもせず、罵倒もされず、残飯を食べさせられもせず、食べ切れなかった給食を全部鍋の中に返した。それでいいなんて、ウソみたいだった。

けれど、この日だけなら、分からない。堀田先生は、『具合が悪そうだったから、残すことを許した』のかもしれない。鈴本も、最初から残飯を食べさせたわけではなかった。人間は、どこで豹変するか分からない。

それからしばらくしての給食で、やっぱり私は食べ切れず、時間がやって来てしまった。もうだめだ、怒られる。そう思った時、堀田先生がこちらにやってきた。心臓が破裂しそうにバクバクする。ああ、もうダメ。もうダメ。

「どうしたん?」

堀田先生が顔を覗《のぞ》き込んだ。

今度こそ罵倒されるのだろう。モタモタするな、みんなに迷惑ばかりかけて、ほんとに何度言われても分からない奴だ！　そう、怒られるのだろう……私は覚悟を決めた。

「……食べられん？」

机の前にしゃがみ込み、自分の目と私の目を同じ高さに据えると、堀田先生は静かに言った。

食べられないと言ったら、どうなるんだろう……。そう思うと怖くて「食べられない」ということもできない。


なんて言ったら許される？

なんて言ったら怒られる？

どうしたらいい？

どうしたら、うまくいくの？


分からないまま動揺を隠せなくなり、私はとうとう泣き出した。なぜ泣き出したのか、堀田先生も分からなかったに違いない。しかし彼女は、「無理せんで。ご飯戻してき」と静かに言い、私は泣きながら、給食をすべて大鍋に戻した。席に戻ると、堀田先生はまだ私の席で同じ姿勢のまま待っていた。

堀田先生は、「ここらちゃん、給食って、給食のおばちゃんたちがいっつも頑張って作ってくれてるんやんか？　それを残すって、やっぱりよくないと思わへん？」と、静かに話し始めた。

まだ頰を濡《ぬ》らしたまま、私は黙って頷《うなず》いた。

「やろ。だから、できるだけ食べるようにしよう。好き嫌いで残したりするのは、あかんよ。それはあかんこと。ちゃんと食べな、元気な体ができんから。やろ？」

私はまた頷く。

「でも、どうしても食べきれない時は、仕方ない。ちゃんと戻しに行こ。みんな待ってるから。分かった？」

私が頷くと、彼女も静かに頷き、外で待っている子たちと一緒に遊ぶけど、来る？　と聞いた。私は首を横に振った。

「そっか。……なら、先生行ってくるわ。またあとでね」

堀田先生は、笑顔で手を振って教室から出ていった。

目を真っ赤にしたまま、不思議だった。なんでこの人は怒らないんだろう。結局、何も起こらないままだった。何も起こらないまま会話が終わるなんて、すごく変な気分。彼女が私に引き起こすことは、分からないことばかりだった。その次の給食の時間から、堀田先生はクラス全員に、食べきれない時は最初に減らして食べられる量にするように、と言った。

私は混乱していた。怒鳴ることも、叩くことも、物を蹴ることもない。なじることも、侮辱することもない。嘲笑することもない。記憶にある限り、私の件で『学級会』を開かれた記憶もない。

私はダメな人間だから、叩かなければいけないんじゃないの？　なんで先生は叩かないの？

「先生は、あんま、叩けへんねやね」ある日、私は言った。鈴本と比べての客観的な意見だった。

「え、どういうこと？　あんま叩けへんって……叩かんでもええやろ？　なんで叩かなあかんの？」

「前の先生、めっちゃ叩いたよ」

「前の先生って、○○先生（ばあちゃん先生）？」

「ううん、鈴本先生」

「鈴本先生？　叩いたん？」

「叩くし、蹴るし、頭おかしかって」

「なんで？　どういうことでそうなるん？」ギョッとしたように堀田先生は言う。

「よぉ分からん……けど、変やった」

「そぉなん？　……でも、ここらちゃん、人のこと、頭おかしいとか、言うたらあかんで」

「でも鈴本先生、私のこと、頭おかしいって言うてたよ」

「えっ!?　……そんなこと言うたん？」

「私は知恵遅れやし、キチガイやって言うてたよ」

「そんな……なんで⁇　……」堀田先生は絶句した。

「分かれへんけど……でも、いいよ。だって、**ホンマのことやもん**」

私は言った。そう思うことは、普通のことだと思っていたから、普通に言った。

あっけらかんと言った私に、堀田先生は、余計にショックを受けたようだ。

「え……ちょっと待って……ここらちゃんは、おかしないやろ？」

「えー、でも、みんな言ってた。柴崎は頭おかしいって」

「そんな……先生、おかしいと思えへん！」**キッパリ！**

「なんで先生はおかしいと思わへんの？」

「だって、思えへんもん。思えへんもんは、思えへん（キッパリ！）。先生、ここらちゃんは、**かわいい普通の女の子やと思う！**」

「なんでー？　先生って、変わってんねやね」

「えー……そんなことない。普通やって」

「そうなん？　だってみんな私のこと、頭おかしいとか、アホとかバカとか、言うよ？」

「みんなって……他、誰が言うん？」

「クラスのみんなもやし、お父さんとか、お母さんとか、お姉ちゃんとか、おばあちゃんとか、どうしようもない奴とか、言っても分からん奴とか、言うよ？」

「……………」

「いっつも言うよ？」

「……そっか……」

少し無言の時間があった。なぜ、しゃべらないのだろう。止まってしまった時計を見るような気分で、堀田先生を眺めていた。私は、もっと話がしたかった。こんなふうに、誰かと話をする経験が、私にはほとんどなかった。

私は、ずっと、誰かと『話』がしたかったのだ。

「……ここらちゃんは、叩かれたり、頭悪いとか言われるん、嫌やないん？　……嫌やろ？」

堀田先生がふいに呟くように言う。

「そんなん、嫌に決まってるやん」

「やったら先生、叩きたくないし、言いたない」

「なんで？」

「だって、叩かれるの嬉しくないやろ。痛いし」

「うん。まあね」

「な？　みんな痛いし、嬉しないやんか？　やったら、先生は叩きたない」

「でも、叩かんと、言うこときかんのやろ？　私は特にそうなんやろ？」

「**そんなことないて！**　なんでここらちゃんだけそうなん？　……あんな、人間は、ちゃんとお話すれば分かるんやから、叩かんでもええと思うよ？　先生はそう思う」

「でも鈴本先生、私は、動物より頭悪い言うてたよ」

「……それは……それは違うわ。それはね、きっとね……もう、その先生の言うこと、気にせんでええねん。それは……ちょっとひどいこと言う先生やな……」

「そんなん、いっぱい言われたよ」

「そっか……先生は、もう、そういうこと言わんから、安心してええよ」

「なんで言わへんの？」

「うん……だってな、そういうのは……そういうのは、言うたらあかんことやんか。だから、先生はそういうこと言わない」

堀田先生はキッパリと言い切った。

「じゃあ叩けへんのやったら、どうやって怒るん？」

「お口で言えばええやん？」

「えー、それだけでも怒ることになるん？　だって、バカとか、キチガイとかも、言わんのやろ？」


ほとんどこんな調子で、堀田先生と私の間では、毎日ちぐはぐで不思議な会話が繰り広げられた。その中でも特に話したのは、折に触れて出てくる、一年生の時の話だった。よく覚えてはいないが、堀田先生にはよく話していたように思う。家族すら話を聞いてくれない中、堀田先生はすべてを受け入れ話を聞いてくれる人であり、私は私で、誰かと『当時』のことについて、共有したいという思いが強かった。さらに言えば、小学一年生のあの時、自分に何が起きたのか、私は私なりに、理解しようとしていたのだと思う。あれだけひどい目に遭っていながら、それでも、私はあれが当たり前なのだと思っていたし、それに、なんと私は、**鈴本に好かれていたのだと**（！）思い込んでいたのだ。


なぜなら以前鈴本に「先生は柴崎さんが嫌いなわけやないで。ただ、柴崎さんがいい子になるために嫌なことでも言わなあかん。先生ホンマは**柴崎さん好きなんやで**。でも、厳しくしたり、叩かな分かれへんやろ？　柴崎さんは」と言われたのだ（最後に余計な言葉がついていたが……）。

『私たち』には、言葉がすべてなのだ。言葉以外の非言語のコミュニケーション手段をほとんど持ち合わせない私たちは――子供の時は特に――相手の言葉をそのまま受け止めてしまう。それ以外の方法を知らないから。

だけど、『好き』という言葉の本質を、『鈴本の行為』の中から、感じることはできなかった。『言葉』を妄信する私の脳と、事実、苦しみの中、狂気に飲み込まれている心との間で、私は常に引き裂かれていた。たとえそれが過ぎ去った日々になっていたとしても。

そんな中、堀田先生が現れたのだ。ようやく、話を聞いてくれる人に出会えた気がした。

壊れたように同じ話しかしない私に呆れもせず、堀田先生は付き合い続けた。いろんな話をしながら、堀田先生は、笑ったり、驚いたりしてくれた。叱られることもあったが、そんなことがすべて新鮮で、気付くと私は、堀田先生の側にいつもくっついて回るようになっていた。

不思議なことに堀田先生も、私をかわいがってくれていた。かわいがってくれていたし、驚いたことにもっと言うなら、どうやら私のことを好いてくれていたようだ。それは決して贔屓ではなく、他の子供たちと同じように分け隔てなく接していたが、二人だけの時間を作り、遊んでくれたりもしたのだ。もし仮に先生が私の話を聞いて、かわいそうに思い同情から構《かま》っていたとしても、憐れみからくる忍耐だけでは、私に付き合い続けることなど到底できなかったはずだ。今でも私は、堀田先生が私を好いてくれていたのだと信じている。

でも、彼女の愛情さえ、当時の私は理解していなかった。彼女がどう思っていたかはまた別として、私の中では、彼女との間にはまだ、信頼関係なんてものはまるでなく、気まぐれで彼女の言うことを聞くこともあったし、嫌なこと（パニックを起こすようなこと）があれば、ずっと机に突っ伏して泣いたまま、一日を終えることもあった。

「さっきちゃんとお話ししたよね？　それはあかん！」と言われても、なんであかんのだ、なんで先生の言うことを聞かなきゃいけないんだと、泣いて抗議した。「先生の言うことは聞かなきゃいけない」。そんなの、鈴本に死ぬほど言われたから知っていたが、恐怖による抑圧から解き放たれた私は、勝手気ままにわがまま放題だった。自由奔放にわがままに、堀田先生にも口答えし続け（それが悪いことだとも思っていなかったし）、クラスメイトや堀田先生の些細な言葉の端っこに、鈴本の影を見つけ混乱し、大騒ぎして授業の邪魔ばかりしたりもした。

しかし、それでも、堀田先生は我慢強かった。


「私、いつもじっとでけへんし、先生のお話、黙って聞けてないから、それはね、あかんと思ってんの」

私の口から、珍しく殊勝な言葉が出た。授業終了直後、私は、突然のフラッシュバックに襲われ、授業中じっとできない自分に腹が立ち、とてもやるせなくなってしまっていた。さらに言うなら、頭の中にいる鈴本に責められているような感覚に陥り、ひどく自罰的になっていたのだ。

「先生も、あかんと思うんやろ。私のことあかんと思ってるんやろ」

私は詰め寄るように、堀田先生に言った。

鈴本の声や、その時の情景を生々しく思い出して、私の気持ちはたびたび、ひどくすり切れ荒《すさ》んでいた。みんなに責められたこと、馬鹿にされたことが頭の中でどんどん回りだす。

※二次障害：過去に起こったネガティブな出来事を生々しく思い出し、フラッシュバックを起こす

どうせみんな私のこと怒るんでしょ。先生も怒るんでしょ。じゃあ、早く怒ればいいのに！　私は心の中で叫んでいた。そう思われているのだったら、早く言ってほしかった。いつ言われるのか、怒鳴られるのかとビクビクするほうが疲れてしまう。こっちから怒らせてでも、さっさと嫌なことを言われたほうが楽な気がして、どこかでわざと、突っかかっていた。

堀田先生は私が言い終わるまで無言だった。言い終わってからも、ちょっとだけ間があった。そして、ちょっとだけ口を開き、軽く息を吸い込んだ。

「でもよ？　前よりよくなったと思わへん？」

……きょとーん。

言われた意味が分からず、頭の中にはたくさんのハテナが浮かぶ。何が、前よりよくなったの？

「だって、ここらちゃん、前はちょっと静かにしとくのも苦手やったやろ？　でも最近は、授業中もちゃんと座っとける時間増えたし、おしゃべりや、よそ見の時間も減ったよ。ちゃんと座っとけるようになったんよ。すごい！　ここらちゃん、**エライ!!　先生はエライと思う!!**」

飛び切りの笑顔で、堀田先生は言った。頭の中で火花が飛び散った。また、使われていなかった脳の回路に電流が流れたようだった。

「でも、明日はできんかもしれん……できんかったら怒るやろ？」

「明日できんかったら、明後日《あさって》頑張ったらええやん〜。大丈夫。だってこんなによくなってきてるもん！　ちょっとずつやっていったら、きっといつの間にかできるようになってるて！」

そう言って、堀田先生はまた笑った。

堀田先生はいつもこんな感じで、できないことを責めるより、できるようになったことを褒める人だった。頑張ったことを認めてくれる人がいることが、私は嬉しかった。それに堀田先生は、私のペースも大事にしてくれていたのだ。

ある日の特別棟での授業では、私はトイレに行きたくなったが、なかなか言い出せずもじもじしてばかりいた……実は、私は二年生になっても使ったことの無いトイレが怖くて、未だに特別棟のトイレに行けていなかったのだ。

「先生、私、ここのトイレ使われないから、クラスのトイレまで行ってくる」

そう堀田先生に言うと、先生はえっ、と叫んで訝《いぶか》しげに眉を寄せた。「どうして？　どうしてここは使えんの？」ひそひそ声で答える。他の子に会話を聞かれたら、「柴崎はトイレにも行けない」と、また囃《はや》し立てられるかもしれない。先生は一緒に来ていた他クラスの先生にその場を任せ、私を連れて廊下に出た。

「じゃあ、今まで体育の時間とか、いっつも教室まで戻ってたん？　……でも、できんことないよ。トイレは同じよ。なんも変わったりせえへん」

「〜〜っっ!!　でも違う!!　なんか、なんかよお分からんけど……違うん！」

自分でもどう表現していいのか分からず、混乱して泣きそうになる私に、先生は少し考えて、いつもの笑顔で言った。

「**分かった！　やったら、今日は先生と一緒に行ってみよう！　こっちでおトイレ行けんかったら困るし、行けるようになっとったほうがいいもん。先生と一緒やったら、ええやろ？**」

堀田先生の笑顔は、私の中の大きな躊躇《ちゅうちょ》を拭い去った。

先生の笑顔が『一緒ならきっと大丈夫』と信じさせてくれたのだ。

特別棟のトイレは古めかしい、昔ながらのトイレだった。薄暗く、湿気がある陰気なトイレ。その様子も、入り口での無駄な足踏みを強要する要因になっていた。入り口まで来ると、堀田先生は「じゃあここで待ってるから、ここらちゃん、行ってきー」とかるーく言う。でも、私には一人で入っていく勇気なんてない。だってここ、初めての場所なのに！

※一次障害：初めての場所・見通しの立たないことに対して混乱を起こす

私は一人じゃ無理と泣き喚《わめ》いて、結局堀田先生の後ろにへばりついてトイレの中に入った。

ベニヤの扉の角っこの、白いペンキが剝《は》がれていた。少し錆《さ》びついたトイレのカギ。変色し、破れた掲示物。先生越しに中を覗き込むと、古びた和式のトイレが見えた。

「うん……でもね、なんか、なんやろ。分からん。なんも変われへん？」

「大丈夫、大丈夫。やったら入ってみて、確認してみたらええよ」

「うーん。じゃあ、側いててね」

「いてるいてる。大丈夫」

先生に念を押して、恐る恐る個室の中に入る。便器の位置、トイレットペーパーの位置、水タンクの位置、水を流すレバーの位置。使い方は全部分かっているはずなのに、とにかく、怖い。私はまだ納得できず、なんやかんやと言いながら、トイレに入ることができない。

堀田先生は怒りもせず、ぐずる私に付き合い続けた。そして、ひたすら「大丈夫！」と明るく言い続けた。時間がないにもかかわらず、よく付き合ってくれたなぁと今でも思う。

堀田先生は長い時間、扉の前に立ち、私が出てくるまでずっと待っていてくれた。


「ここらちゃん！　大丈夫やったやんっ!!」

私がトイレから出てくると堀田先生は大げさすぎるくらい明るく、大きな声で叫んだ。

「うん！　大丈夫やった!!　ちゃんとできたー!!」

私も満面の笑みで堀田先生に返した。

他の子供たちが、とっくの昔に終えている発達課題が、私の目の前には山積していた。堀田先生は、それに嫌そうな顔もせず、できる限り付き合ってくれていたのだ。

私が授業中、よく意味を理解していなさそうな時には、他の子に正規の課題をやらせつつ、私に「大丈夫？　今の意味、分かった？」と聞きに来てくれることもあったし、分かっていなかった時には、簡単な問題を作って、やらせてくれたりもした。授業中にお絵かきをしていても怒らなかった（「ホンマはあかんけど、でも、絵をかきながらでも、ずっと座っておれるようになったんやもん！すごいやん〜！　今度はちゃんと授業聞きながら座っておけるように頑張ろう！」と釘《くぎ》は刺されたが）。できなかったことをできるようになると、目いっぱい褒めてくれた。特に、私が大好きな図画や音楽は「いろんな色を使って綺麗に描けている」「声がよく出てる」と、絵がへたくそでも、音痴でも、いいところを見つけてたくさん褒めてくれた。また、授業の際に、先生が黒板用の巨大な三角定規とかコンパスとか、顕微鏡とか、ラジカセとか……珍しいものを持ってきたりすると、私はどうしても触ったり、確認したりしなければ気がすまず、席を離れて前に行き、すぐ傍《そば》でそれをどうするのか、ジーッと見たりした。珍しいものの誘惑に勝てないのと同時に、見慣れないものが目の前にあることが、不安なのだ。それをどうするのか、見たこともない物が不思議で、私は触ろうとしたり「これ何に使うの？　何でできてるの？　どうやって使うの？」と授業進行を無視して聞いたりした。

堀田先生は小声で「ごめんね、あとで話そう。見るのちょっとだけ、見ててええから」と言って、私に見る時間をくれ、気がすんだようだと思ったら、席に戻すようにした。

私が言うのもなんだが、堀田先生は子供たちの扱いが天才的にうまかったのだと思う。変な意味ではなく、純粋に子供たちの扱いがうまかったのだ。

たとえば、私の日頃の行いが悪いことで、例によってクラスの他の子供たちから、バッシングが出てきたりすることもしばしばあった。

「先生！　柴崎さんいっつも自分勝手やし、クラスのルール守らへん！　なんでみんなは守らなあかんのに、柴崎さんは勝手してええのー!?」

教員が替わり、教員の対応が変わったからといって私の問題が解決したわけではなく、やっぱりことあるごとに私は問題を起こしたし、混乱して恐怖で叫び続けたり、癇癪《かんしゃく》を起こしたり、ぐずって一日中泣き続けることもあったのだ。

それを聞いた堀田先生は、

「うーん。でもな、柴崎さん、前に比べて良くなったところもいっぱいあると思わんかなぁ？　柴崎さんも少しずつだけど、頑張ってると先生は思います。みんなもそう思えへん？　最近柴崎さん、席、座っておけるようになったし、勝手に教室の外に出るのも減ったやろ？　給食当番も係活動も、頑張ってると思うんやけど。みんなはどう思う？」と子供たちに訴えた。

「でも、自分勝手はあかんと思いますーーーー!!」

ふくれっ面の男子が叫んだ。堀田先生はしばらく考えて、

「分かった！　じゃあ、柴崎さんも今聞いてたと思うから、**あとで先生と柴崎さん、どうしたらいいか、話し合って、**今度発表しよな！　それでいい？　ちょっと時間くれる人！」と勢いよく手を挙げた。勢いにつられて子供たちは「は～～い」と、いいお返事をした。

〝できない〟から　其の一

言葉に見放された　そんな風に思う

倉橋ヨエコ『ピエロ』

休み時間は他の子供たちも堀田先生と遊びたがったが、こんな具合に、話し合いの時間という名目で、私はしばしば堀田先生を独占した。

私はそんな時でも、なぜみんなが怒っているのか、なぜ先生がどうにかしなければと思っているかも分かっていない。ただ先生とゆっくり話せるんだと思って、どうでもいい話をし続けたが、先生はしっかり仕事を覚えていて「ここらちゃん、そろそろちゃんと、みんなに言われたことをお話ししよか」と促した。私はすぐにしかめっ面になり俯《うつむ》く。私の中でそれは、とても謎だらけでしかも『嫌なこと』だった。やっても私にはできない。暗示のように言い続けられてきた言葉に取り憑かれ、何をやってもうまくできないんだから、やれと言われることがイヤになってしまっていたのだ。

堀田先生はそんなことも知らず、「じゃあこれはこう。こういう時はこういうふうにするって、約束しよか」と言う。私も口では「せやね」と返事を返すが、心の中では言われたとおりにできる自信などない。しかも、私には言われていることの半分以上が理解不能なのだ。先生が懸命に諭《さと》すたびに、どうせ私には何もできないんだ。また責められるんだ……そんな思いが募っていった。そして、事実、そうだったのだ。

※一次障害：長文の言葉の意味が理解できない

「ねぇ、ここらちゃん、この間さ、約束したやんか？　なんでこんなことしたん？　……約束、守れんなぁ」溜《た》め息とともに、堀田先生が呟いた。

私はまた、言われたとおりにできなくて、みんなから同じ内容でバッシングを食らっていた。

「ねぇ……ここらちゃん、聞いてる……？　ちゃんと分かってる？　この間、自分で言うたんやで。約束できるって、自分で言うたやろ？　なんで約束破ったん？」

「…………」

「どうしたん？　……な、先生とはちゃんと話して、一緒に考えてこうって言うてたやろ？」

それでも私は答えなかった。口をへの字にして、何もない空間に目を落とし続けた。

どうせみんな私のこと笑ってる。どうせ「またできんかった」って言うてる。「どうせ柴崎は言われてもできん奴」って、みんな言うてるんやろ。先生も、そう思ってるんやろ。

「ごめん、ここらちゃん、先生、今日あんまり時間ないん……どうしよか。黙ってたら分かれへん」

「…………」

「……やったら、また、今度ちゃんと話しよか。今日はもう、しゃあない。ね。でも、今度はちゃんと、どうするかお話ししよな」

「…………」

「ねぇ、しゃべれへんのやったら、分かれへん。先生だって。ね、ちゃんとお返事はしようや」

……うるさい。

私は心の中で言い続けていた。**うるさい！**

私の頭の中は時々、話の内容とは関係なく、言われて気がかりだった言葉に反応して、まったく関係のないことを考えていた。この時は「しゃべって」と言われたことに反応し、とても苛立っていた。だって普段は、授業中はしゃべっちゃいけないと言われるし、話しかけたら「うるさい」と家族にだって言われたりする。でも、今は「しゃべりなさい」と言われる。家族も、怒る時だけ「なんか言え！」とか「返事しろ！」などと、自分がしゃべらせたい時だけしゃべれと言ったり、自分が黙らせたいと思ったら、うるさいなどと言って、怒るのだ。そういう状況の変化が理解できない私は、ただ混乱するばかりだ。さっき「しゃべるな」っていったのに、今は「しゃべって」なんておかしい。どうしたらいいのか分からなくなるから、どっちかに決めてほしいのに！

だけど、それと同時に、先生に何か言わなきゃ、という思いもある。それは、聞かれていることに対しての正当な反応だったが、何が言いたかったのか、話が長くなると、もう、分からなくなってしまうのだ。

※一次障害：一度にたくさんのことを言われると理解できず、自分が考えるべきことも分からなくなってしまう

——先生、なんて言ったんだっけ。今、何の話だっけ。なんでしゃべってとか、しゃべるなとか、みんな言うの？　ううん。そうじゃなくて……何言ってたんだっけ。……今、何しなきゃいけないんだっけ。

いろんなことが頭の中をぐるぐる回る。でも、いろんなことがぐるぐる回っていたけど、結局何一つまとまらないまま、私は無言を貫いた。

「……もういい。先生も行かなあかんし。もう、好きなだけ、そうしとったらええわ」

堀田先生は滅多に口にしない冷ややかな言葉を残して、椅子から立ち上がった。そして荷物をまとめると、まるで陶器の置物のように微動だにしない私を置いて、教室を出ていった。

立てつけが悪く、嫌な音を立てる扉の音が、背中で響く。鳥肌が全身をなぞり、そして何の音もしなくなると、私はなぜか、鈴本に怒られた時よりも、傷ついたような気がしていた。先生がいなくなって空っぽになった机と椅子を見ていると、言われた言葉がグルグル頭の中を回りだす。異様に虚しさや切なさがこみ上げてくる。

私が口を閉ざす時は、大体、自分の気持ちや考えをうまく言葉にできない時だった。頭の中がこんがらがって、何か言いたくても、何を言えばいいのか分からず、パニックになってしまうのだ。そんな時は、口はセメントで塞《ふさ》がれたかのように固まってしまう。さっきだって、うるさ〜い！　と思う前は、また別のことを……伝えたいことを考えていたはずなのに。考えて、いろんなことが浮かんできて、わけが分からなくなって、話せなくなる。それは、いつも、いつも。

先生まで、行っちゃった。

空っぽの椅子は、堀田先生が席を立った時の形のまま、その角度のまま、私と同じように途方に暮れていた。項垂《うなだ》れて見る床の模様は、いつも寄木の小市松模様。同じ模様を繰り返す床を見ると、不思議といつも落ち着いたが、今は、寂しくて仕方がなかった。

廊下を走り過ぎていく、別のクラスの子供たちの笑い声。響く足音。ランドセルの音。

だんだん頭がぼんやりしてきて、気が遠くなっていく。

悲しいの。かなしいの、今。

でも、悲しいのも、しょうがないよね。悪いのは、私。いつも、私。

どうせ、私が悪いんだ。


悲しいことがあると、いつもそう思う。


にもかかわらず、同じことばかり、繰り返す。

そんなの、どんなに気が長く、我慢強い堀田先生でも、怒って当然だったのだ。

それでも、堀田先生は次の日には努めて笑い、相変わらず私をかわいがってくれた。そして、そんな堀田先生を見た私は、自分の無礼も非礼も忘れて、何事もなかったかのように笑い、騒ぎ、先生に甘え、変わらず、トラブルを起こし続けていったんだった。

本に埋もれて

本には　純金のような価値がある

映画『アトランティスのこころ』

私は、私を混乱させるようなことが起こると、必ずと言っていいほど本に逃げた。

私は言葉をしゃべるのも聞くのも苦手、書くのも苦手だったけれど、本は大好きだった。人より本が好き。人間より丁寧に物事を教えてくれたからだ。しっかり説明してくれて、取りこぼさないように情報が書いてある。内容が分からなければもう一度読み返せばいいだけ。

人との会話は突然話が変わったりして、まったくついていけなかった。そのうち空に浮かぶ雲や、窓ガラスの反射に気を取られてぼんやりしていると、話はもう進んでしまって、人との会話も授業の内容も大抵、意識が飛んでいるうちに終わってしまった。そして、私がぼんやりしていると相手は突然騒ぎ出すのだ。「また話聞いてなかったん！　あんたは!!　ええ加減にせえや！」と。

人の『言葉』はなかなか理解できないのに、本なら理解できた。本を読み始めると、私の頭の中には大きなスクリーンが下りてきて、まるで映画が上映されるように登場人物たちが動き出す。それは文字を読むのと同時に、頭の中に作り出される『イメージ映像』だった。文章（言語）だったものを、景色や人物として頭の中にイメージ（視覚化）し、それを展開させていけば、文字通り、本の中で何が起こっているのか、一目瞭然になるのだ。そうして、そっといろんなことを教えてくれる。私は本を、まるで物静かな友人のように思っていた。

そんな私が、ある日出会ったのが、『**図書室**』だった。

図書室に入ったのは一年生の『図書の時間』が最初だったろうか。そこは『本の部屋』だった。本のために、本を読む人のために用意された部屋だ。何千冊も本があって、いくら読んでもいいのだ。『学習と科学』も高学年用のものまで、お行儀よく並んでいた。私は有頂天で、限られた図書の時間を利用して、どんどんと読み漁《あさ》った。

図書室の古い本のほとんどは活版印刷で、ページをめくるたびに旧仮名遣いの文字が現れた。かすれた凸凹の文字の感触が、私は好きだった。

好きだった本は学研や、古代エジプト・ピラミッドの本、古代人類の本、人体の本、恐竜の本、化石の本、動物の生態、宇宙、宇宙人、ミステリアスな内容のもの、発明の本、偉人の本、図鑑、とんち話（難しい四字熟語や、面白い響きの言葉が出てくるもの）、辞書、そして、聖書。中でも古代・古生物についての本が好きだったから、父は私が学者になるのだと、ずっと信じていたらしい。

しかし、そこそこ普通の子供たちと同じようなものを好きだった私が、一つだけ、他の子供たちと決定的に違うところがあった。漫画を、ほぼ一切読まなかったのだ。

漫画は『画（絵）』だと、私は譲らなかった。大変失礼な話、漫画なんてアホの読むものだと信じていたのだ。おそらく、父がそんなことを言っていたのを聞いて、真に受けてしまったんだろう。文章を読んでこそ本だと固く信じた私は、小学校三年生になるまで、漫画をほとんど読んだことがなかったのだ。

何かが起こって、辛くてたまらなくなった時、私は一人、図書室に逃げ込んだ。誰もいない図書室で、電気もつけず、物音一つ立てず、少し湿気のある温かなページをめくる。ふと顔を上げると、セピア色した写真のような静かな光景が広がり、私はしばらくその景色にみとれ、安心したら、また本の中へと戻っていく。

ただひたすら、現実を忘れさせてくれる本に夢中。たくさんの本に埋もれている時間が、大好きだった。本に埋もれさせてくれる図書室が宝物だった。

こんな時間が、ずっと、永遠に続けばいいと思っていた。

ある日気付いたこと、と、『声』

二年生になったある日、私は古びた本を読んでいた。それは戦争をテーマにした読み物だった。

小学校一年生の時に私が見た、あの戦争の夢そのままの出来事が、何十年も前に現実に起こったのだという。たくさんの街が焼かれ、たくさんの文化が失われ、たくさんの人が死んだのだ。そして、それから何十年もたったのに、そのあとも東西冷戦、東西ドイツ問題、韓国・北朝鮮問題など……数十年前の出来事が、今でも世界中で火種を残したままくすぶり続けているという。

あんな夢を見たせいなのか、私はひどく戦争の話を恐れていて、だけど同時に戦争や原爆の話や本を食い入るように読むような、両極性を持つ子供に成長していた。そして、いつも考えていた。

なんで戦争なんかが起こるんだろう。何のために、戦争なんかやるんだろう。

傷ついて苦しむだけなのに、何のために戦争をするの？　誰でも知っていることだ。『戦争はいけない』って。みんなそういうのに、なぜ結局は戦争が起きて、みんなが苦しむことになってしまうんだろう。

あの日見た夢は、戦争は、私にとって遠い出来事ではない。恐ろしく生々しい空襲警報は、まだ耳の奥で鳴り響いていた。あの日見た赤紫の煙は、確かに人々を焼いていたのだ。私の、目の前で。

そしてそれを思うたびに、私はなぜか、小さい頃に見た戦隊もののヒーローの『正義の味方』という言葉を思い出していた。なぜかそれが、戦争の話とセットで必ず頭の中に浮かんでくるのだ。

変なの……『正義の味方』なんて……あのヒーローたちは、なぜ自分たちのことを、そう言い切れたのだろう。

『正義の味方』たちが味方していたのは、人間。だけど、人間って『正義』なんだろうか？

人間は、たくさんの問題を抱えている。環境破壊や、戦争や、貧困問題や、強盗や、殺人や……いろんな問題を抱えている。たくさんの本にそう書いてあったし、ニュースでもやっている。だけど、それを引き起こしているのは人間自身だった。なぜ『正義の味方』たちは、**自分が味方している人間が『正義』だと言い切れたんだろう？**　私はそんな思いを、ずっと抱いていた。とても矛盾してみえたのだ。そして、そこから派生して、反対側の立場の『悪いやつら（怪人たち）』は、なんで『悪いこと』をわざわざするんだろう？　というのも疑問に思っていた。

『悪いやつら』は何のために悪いことをするんだろう。なぜわざわざ、人に嫌がられて、嫌われてしまう『悪いこと』をする必要があるんだろう。……もしかしたら『悪いやつら』にも、言い分があるんだろうか？　人間が、悪いことだと分かっていても木を切ったり、排気ガスを出したりしなければ生きていけないように、『悪いやつら』にも、『悪いやつら』なりの理由があるんじゃないだろうか。それがたとえ、自分勝手な理由でも……（私たちが自分勝手に言い訳を考えては、世界を壊していくように）。

もしかしたら『悪いやつら』にも、守りたい人たちが……家族や仲間や友達がいて、そんな人たちを守るために『悪いこと』をするしかないとしたら？　そしたら大事な仲間を殺す『正義の味方』たちのほうこそ、『悪いやつら』は「悪いやつらめ！」と思ったりしないのだろうか。むしろ『悪いやつら』の頭の中では、自分たちが『正義の味方』で、『正義の味方』のヒーローたちこそが、『悪いやつら』なのかもしれないじゃないか。

じゃあ、『悪者』って、誰なの。誰が『正義』なの？

戦争によって引き起こされた、たくさんの悲劇がいたるところにちりばめられたページをめくりながら、私はぼーっと考えていた。

そんな時だ。

――そうなのよ。大事なこと、気付いたね――

懐かしい風のような、すごく暖かい匂いに、瞬間的に全身が包まれた。そしてその中から、〝声〟が、聞こえてきた。

誰が正義かなんて、ほんとは分かんないのよ。反対側から見れば、反対側の世界にも理由があるから……みんな価値観が違って、それぞれの考えがあるの。だけどそれを理解せずに、自分の考えだけが〝正しい〟と思ってしまうと、相手が悪いんだ、間違ってるんだと思い込んで、相手を責めてしまう。正しい自分を『正義』に、『間違っている相手』を『悪者』にしてしまうの。自分と違う相手の『存在』を否定してしまう……場合によっては否定するだけじゃなく、相手の存在を本当に消そうとしてしまった。

『そういうこと』をずっと……続けてきたのよ。だから大変なことが起こったの。分かる？

突然、体の奥から〝何か〟が込み上げてくるような感覚がやってきて、言葉とも想いともつかないものが、私の中に溢れた。泣きたくもないのに、涙が溢れてくるような感覚。すごく深いところから何かが、太陽の下に顔を出すようにひょっこりと現れていた。そしてなんだか、とっても大事なことがストンと落ちて、とてもよく分かったような気がした。

……ああ、なんだか、分かった。すごく、分かった。

『戦争』でもそういうことが、起こってるんだ。

あの人が悪い。いいや、あいつが悪いって……それが始まり。なぜなら『自分と違うから』『理解できないことをしているから』……そんなことが理由で、戦争になったんだ。

どんなに話が複雑になっても、結局は全部、そこ。お互いに自分の考えに突き動かされて、相手を受け入れられなくなって、それがどんどん大きくなって、あんなにたくさんの人が、傷ついたんだ。

アメリカはソ連が悪いと言い、ソ連はアメリカが悪いと言う。東ドイツは西ドイツと西側諸国が悪いと言い、西ドイツは共産主義に支配された東ドイツが、資本主義を否定することが問題の原因なんだと譲らなかった。ヒトラーはユダヤ人を否定し、アーリア人種（ヒトラーが信奉した仮説をもとにした人種観）が世界最高の人種だと豪語した。そして自分の考えを押し付けるために、周辺国に侵攻して、たくさんの人を、ひどい目に遭わせた。

人の在り方を否定し、自分の考えを強要した事が戦争の原因だったのだ。

人を否定することは、きっと誰にでもあるわ。でも、自分と違うものを受け入れていかなきゃ、人間は生きていけないようになっているの。

受け入れないぞ、お前が悪いんだから。なんだと、お前が悪いんだ、お前が消えろ！　そう言い合って大きな争いになって、結局、お互いが傷ついて、守りたかったものや大事なものを、失ってしまったのよ。

……そうだ、同じなんだ。……ちっちゃい時にテレビで見た、あのヒーローと悪者（怪人）は、本当はこの世界で起こっていることを小さく切り取って、映し出しただけなんだ。ヒーローも、ホントはただの人間で、悪者だって、ホントは人間で、お互いを許さず傷つけあうことで、大事なものを失ってしまう……

テレビの中ではヒーローは絶対死なないけど、そんなのウソ。

だって戦争では、敵も味方も、関係ない人たちも、いっぱい死んでしまったもん。

それは全部、分かりあったり、お互いを思いやったり、許し合うことができなかった結果。だから、『否定する』って、怖いことなの。みんな、悲しい思いをするから。

なんだかひどく悲しくなった。胸がぐぅっと潰れるみたいだ。

そんなの、いやだな……

次の瞬間、私は飛び上がった。突然、鼓膜いっぱいに響き渡る甲高い音が聞こえたからだ。ビックリするぐらい大きな音で始業のチャイムが鳴り響き、飛び上がった私の中から、体の中に何かが溢れるような、あの不思議な感覚があっという間に消えていった。

えーーーー！　今、すごく大事なことを考えていたのに。すごく大事なことが分かりそうな気がしたのに……

頭の回転はどんどん遅くなって、またいつものように、目についたものに心を奪われて、考えが纏《まと》まらなくなっていく。すごく大事なこと、すごく、意味のあることだったはずだけど……もう、よく分かんない。うまく考えられない……ちゃんと考えたかったのに！

――いいわよ。また教えてあげるから。でも、また今度ね――

……あ、いいんだ。また……また今度、考えたらきっと分かるよね。また、今度……

小さかった私は、その〝声〟とも、〝想い〟とも取れる不思議な感覚が、何なのかは分かっていなかった。その〝声〟とも〝想い〟とも取れるものが言ったことは、自分が思っていることなのかなと、勝手に思いこんでいた。

まぁ、自分自身の考えのような気もするし、誰か、他人の考えのようにも感じる……とにかく不思議な感覚。とってもぼんやり、微《かす》かに感じるものだから、なかなか摑《つか》み切れないまま、それからもまだしばらくは、ほったらかしになった。

バレエスクール

週に一回、驚くことに『バレエスクール』に通っていた。

もともとは姉が通っていて付いていかされていたが、そこのオーナーのおばちゃんにバレエを始めるなら鏡をあげる、と言われて、小学校一年生だったろうか、バレエを始めたのだ。キラキラ光る鏡が欲しかったのが、バレエを始めた理由だった。

しかし始めてみたけれど、当たり前のようにうまくいくことはなかった。体を動かすのが苦手な私が、バレエなんて全身運動できるわけがないのだ。しかも、曲に合わせてアン・ドゥ・トゥロア、腕をあげて、首を伸ばし、肩は落として、目線は上に、腕を下げて、ドゥミプリエからジャンプ！くるりとまわって、着地、腕を広げて、足は五番の位置で、はい、ポーズ！

……どう考えても、無理やろ。　でも、始めてしまったんだな。

もちろん、ほとんど間をおかず、私は頭角を現した。「できない」ほうの、頭角を。

先生の説明は聞かず、リズム感はない、バランス感覚は悪い、体を意識的に動かすこともできず、体はガリガリなだけで、関節は硬い。しかも私は、姿勢が悪かった。

※一次障害：体を支える筋肉の力が弱く姿勢が悪い（低緊張症）

柔軟体操では、股割りやストレッチで背中に触られることを嫌がり、触った子や先生に怒りだしたり、抗議したりを繰り返した。無理矢理体を伸ばすことにさえ、私の体は強烈な不快感を訴え、発狂するんじゃないかと思うぐらいのその感覚を何とか遠ざけるために、私はひどく辛辣《しんらつ》な言葉を相手に浴びせかけていた。しかし、ワァワァと生意気を言うわりには何もできてやしないし、開いた窓から風が吹き込み、カーテンが動くだけでそっちに気を取られてしまう。さっき注意したところを思い出してと言われても、何を注意されたのかももう思い出せない。いっつもボーッとして、先生の話もちゃんと聞けてないし、さっき怒った相手にも、突然一方的に話しかけたりする。

先生やそこに通う、近所のお嬢様学校の女の子たちとの関係も、もちろん、いいとは言いがたかった。

ある日、レッスンが終わり更衣室に入ると、洋服がなかった。絶対に入れたはずのロッカーに入っていない。あれ？　と思い、扉を閉める。場所を確認し、もう一度開けてみる。……やっぱり、入っていない。
私の頭の中はハテナが飛び回る。あれー。ない。ない。服ないよ？
周りの子たちがクスクス笑っていることに気付きもせず、私は繰り返しパタパタと、扉を開けたり閉めたりし続けた。あれ？　あれ？　あれ⁇　……しかし、今度はいつの間にか、扉パタパタに夢中になってしまい、何に戸惑っていたのか、何を探しているのかも忘れてしまい、ずーっと夢中で扉をパタパタし続けていた。こういう繰り返す動きが、大好きなのだ。

※一次障害：繰り返しや特定のパターンを好む

だいぶ経ってから、ようやく我に返った。……あれ、何してたんだっけ？　……あ、服ないやん。コントみたいだけど、ホントにこんな感じで、何をしていたのか、しょっちゅう分からなくなってしまうのだ。でも、この時は、何で服がないのかが、とにかく分からない。服って、歩くんだっけ。そんなメルヘンなことを考えながら、あたりを見回してみる。もちろん、ない。

？？？　　？？？？

周りの子は相変わらず笑っているようだったが、私は自分のことだけで精一杯だ。誰かに尋ねようとも思わなかった。何で尋ねないの？　と思われるかもしれないが、だって、私が私の服のありかを知らないのに、この子たちが知ってるはずがないのだ。

※一次障害：主観的にしか物事を捉えられず（他者視点の欠如）、推論できない

三〇分ぐらい、ぼけーっとしていただろうか。やっぱり、服、あれへん。

だから、しゃーないかぁーって、**レオタードのまま、電車乗って帰った**。

次の週、バレエスクールのオーナーのおばちゃんに「柴崎さん、忘れ物あったで」と、この間、行方知れずになった服を渡された。どこにあったん、と不躾《ぶしつけ》に聞く私に、おばちゃんは当たり前のように「ロッカーの中、あったよ」と言う。

「うそやん。なかったよ。やからレオタードで帰ってんもん」

「**ええ!?**　いやぁ、どないして帰ったんやろ思ってたけど……レオタードで帰ったん!?　まぁー……そらあかんでぇ。みっともないわぁ」

「何がみっともないん？　みんな着てるやん」

「いや、ここはね、ここはええねんけど……ほら、普通に考えたらええねん。外でレオタード着てたらおかしいやろ」

「？　なんでおかしいの？　レオタードも服やろ。着てておかしいことないやん」

「……あんな……。……もう、ええわ。とにかく、レオタードのまま帰ったらあかん」

？？？？？？？？？？？？？？
※1〝〜なんてみっともない〟※2とか、〝普通は〜する〟とか、そういう言い回しが、まったく理解できないのだ。さらに言えば、他者視点が抜けているから、羞恥《しゅうち》心が欠如している。さらに言えば、人が迷惑だと思っていることも分からないから、人に対してのうしろめたさや、申し訳ないという気持ちも

なかなか湧かない。

オーナーのおばちゃんは、呆れ返って去っていった。周りにいる女の子たちも、呆れ返っていた。そして、こいつホンマにアホなんやな。どないなことしたったら、面白いんやろ。何したら泣くんやろ。

※1　一次障害：漠然とした言い回しが理解できない
※2　一次障害：人からどう見られているかがわからないため、羞恥心がない

そう、思ったんだろう。

しばらくして、また、服がなくなった。私はまたレオタードのまま帰った。どう探してもなかったからだ。次にスクールに行くと、またオーナーのおばちゃんに服を渡され、今度は「レオタードでの帰宅禁止」とのきついお達しがあった。そして、しばらくして……また、服は、消えてしまった。

オーナー《おばちゃん》に「レオタードで帰るな」と言われているから、帰るわけにもいかず、私はまた、一人途方に暮れた。他の子たちは次々帰っていって、私だけが取り残されてしまった。

なんでないんだろう。どうしたらいいんだろう。

「あら、柴崎さん、まだいてる。着替えもせんと……どないしたん？」

更衣室の前をたまたま通りかかったオーナーのおばちゃんだった。説明下手な私が何とかして服がないということを訴えると、おばちゃんは私と一緒にすべてのロッカーをチェックし、私の服がないことを確認し、なぜか外も確認しようといってスクールの玄関ドアを開けた。

扉の外のすぐ脇に更衣室の窓があった。そして……その窓の下にはなぜか帰ったはずの私と同じク

ラスの女の子が二、三人、身を潜めるように蹲《うずくま》っていたのだ。

女の子たちはオーナーと私の存在に気付くと、明らかに慌てた様子で、小声で「ヤッバッ。えー、えー」などと顔を突き合わせて、妙にヘラヘラした笑顔を作っている。おばちゃんがぴしゃりと声をかけると、女の子たちは何やらにやけ笑いで、生返事を返した。おばちゃんは私の方を振り返り、なぜか突然、ジュースをあげるから事務所においで、と言う。

「？　おばちゃん、私、服……」

「ええから、ええから。ずっとなんも飲んでないんやろ？　レッスンの後は、お水飲まなあかんからね」

……まぁ、ジュースがもらえるならと、私はおばちゃんについていった。そして、しばらく事務所でジュースを飲んだり、おばちゃんと話をしたりして過ごしていた。

一〇分ぐらいした時だろうか、「もっかい、服、探してみよか？」おばちゃんが言った。

更衣室に戻り、まず最初に服を入れたロッカーの扉を開けると……なんと、服があった。

おばちゃんは「あらー、よかったねー。帰れるでー」と笑顔だ。私も服が見つかったので、大満足で、さっそく服を着替えカバンを摑み靴を履き、玄関から外に出た。外には、もう、誰もいなかった。

そんなことは、それからもちょくちょく起こった。ある時は靴がなくなり、ある時は持ってきていたノートがなくなり、ある時は、服はゴミ箱の中に『落ちて』いた。

そして、そのたびにオーナーのおばちゃんや先生が、あるはずもない場所を口に出し、私に探しに行くよう仕向ける。そして、そのあとには大抵、ロッカーの中や、さんざん探した場所から……失くしものが出てくるのだ。

大人になってから、おばちゃんは私を助けてくれていたのではないのだと、ようやく理解した。服を隠した女の子たちに、これ以上騒ぎにならぬうちに、私に気付かれないよう服を戻させるために……私に席を外させていただけだったのだ。

そして、またある日、いつものように服がなくなった。すると、困って逡巡《しゅんじゅん》していた私に、あの不思議な感覚がやってきた。とっても静かな場所で、声のような、想いのようなものが、奥から溢れてくる感覚。それは、こんな言葉を私に投げかけていった。

〝あれー？　服ないよー？〟って言わなきゃ。みんなに聞こえるように。

私はオーナーのおばちゃんには、服がなくなったら言いなさいよと言われていたから、言うようになっていたが、いまだに一緒にいる生徒たちに訴えることはなかった。『私が知らないのだから、他の子たちも知るわけがない』と思い込んでいたから（そして、おばちゃんに言えば服が出てくると思い込んでいたから）。

そう思うかもしれないけど、この〝馬鹿らしいゲーム〟を終わらせるためには、そうしたほうがいいのよ。

……なんだかよく分かんないけど……そう言ったほうがいいって感じる……言ってみようかな……

「あれー、服ないー。私の服ないよーーー」私は大声で言った。

更衣室の中がザワッとする。声を聞いた少し年上の女の子が「服、ないの？　大丈夫？　別のところ入れてへん？」と声をかけてくれた。

「ううん。ここやもん。ここ以外、入れたりせん……」

「うーん。そっかぁ……**おかしいなぁ**」

彼女は『おかしい』という言葉の語気を特に強めに言いながら、周りをぐるっと見渡した。

〝別のとこ探しに行ってくる〟って大きい声で言って、ここ、出ていこう。

再び不思議な感覚がやってきた。私が、え、何でそんなこと言って出ていくの？　と思うと、なんと、その声のような、想いのようなものは、返事をするように声（想い）を返した。

そう言って、出て、戻ってきたら、服が戻っているから。

……本当だろうか？

私はとりあえず、その声のような、想いのようなものを感じたままに、表現してみることにした。そのまま二階の練習場へ行き、トイレに行く。しばらく個室に入り、それから更衣室に戻った。更衣室にはさっき声をかけてくれた年上の女の子と、数人の同じくらいの年の女の子が残っているだけだ。ロッカーの扉を開けると……服があった。よかったー、と何も考えず服を着替えようとすると、さっきの年上の女の子が声をかけてきた。

「ごめんね。やってた子にはちゃんと言うといたから……知ってる子たちがあなたの服、隠したみたい……。ごめんなさい」

えーーーーー!? 服、隠されてたん!? **……何のために?**

〝人に嫌な思いをさせるために服を隠す〟そんなことがあるなんて、私は思いもしないから、なぜその子たちは服を隠したのだろうと、不思議で仕方がなかった。

※一次障害：遠回しな嫌味や嫌がらせ、皮肉が分からない

彼女は「またこんなことあったら、私に言ってや。私が怒ったるから」と言ってくれるような優しく、しっかりした子で、その後のバレエ生活でも、彼女が同じクラスだった間は、なんだかんだと庇《かば》ってくれたりした。彼女には本当に救われた。……けれど彼女が見ていないところでは、えげつないお嬢たちはやりたい放題だったのだ。

ある時、帰ろうとバレエスクールの玄関を出ると、さっき帰ったはずのえげつないお嬢たちが下品な声で騒ぎながら、スクールへと戻ってくるところだった。彼女たちは私の顔を見た途端、また騒ぎ出し、私に近づいた。一人が「なぁー、柴崎さん、口開けてや」と言う。は? 何でやねん? と眉をひそめる私に、お嬢は、お世辞にもお嬢様とはいいがたい言葉遣いで、ええからさっさと口開けろや!! と毒づいた。それでも私が口を開けないと、また別のお嬢が、お菓子を上げたいだけやから、口を開けてほしいねん、と、猫なで声で言う。あまりにもしつこいし、見たら本当にお菓子だし、

まぁ、心配ないかなと口を開けた。
お嬢たちは私の口の中にポイッとお菓子を放るように突っ込むと、ギャハハハというまた下品な叫び笑いを上げ、走っていった。
……あいつら、一体なんなんだ？
そう思った瞬間に、私の中で激しいくらい、〝声〟がした。

食べちゃダメ!!!!　吐き出しなさい!!

え……でも、お菓子くれたんだよ……何で……？　そう思うと、〝声〟は、また、応えた。

違うのよ……違うの……まったく！　あのクソガキども、ロクなことしやしないんだから!!

ね……違うのよ……あの子たちはね……

もどかしそうに言う『あの子たちはね……』その後の言葉は、聞こえなかった。代わりに頭の中に、まるで映画でも見るように、映像が浮かんできた。
バレエスクールを出て少し行くと、小さな交差点がある。……お嬢たちはそこの道を、スナック菓子を食べながら歩いていたのだ。教師たちの前では絶対に出さないような汚い声で騒いでいると、誰かが交差点の水溜まりの側でスナックを落とした。一人が大声で「あーあ」と言い、落ちたお菓子を蹴る。すると、それを見たお嬢の一人が、「ね……これさぁ……」と、目配せした。他のお嬢も何かに気付いたらしく、ニヤニヤ笑う。「だって、なぁ……」「落ちたからって捨てたら、もったいないやんなぁ」そう口々に言って、落ちたお菓子を拾うと、スクールに向かって、戻り始めたのだ。

反射的に、口に含んでいたお菓子をブッと吐き出した。そうか、あいつら、落ちたもんやから、食わせたんや。それが事実かは、私には分からない。だけど、あれが事実だと考えたら、すべてに納得ができた。なぜ食べさせたか、なぜ帰ってきたか……


ったく……あんなにバカな子たちだとは思わなかったわ。もう、あの子たちから何かもらっちゃダメよ。……もちろん、もらわないと思うけど……


いや……っていうか、人に落ちたもの食べさせて、何がしたかったん？　人に落ちたものをやったらあかんやろ。なんでそんなことするの⁇

残念ながら私にはそんな〝嫌がらせ〟の意味すら、理解できなかったのだ。


分かんなくてもいいのよ……あんなアホな子たちの考えが分かるようになったって、あんたにいいことなんかないんだから。でも、人っていろんな人がいるから、関わる時は気を付けないとね。……信頼できる人とだけ付き合うようにするとか……まだ難しいか。ま、いいわ。


え、難しくないよ。大事なことならちゃんと知っときたいよ⁇　……ん？

そう、思って、ようやく、気付いた。

……私が話しているの、誰？

小学校二年生。

変な〝声〟が聞こえてたことに、ようやく気付いた。

幻聴

何となく謎の〝声〟が聞こえることに気付いたけれど、だからといって、どうということはなかった。何となくそこに声があるだけって感じだから、特には気にしなかったのだ。子供だから、あれ？これ精神病かな？　とは思わないし、「あれ？　私、ちょっと今参ってるのかな？」とも考えない。もともと、小さい時から空想に浸る傾向はあったのだ。自分で自分の中に居場所を作っていた。けれど、頭の中の秘密の居場所は、鈴本に出会った時から、私の唯一の退避場所になった。

そのうち私は私を守ってくれる存在を、自分で自分の中に生み出したらしい。

よく聞こえたのは、バレエスクールの帰り際に聞こえてきた、例の〝声〟と、もう一つ。とても幼い少女の声で、父に怒られる時によく聞こえてきていたものだった。

何度も書いているが、父は一度怒りに火が付くとなかなか収まらない。そのほとんどがただ怒り任せの不条理なものばかりで、父がそういう状態になると何時間も怒鳴り声に包まれていなければならなかった。ある時は、真夜中に山に連れていかれ、木に縛り付けられ、置き去りにされたこともある。誰が何をしたかなんて、もう覚えていない。ただ、父が「連帯責任や!!」と怒鳴り散らしていたのを、覚えている。私は、ただ化け物にしか見えない父が、恐ろしくて仕方がなかった。

そしてそういう時、必ずと言っていいほど視界が暗くなる。目の前の父の姿は見えているが、それと同時に、真っ暗な空間が目の前に見えるのだ。そこは真っ暗だけど、私には直感的に、その場所が『真っ暗な部屋』だと分かる。その部屋には真ん中にポツンと椅子が置いてあって、〝私〟は〝そこ〟に座らなければと感じるのだ。

私はその椅子に座って、まるでずっと遠くで聞こえるテレビの音みたいに、父の声を聴いていた。でも、それと同時に耳元で鼓膜が破れるんじゃないかというぐらい、ひどい怒鳴り声も聞こえている。私はただただ、怖くて仕方がなかった。

どうしたらいいの。どうしたらいいの。それればかり考えていた時だ。

——なにも、しなくていいんだよ。

小さな女の子の声がした。

だいじょうぶ。あの人はね。ただ、どなりたいだけなの。だれかにぶつけたいだけなの。あなたはただ、ないていて。ないていれば、あの人、それいじょう、なにもしないから。でも、ないてないと、もっとおこるから、ないていてね。そして、〝へやのなか〟にいてね。あとはわたしが〝そと〟にいるから。

その小さな女の子の声を合図に、父を含む現実の映像は消え、私は一人、真っ暗な部屋の椅子に座っていた。ただ、息をするのも密かに、注意力散漫の私には考えられないほどじっと、体を固め、身動き一つせず、ただ一心不乱に〝外〟の私の頬を、涙が伝っていくのだけが分かる。でも、そんなこと知らない。あれは私じゃない。あれは『泣く機械』だ。

見覚えもない、醜く泣く機械。

※二次障害：離人症性障害（解離性障害）。現実世界に存在する自分を実感できなくなり、夢の中の世界にいるように感じる。強いストレスや虐待から起こることが多く、過敏症からの防衛反応として解離することもある。私の場合、一年生の学級会の時からすでに片鱗《へんりん》が見え始めている

……そうだよ。『あなた』はそこにいる『あなた』だよ。そこで、じっとしていてね。そしたら、あの人に、そこにいることはばれないから。わたしが『そと』にいるね。ただ、ないていてね。それだけしてくれたら、あとはわたしがやるから、あなたはそこにいてね。

叩かれると、遠くで鋭い痛みを感じた。私の仕事は、ただ、『痛い』と思ったら、自分を泣かせることだった。

その子が何者なのかは、知らない。分からない。だけどその子は『私の中』にいて、そうやって、いつでも私を助けてくれる。そういうものだった。

怒られるのは、分担作業。　二人で分けたら、少しは楽になるよね。

幻聴は、いつも私のそばにあった。生活の一部に、幻聴は常に食い込んでいた。そして私も、それを当たり前としていたし、それを必要としていた。

彼らが与えてくれる真っ暗な部屋こそ、私の心のよりどころ。
最後の砦《とりで》の　真っ暗なファンタジー

祖母と姉

学校の学童が終わると、私は大抵、祖母の家に向かった。両親は夜遅くしか帰らない。そのため、一悶着《ひともんちゃく》あって家を出た後、私たちの家の近所に居を構えていた祖母の家に、夜まで預けられていたのだ。

祖母は、私が幼かった頃出ていって以来、長い月日が流れているにもかかわらず、相変わらず姉を贔屓《ひいき》し、私を徹底的に差別していた。そして姉は、自分が贔屓されているという立場をよく理解していて、要は鈴本の贔屓の子供たちが私にしたように、嫌がらせや、心無い行いをしていた。

ある時、姉が祖母からもらった紙に絵を描いていた。私も描きたかったが、姉は紙をくれず、「じゃあ、おばあちゃんに聞いてみぃや」と吐き捨てた。祖母に聞いたっていいと言うはずがないが、最後は金切り声になって祖母に訴えると、「ああ、もうせからしい（うるさい、ウザい）ね!!　ともちゃん、もう、うるさかぁ。ちょっと描かせてやらんね」と、祖母が音を上げた。

渋々姉が紙を一枚よこし、私は大喜びで絵を描き始めた。しかし、もう少しで完成という時、突然、姉は私の紙に手を伸ばし、止める間もなくビリッと、紙を破ってしまったのだ。もう少しで完成するはずの絵が目の前で無残に引きちぎられて、私はパニックになり絶叫した。なんで破く？　なんで取ったの⁉

「お前、ちょっとだけやって言うたやろうが‼　どんだけ描いてんねん！　ふざけるな！」そういうと、今度は消しゴムを取り出して、私が描いた絵を、消し始めた。

「やめて‼　やめて‼　返せ‼　やめろや‼　バカ‼　バカ‼　やーめーろ‼」

「**うるさい‼　この、猿‼**」

「**あんた、いい加減にせんね‼　せからしい‼‼**」姉と祖母がほぼ同時に叫んだ。

姉は、ビリビリだった紙を、もっとビリビリにしてしまった。そして「**あー、面白かった**」というと、破いた紙の束を私の方に投げてよこし、再び絵を描き始めた。破られた絵は紙ふぶきみたいに、ヒラヒラ足元に落ちていく。一瞬何が起きたか分からず、ようやくもう絵が元に戻らないと悟ると、私は絶望感と怒りに襲われてワンワン泣いた。なんで破かれたの？　お姉ちゃんがイジワルするのに、なんで私が怒られるの？

「お前、目障り！　泣くならあっち行けや！」姉が蹴る。私は、姉を蹴り返した。

「おばあちゃーん‼　ここらが蹴ってくるー‼」姉が、大声で祖母に言う。目だけは私を見て、ニヤニヤ笑っている。

「なんであんたは、面倒ばっかり起こすんやろか‼　あんたがそこにおるから、あかんのやろが‼」

祖母がちっちゃい目をしかめて私に唸《うな》った。

「だって……じゃあ、どこにいたらいいん!?　どうしたらいいん!?」

「向こうの部屋にでも行っとけばよかろうが！　あんたがおると、ホンにせからしか!!!!　早《は》よいかんね！　あんたが悪いっちゃろうもん!!」

「ほら、早よ行ってこいや。ホラホラ！　邪魔やで！」姉が続いた。

居間から、階段を挟んで奥にある仏間には、ストーブはない。テレビもない。本もない。もちろん、紙も鉛筆も、お菓子も、ない。電気をつけても、薄暗くって嫌いな部屋だった。私は、泣きながらさっき起こったことをぼんやり考えてみた。何も分からなかった。


隣の部屋から聞こえるテレビの音。姉と祖母が話しながら笑う声。


おこづかいをもらえるのは、姉だけ。

褒めてもらえるのも、姉だけ。

笑ってもらえるのも、姉だけ。

構ってもらえるのも、姉だけ。

好きなおかずを作ってもらえるのも、見たい映画の意見が通るのも、甘えていいのも、姉だけ。

姉は学校から帰ってきて、ゴロゴロしながらお菓子を食べているのに、私はお菓子ももらえず、姉がお絵かきをしながらテレビを見ている時も、なぜか私だけ台所に呼ばれて米を研《と》がされたり、ずっとお風呂のお湯を掻き混ぜさせられたり、掃除をさせられたりしていた。私は、なぜなのか分からず、そのたびに嫌な気分になっていた。

脳に障害があったって分かるのだ。『自分が仲間はずれにされてるんだ』という、判で押したような、いつもと同じ出来事。そりゃあ、トラブルメーカーだったから、気付かないうちにいろいろやったのかもしれない。うんざりさせるようなことを、何かしたのかもしれない。でもそれ以上に、祖母と姉は、私をつまはじきにすることを、心から楽しんでいるようだった。

その日は、祖母が廊下に敷いてあるカーペットを綺麗にしたいと言い出した。腰も膝も悪いからと、私たちに頼んだのだ。※1※2私は子供の時に読んだ聖書や、道徳的な絵本の中に書いてあった言葉を妄信していて、かわいそうな人や困っている人には、手を貸すべきだと昔から思っていたので、「ええよー」と返事をした。

※1　一次障害：一度信じたことが概念形成されると、それにこだわる
※2　一次障害：人の言葉だけを聞いて判断し、感情を排して嫌いな相手にでもやるべきことはやろうとするため、お人よしになりやすく、利用されやすい

「あらー、ともちゃんはどうするんやろ？　やってくれるんやろかぁ？」

姉は正直、あまり気乗りしない様子だったが、普段そんなにかわいがってもいない下の子が「おばあちゃん、膝痛いんやったら代わりにやったるよ」と、微笑《ほほえ》ましいことを言うてる横で、かわいがっている孫が超・めんどそうな顔をしているのだ。祖母は正直、メチャメチャ残念だっただろう。

姉はそんな空気を察したのか、しぶしぶカーペット掃除を引き受けた。

廊下の床に直《じか》に貼り付けられたパンチカーペットは、目が痛いくらいの緑色をしていた。ほこりや髪の毛が落ちて絡まり、なかなか取れないからと、祖母は自分が使った『シップ』を大事にとっていて、廊下のカーペットを掃除する時に、それでペタペタしていたのだ。

私はもともと、単調で一本調子なことをやるのは嫌いではない。同じことの繰り返しも苦にならない。楽しみつつ、褒めてもらいたい一心で一生懸命、掃除を頑張った。だが、姉は不承不承という感じだから、いい加減で明らかにやる気がない。いつも言われていることを言い返すチャンスだと思い、私は姉がいつも言うように〝再生〟した。

『あんたなにやってん！ ちゃんとやりや！ そんないい加減やったらあかんやろ！ ふざけんな！』

パッと顔をあげた、姉の眉間《みけん》に皺《しわ》が寄っていた。私は姉のいつもの言動を返しただけなのに。

「**はあ!? お前、誰に口きいてんねん!! ふざけんな!!**」姉は持っていたシップをバシッとほかし、「おばあちゃーん！ ここらがアホなことばっかやんねん！ もうやってられん！」そう言い残すと、居間へと消えた。祖母が「**よかよか。あんたがやらんでん。あん子に全部やらせればよか**」と言うのが聞こえ、ほどなくしてテレビの音が聞こえてきた。

私は居間に向かった。私が途中で掃除をやめることなんて、祖母は絶対許さないのに……なんで？

「……なんでお姉ちゃんだけテレビ見てるん？」

「はぁ!? お前と一緒になんてやってられるか！ ええから、さっさと掃除してこいや！」姉は吐き捨て、すぐにテレビに戻った。アニメか、何かをやっていた。

「え……私もテレビ見たい……」

「はぁ？　お前、自分で言うてんからさっさと戻れや‼　掃除してこい！」姉が顎《あご》をしゃくった。祖母も一緒になって、「あんたが悪いんやろうもん！」と続く。何か、おかしい……。どうしてこんなことになるの？

訳も分からず廊下へと戻り、黙々と掃除しながら、私はさっきの言葉の意味を理解しようとした。親切心で始めたのに、まるで召し使いに命令するようだった。

胸いっぱいに詰まっていた、淡い期待や、なけなしの優しさが、胸の中から思いっきり引きちぎられてしまっていた。私は、訳も分からず、切なくてたまらなかった。


「ねぇ、ここら、まだやりよる。いつまでやるんやろ」

後ろから、含み笑いのひそひそ声がした。姉の声だ。

「ホンに、あん子はバカばいねぇ」

気が付くとあたりは暗くなりつつあった。きっとずいぶん長い間、掃除していたんだろう。小ばかにして鼻で笑う二人の声に居たたまれなくなりながら、いつまで掃除をやればいいのか……それは私も訊《き》きたかった。

学校では、掃除の時間の終わりにチャイムが鳴るけど、祖母の家ではチャイムは鳴らない。私はいつまで掃除をすればいいか分からなくて、ずーっと掃除を続けていたのだ。

「ほっといたらまだやると思う？」

「バカやけん、やるやろ」祖母は鼻にかけた声で答えた。……私は、助けてあげようとしただけなのに……

「もうええの!? もうやめてええの!?」

腹立ちまぎれに、私はとっさに叫んだ。なんていうのが正しいのか、どんな言葉を言えばいいのか分からなくて、口を突いて出たのはとても間の抜けた、的外れな言葉だった。

「そげんことも分からんとね」

「分からんから聞いてん!!」

「**やっぱり、バカばい**」

二人は居間へと顔をひっこめ、後は押し殺した、笑い声だけが聞こえてきた。

「ねぇ! どうしたらええのーー!?」

「**そんなん自分で考えろや! バーカ!!**」姉の、声がした。

ある日、祖母の家で、いろんなことがあまりにも嫌で耐え切れなくなって、祖母に向かって「もう、帰る!!」と叫んだことがある。すべてのことにもう我慢ならなかったのだ。それに以前、姉と祖母が喧嘩した時に「おばあちゃん嫌い! もう帰る!」と姉が拗《す》ね、祖母が必死になって止めていたのを思い出して、こう言ったら少しは私のことを考えてくれるかなと、ちっこい脳みそで必死に考えて実践してみたのだ。

しかし、祖母は冷たい目を向けると、

「あーそうね、いいよ、帰らんね。あんたがおらんだっちゃ（いなくっても）何も困らん」そう、冷たい口調で、言い放った。

祖母と姉の二人に畳みかけられ、立つ瀬を失った私は玄関の扉を開けた。真っ暗。夜の一〇時になろうとしていた。全身に寒気が走ったが、「お前グズグズすんなや！　さっさと帰れ！」と叫ぶ姉の声に、なんだか心底疲れた気がして、普段なら絶対に自分から出ることはない『夜』の中に、私は足を踏み入れた。

夜はそこはかとなく暗かった。恐る恐る門扉《もんぴ》を出る。暗い道が続いていた。どこかの家から、楽しげな笑い声が聞こえてくる……けれどそれ以外音がせず、道は静まり返っていた。

不安で心細くなったちょうどその時、後ろから生温かい風が、追い越すように吹いた。とても、温かい風が。

その風の温かさは、心の中に吹いてくるようだった。私は心の底からホッとした。ああ、夜って、こんなに温かいんだ。こんなに……

誰もいない夜の街並みが、一瞬で作り物みたいな、テーマパークのようなものに思えた。私の中にある、誰もいない『私だけの世界』が現実のものとなって現れたようだ。そして、温かい風。誰もいない夜の街に吹く、温かい風。ここではもう、何も気にしなくていいのだ。

家族といる時、学童の先生や、クラスメイトといる時……本当は、堀田先生といる時でさえ……私は、少しも気の休まる時なんてなかった。誰の前でも、怒られないように、失敗しないようにと、必死で気を張る。でも、結局失敗して、まともにできなくて、怒られては泣いて、いつも不安や恐怖でがんじがらめだった。それなのに脳はすぐまた暴走して、バカなことをしでかす。私までも引っ張り回して、クタクタにする。そしてクタクタになった私が、また親や先生やクラスメイトに怒られなければならない。

私は、ただでさえ小さく萎《しぼ》んだ私の世界の、そのまた隅っこにまで追い詰められていたのだ。疲れ切っていたのだ。

そんな私を、夜は温かく包み込んでくれた。そこには誰もいない。私だけ。夜は何も言わないいし、何もしてくれはしない。だけど温かい風をくれた。

街灯の下に咲くサルスベリの花が、萎《しお》れかけのレースみたいな、ピンクの花を咲かせている。

夜って、温かい。

夜って、優しい。

どんな人よりも優しい。

何も言わないいし、何もしてくれないけど、私を受け入れてくれる。

私ははしゃいで、一回、二回とクルクル回り、ジグザグに大股に歩き、足を跳ね上げた。

誰も、何も言わない。怒らない。誰にも、何も言われない。そう思ったとたん、ひどい震えのような喜びが全身に走った。初めて深呼吸した気分。

私は、自由だ。

いつもいつも、何をしたら怒られるか、手が飛んでくるか見当もつかず、人といる時は常に、何をするにも、ビクビクしていた。

だけど今、心も体も、自由だ。

失敗しても、間違っても、何も言われない。

やり直しもさせられない。

バカにされ、笑われることもない。

誰もいない。

なんて素敵。

ぎこちなくクルクル回る小さな花のように、髪を振り乱し、一心不乱に輪を描いた。

気分だけはバレリーナ。トゥシューズのように爪先で立ち、めまいで座り込むまで回り続けた。

息を切らしながら、高揚感に浸る。


神様。

神様、見て。だぁれもいない。

今、私、幸せ。

ねぇ　今　とっても幸せ

〝できない〟から　其の二

もうこのまま　土の下で　眠っていられたらいいのに

UA『雲がちぎれる時』

「ねぇ、〝それ〟やめてや。邪魔やで」

いつも椅子の前脚を上げて、後ろの脚だけでグラグラ揺らさないと落ち着かない私は、後ろの席の女の子にそう言われても何も答えなかった。

「なぁって！　聞こえてんやろ！　ホンマ、止めてや！　邪魔なんやって!!」

怒鳴り声とともに後ろからドン！　と突然触られたことで、私の体には電気ショックを流されたような不快感が走り、驚きと怒りで大声で叫ぶ。

「柴崎、うるさいねん！　黙れや!!」誰かが叫ぶ。と、同時に消しゴムか何かが飛んできた。後頭部に当たる。混乱した私は余計に絶叫する。

「やかましいんじゃ!!　ボケ!!」「お前黙れ!!」一気にクラス中から声が上がる。それに動転し、恐怖が募り、また私は泣き叫び、それでも子供たちは周りで大騒ぎする。私は混乱した状況の中、何とか落ち着きたくて、泣きながら机に突っ伏した。

……クラスでは大体、一日か二日に一回はこんなことが起きた。そして、ここ数日、残念ながらこのお祭り騒ぎが頻発していた。

数時間後には、神妙な顔をした堀田先生の眼前に、背中を丸めて立ち、相変わらず口をへの字に曲げ、俯《うつむ》いて床の小市松模様を眺める私がいた。

席を離れちゃいけないとか、
チャイムが鳴る前に教室に戻らなきゃいけないとか、
遅刻しちゃいけないとか、
お友達とは仲良くしなきゃいけないとか、
やらなきゃいけないことは、山ほどあった。なのにそのどれも、できないまま。

堀田先生は何も言わずに、私を見つめている。時々、堀田先生は自分から口火を切ることなく、私から話し出すのを待つようになった。それは頭からワーッと決めつけて畳みかけたり、相手に抑えつけられたりすると、私が余計混乱したり、何から説明すればいいか、分からなくなってしまうようだと気付いたからだったのかもしれない。でも私は何も言わず立ち続けた。五分以上、無言の時間が続いた。

「……どうしたらええんやろ？」堀田先生が静かに口火を切った。

「………………」

「○○ちゃん怒ってたよ。やめてて何度も言うたって」

「……何を怒ってたん」

「ん……椅子、倒したことよ……○○ちゃん、何度もやめてって言うたって、言うてたよ」

「言うてない」

「○○ちゃんは、ちゃんと言ったって、言うてたよ」

「だって、言うてなかった！　○○ちゃん、ウソついてる！」


彼女は「椅子を倒さないで」とは言わなかったのだ。「それ止めて」と言ったのだ。〝それ〟では、分かるワケがないのに。

※一次障害：指示代名詞を使われると、何を指しているのか理解できない

「ウソ。○○ちゃん以外の子も、○○ちゃん、ちゃんと言うてたって、言うてたで」

「ちがう！　だって……分からん。みんな分かれへん。みんなもおかしい！」

「ここらちゃん、人のせいにしたらあかん。それはな、それは、言われても椅子倒したんは、ここらちゃんがあかんかったんやろ？」

「………」

なんで？　なんで？　なんで？

何があかんかったの？　何を怒ってたの？　なんでみんな、ワァワァ言うてたん。

さっきまで耳のそばにあった喧騒を思い出し鳥肌を立てながら、無い頭をフル回転させようと必死になる。でも、空っぽの頭の中からは、ふさわしい言葉など、何一つ出てこない。私は何も分からず

怖かっただけなのに、先生は私があかんと言う。

なんで？　なんで？　なんで？

先生は、こうだからこうかな？　じゃあこんなふうにしたらうまくいくかな？　など、いろんな案を出す。でも、私は先生の言うことをほとんど理解できない。だけど、何言ってるのか分かんないと言うと怒られると思っているから、ひたすらいつものように、ウン、ウン、そうやねと、私はわけも分からず返事し続ける。

「じゃあ、椅子は倒さない。みんなに迷惑かけたら、ちゃんと謝る。これでええね！」

いつものように、先生はにっこり笑う。

でも、先生は知らない。私は、なぜあの子が怒っていたのか、分からないのだ。突然私は叩かれて、こっちが怒って当たり前なのに、みんなは私が悪いと大騒ぎする。叩いたほうが悪いはずなのに、なぜ私が悪いと言われるの？　なぜ怒らせたのかも、何が悪いのかも分からず、何も納得していないのだから、本当は謝りようもないのに。

今ならあの時の自分が何を理解できず戸惑っていたのか、いろんな本を読んでその謎が解けた。みんなが何を怒っていたのかも分かった。――けれど、当時の私はそんなこと知りもせず、誰にも分かってもらえないもどかしさを抱えたまま、先生に言われたできもしない〝約束〟を飲むしかなかった。だって、そうしなきゃいけないんでしょ？　じゃなきゃ……

――数日後――

私はまた、心許《こころもと》なげに堀田先生の目の前に、縮こまりながら立っていた。先生の深い溜め息に、冷たい氷が、突然胃の中に放り込まれたような、捻じ切られるような痛みが走った。

混乱はとめどなく続き、みんなの言う意味を私は理解できず、みんなには私になぜ理解できないかが理解できず……平行線のまま、お互いに喧々囂々《けんけんごうごう》の、手も足も出る罵り合いが続き、結果は堀田先生に委《ゆだ》ねられ、言わずもがなの優勝劣敗が決まった。

こうして先生の前に立つたびに、消えてしまいたい衝動に駆られる。唯一、この苦しみを分かってほしい先生にさえ、分かってもらえはしない。先生の顔にも、どん詰まり感がにじむ。……この人は、何も間違ったことはしていなかったのに。

私が間違うたびに何度も何度も諭し、それはよくない。こうしようと、当たり前のことを当たり前に教えてきたはずだった。なのに、どうしてだかこの子には伝わらない。わざとやっているわけじゃない……本当に分かっていないようだ。何が伝わっていないんだろう。なぜ伝わらないんだろう。どうやったら伝わるんだろう——。先生だって、悩んでいたはずだ。

大人一人、子供一人。二人揃って、どん詰まり。無言でただ立ち尽くす。

でも、このまま、無言の時間をいたずらに伸ばすわけにはいかない。先生は、忙しかったのだ。

「ここらちゃん……どうしようか。このまんまやったら、もう、みんなおらんようになってまうよ……ここらちゃん、独りぼっちになってまう」

「……………」

「それでもええん?」

その問いかけに、思いもかけず涙があふれた。いやに決まってる——。でも、どうにもならないのだもの。私は、どうやっても、いつも嫌われる。いつも一人ぼっちなんだもん。

「……ねぇ、嫌なんやろ？　やったら、どうしたらいいか、考えよう？」

「どうせ……できんし」

「でも、この前ちゃんとするって、言うてたやん」

「……そんなん……」

言いかけて、やめた。言ったらきっと怒られるに違いない。

「……ね、もう一回、頑張ってみよう。少しずつできるようになってきてるんやん」

「………………」

「やめてって言われたことはしないでおこう。ちゃんと、みんなの話も聞いて……謝ってて言われたら、何が悪かったか考えてちゃんとごめんて謝ろう。ここらちゃん、ホンマは優しいんやから、みんなに分かってもらえたら、ちゃんと仲良ぉしてもらえるんやから」

「もういい。……どうせできん」

「なんでぇ。今までも頑張ってきてたやん……頑張り屋なここらちゃんは、どこ行ったん？」

「知らん……おらん」

先生は大きく溜め息をついた。

「……じゃあ、どうするん？　……どうしたらいいと思う？　悪いけど、ちゃんと話し合わな、今日は帰せへん。どうするか、ちゃんと決めよう。ちゃんと約束しよう」

「だってそんなん……」

言いかけて、またやめた。でも気付いた堀田先生も、今度は食い下がってきた。

「ここらちゃん、何？　言いたいことあるんやったら、ちゃんと言うてみ」

「ちがう。ない。何もない……」

「なんか言おうとしてたやろ？」

「言わん」

「言わんやない。今、話し合いしてるんやろ。言わな分かれへん！」

胃がギュッと縮こまる。言ったらきっと怒るのに、言えと迫られて、私の頭はどうすればいいか分からず、どんどんパニックになっていく。そして堀田先生も、疲れや焦燥感からか、だんだん、気が立ってきたようだった。

「ねぇ、ここらちゃん、聞いてる？　ちゃんと言わな分からん……**聞いてる？**　……ここらちゃん、ね……もう……**もう、今日はあかん！**　ちゃんと言いなさい！　そんなやったら話し合いできんやろ!?　ちゃんと言わなあかんで！　今日は!!」鬼気迫った様子で、堀田先生が続ける。

「――っ……だって！　……だって**そんなん意味ない!!**」

恐怖に近い混乱を覚え、私は思わず口走った。

「**そんなんどうせできん!!　先生、いっつも約束約束言うけど、意味ない!!　どうせできん!!**」

――一瞬にして、静まり返る空気。先生の唇は、言葉にならない言葉に押し広げられるように、小刻みに震えていた。

「……何？　どうせできんって何？　……ここらちゃん、そんなふうに思ってたん……!?　……じゃあなんで、なんで、今まで約束するって言うてたん!?　ずっと言うてたやろ!?　自分で約束するって言うたんやろ!?　できんと思ってたんやったら、何で約束なんかしたん！　できん約束する人間なんて、ホンマに最低やで!?　なんでそんなええ加減なことしたん!!」

先生は強い言葉で叱責した。こんな言い方は初めてだった。

「ねぇ！　何、何考えてそんなこと言うたん!?　どういうつもりやったん！　ちょっと……ちゃんと答えなさい!!」

必死に気持ちを落ち着かせようとしていたが、先生のぶちまけるような剣幕に完全に取り乱した。

「だって……だって、そうせんかったら、自由にさせてくれんやろ!!」

完全にひきつり、裏返り、涙声。私の耳に聞こえたのは、女々《めめ》しくて情けない、無様な、まぎれもない自分の声。自分でも、何を言おうとしていたのか分からないほどの言葉。だけど、この不自由な言葉の意味を、驚くべきことに堀田先生は理解したようだった。先生は言葉を亡くして黙り込み、長い沈黙がやってきた。


〝ちゃんと約束しよう〟

先生は、毎日私を崖へと連れていき、ここから飛びなさいと言う。私には、羽根なんかないのに。でも、それでも、先生は言う。

「あなたにはできるんだから、絶対できるから、やりなさい。やると『約束』しなさい」

できないと言っても、聞いてもらえない。こうしなさい。できるんだから、やりなさい。できると言うまでどこにも行かせない。そう、言われる。私は嫌だったけど、やると言わなければ自由にさせないと言われて、ただ自由になりたくて頷《うなず》いた。そして頷いた私を、先生は崖の上に連れていく。私は『約束』したからと、意を決して飛び降りた。何度も、何度も……そしてそのたびに失敗し、地面に激突した。全身の骨が折れ、たくさん血が出た。その無様な姿を、みんなが馬鹿にした。何やってるんだよと罵声が響く。もう嫌だ。もうやりたくない……ボロボロになって、なんとか起き上がる。そのたびに、先生は言った。

「もう一度、やりなさい。あなたにもできるんだから。みんなにできるところを見せてあげなさい。できると言うまでは、どこにも行かせない。**『約束』しよう**」

できないと言えば、怖い目で見つめられ、責められ、胃のすくむ思いを延々し続けなければならない。……それは私が『やります、できます』と言うまで続くのだ。できるといえば、解放されるが、かといって、そうすればまた崖へ連れていかれ背中を押されてしまう。……だけど、背中を押されるまでのほんの少しの〝待ち時間〟の間、私は自由になれた。一番つらいその時間を……飛び降りて、全身の骨がバラバラになってしまい、傷口が私から血を奪い去っていく、めまいと恐怖と苦痛に満ちた時間を……癒やしたい。ゆっくり休みたい。血を止めたい。心を、体を繫ぎ合わせたい。何も考えずに、土の下で眠りたい。

その一心で、私は「また飛び降りるので、今は自由にしてください」と呟いた。それ以外、方法はなかった。選べる道なんてなかった。堀田先生は『NO』という答えを受け付ける気は、最初からなかったのだ。それはNOであるべきではなかったからだったが、正しく反応することができない私にとって、それは結果的には何度も、自殺のまねごとをしろと言われるに等しかった。答えは二者択一ではなく、一者択一。『死ぬか生きるか選びなさい』ではなく『死ぬか、死ぬか、選びなさい』そう言われているのと、同じ。

それでも、毒を飲めば自由にするというなら、私は毒を飲んででも、自由になりたかった。だから〝約束します〟と答えてきた。でももう、疲れてしまった。


先生はどこまで言葉の意味を理解したんだろう。黙ったまま何も言わなかった。ただ、辛そうな顔をして口を開くたびにためらい、一言も紡《つむ》がないまま閉口し、何度もそれを繰り返して、そして、床に目を落とした。

そんな先生を目の前に、私の頭の中では、混乱と恐怖だけが交錯していた。私の中では、優しいはずの堀田先生でさえ、どこか父や母や、姉や祖母や、鈴本と同じ……無慈悲で無機質な恐ろしい怪物に思えていたのだ。


あの時、先生が抱えていた苦悩を、思うたびに切なくなる。

あの時のどうにも表現しようのない、身動きもとれない、重苦しく痛々しい空気。先生の表情。こわばった手。

私は、ひどい人間だ。私は先生の、その複雑でつらい心境も理解せず、ただ自分の目に先生の心が映らなかったという理由だけで、先生の行動には整合性がないと決めつけ、頭の中で作り上げた先生の矛盾と無慈悲と理不尽を、責め続けていた。

先生の中にも存在する、葛藤《かっとう》と苦しみを、まるで分かっていなかった。

彼女が私を崖の上に追い込むのだと、思い込んで抗議し、怒りをぶつけた。先生でさえ、本当はさまざまなものに追い立てられそうするしかなかっただけだというのに、それに気付きもせず、自分の痛みにだけ涙を流し、同情を乞うように惨めったらしく蹲《うずくま》り、飛びたくはないと駄々をこねていた。

先生だって、それでも、崖の上から背中を押すしかなかったのに。

先生でさえ、崖の際に立つ〝社会〟という名の残酷な番人から、その子の背中を押せと、日々命じられていただけだったのに。

あの時、どうしていればよかったんだろう。私と先生は、どうしたらもっと別の答えを、私たち二人も納得できて、〝社会〟にも納得してもらえる答えを、出せていたんだろう。

床にかけられたワックスの香りが、仄《ほの》かに漂っている。

廊下にも教室にも、誰もいない。何の音もしない。

先生も私も、どうしたらいいいか、分からない。

身動きが取れないまま。大人一人、子供一人。
二人揃って　どん詰まり

春・ちょっと前

あの日以来、堀田先生と私の間には、小さな、だけど確かに感じられる緊張感が走るようになっていた。先生も私も膠着《こうちゃく》状態を引きずっているみたいで、私はあの日から、まるで頭をなでてやろうとしても飛び退《すさ》って逃げる野良犬のように、堀田先生にじゃれながらも心の距離をとるようになっていた。

その日、先生は教室で答案に丸付けをしていた。昼休みの教室には珍しく先生と私の二人しかおらず、そんな状況でもくっついて回るのがやめられない私は、妙な距離感を保ったまま先生に話しかけていた。

空がよく晴れていて、冬の柔らかな日差しが廊下に零《こぼ》れる午後だった。

ふと、言葉が途切れた時、先生は顔も上げず、静かに言った。

「ここらちゃんさぁ……先生って、途中からここらちゃんの先生になったたやん？」

そうして先生は、私に出会うまでのことを話し始めた。

堀田先生がばあちゃん先生からクラスを引き継いだ時、先生は周りの先生から、ずいぶん脅かされたのだと言う。「とてつもない問題児がいるから、あなたは若いし、務まるか心配だ」と。もちろんそれは私のことだった。自分が問題児だと先生たちの間で言われていたことを知り、私は改めて複雑な気分になった。やっぱり、みんなそう思ってたんだ……

「……ここらちゃんさ……先生がここらちゃんに会って、どう思ったか、聞きたない？」

いつの間にか、丸付けしていた先生の手が止まっていた。

「会うまでめっちゃ緊張しとった。心配やったし。……でも、ね」先生は微笑んだ。

「先生が会ったここらちゃんは元気で明るくてかわいい、普通の女の子やった。一緒にいると元気になれる、とっても素敵な、かわいい、普通の女の子やったよ」

先生は、はっきり通る大きな声でそう言った。　間違いなく、そう言った。

とにかく照れくさくてたまらなかった。素敵で可愛いなんて、生まれて一度も言われたことがなかったのだ。チラッと先生の顔を見ると、やっぱり先生は微笑んでいた。

そして「ね……先生、怒る時もあるけど、ここらちゃんのこと、めっちゃ好きなん。それは忘れんといて」と付け足した。私は『怒る』という言葉を聞いて、体を少しこわばらせながら返事をした。

「……ここらちゃん……ここらちゃんは、どんな三年生になるんやろね。……もうすぐさ、三年なるやん。……そしたら先生、**ここらちゃんの担任やなくなってしまうかもしれん……**」

えっ??

気付けば、季節はお正月をまたいだあたりの、寒い寒い冬になっていた。あと、数ヵ月で私は進級するのだ。あの大混乱が、またやって来るのだ。それに加えて、先生は今、恐ろしいことを言った。

『**ここらちゃんの担任やなくなってしまうかもしれん**』って……

痛いくらいの沈黙が、足元から頭のてっぺんまで綺麗に埋め尽くす。そして、しばらくすると、悲しさと不安の塊《かたまり》のような、涙が溢れた。

怖いところがあっても、意地悪《できないこと》を言われることがあっても、先生がよかった。だって今まで会った人の中で、先生が一番優しくて、一緒にいると楽しかったんだから。家族より何より、一番、先生といる時が安心できたのだから。先生以外、他に誰もいないのだから。

ずっとずっと、先生と一緒にいたい。私にとってそれは、小さくて大きな、たった一つの願いになった。

そして迎えた四月。神様は、いてたのか？

のちに堀田先生は「三年生の受け持ちどうしようかーって、話になった時にね、全然話決まれへんかったん。でも、先生もう一度ここらちゃんの先生になりたくて、『もう一度やらせてください！私はあのクラスのことも、ここらちゃんのことも面倒見れます！』って、先生たちに一生懸命お願いしてん。そしたら、やらせてもらえることになったん！　**あと一年、一緒やね!!**」と笑った。

三のBの教室で、驚きと笑顔に包まれた私と、堀田先生は再会した。

神様は　いてた

三年生

三年生に上がった時のことは、ほとんど記憶にない。

なぜならクラスも持ち上がりで、教室が変わった以外、特に変化がなかったからだ。先生が先に「三年生になったら……」と、私に言い含めていたおかげで、去年までのひどい混乱は避けられたようにも思う。堀田先生が人一倍、私に配慮（贔屓《ひいき》とは違う）してくれたことも大きかったんだろう。

しかし三年生になっても、私は相変わらずで、いたるところで混乱やトラブルが起こることに変わりはなかった。三年生になったって、勉強はできない、片付けはできない、給食は食べきれない、すぐ人と喧嘩になる。補助輪なしで自転車にも乗れないわ、ランドセルを忘れて学校に行くわ、宿題はしない（一人では解けない）わ、フラリと教室から出ていってしまう（トイレに行ったら帰ってこない）わで、相変わらずのてんやわんやだ。

ただ、堀田先生が粘り強く、私と他の子の間を取り持ってくれたおかげで、よく遊ぶとまではいかなくても、時々同じクラスの子と遊ぶことなんかも増えていった。……遊んだといっても、また途中で、ふっと気を取られたほうに、フラフラ行ってしまう程度の遊び方だったが、それでも人と関われるようになっていったことに、先生はホッとしていたようだ。クラスの子たちも、先生が必死に私との架け橋になってくれたおかげで、しぶしぶだが、私を受け入れてくれていたのだ。

この時、たった一年間だったけれど、クラスには『天使』がいた。転校してきた女の子、やすこ（やっこ）ちゃんだ。やっこちゃんは和《なご》やかな空気の持ち主で、転校してすぐにクラスの女子の中心人物になった。人を傷つけることはなく、いつも笑顔で優しく穏やかで、でも機転の利く、明るい性格の女の子。やっこちゃんは、どんな人も差別せず、みんなから煙たがられる私にさえ声をかけ、一緒に遊ぼうと言ったのだ。

ある日、やっこちゃんの家で遊んでいると、たまたま仏壇を見かけた。仏壇には、小さな男の子の写真が置いてあり、私が不思議に思って訊《き》くと、やっこちゃんは、私の弟だよ。そう、凪《な》いだ海のような目をして微笑んだ。やっこちゃんの弟は事故で亡くなっていたのだ。私はただただ切なくて、いつもとは違って見える、やっこちゃんの横顔を眺めていた。

やっこちゃんは優しい。やっこちゃんは、誰にでも優しい。やっこちゃんは、人を差別しない。やっこちゃんは、一瞬一瞬を大事にしている。

やっこちゃんは、失ってからしか気付けないものの大きさを知っているから、目の前にいる人を全力で大事にするのだろう。

彼女が助けてくれたこともあって、私はこの年、他の子供たちとも比較的うまくやれていた。

大人になった今思うが、一年だった時と、二年、三年になった時のクラスに漂っていた空気は明らかに違うのだ。〃一年の時ほど積極的に〃いじめられた記憶はなく、三年になってやっこちゃんが来てからは、それはさらに減った。クラスの中の様子も鈴本の時よりずっと落ち着いていて、子供同士の小競《こぜ》り合いも減っていたのだ。

その一番の要因は、やはりリーダーにあるのだろう。担任や、やっこちゃんのように子供たちの中でリーダー格になる存在によって、クラスの空気は左右されるのだ。

どんな人間が上に立つかで、そのグループの在り様《あよう》はあっという間に変わってしまう。本当はすべての子供たちが鈴本に抑え込まれて、みんなギリギリのところで踏ん張っていたんだと、大人になってから思うのだ。〃大人がどうあるか〃は〃子供がどうあるか〃に、光と影ほどの因果で影響するのだろう。大人に与えられた環境が過酷なら子供たちは荒《すさ》むし、何よりも自分かわいいで、他人を蹴落としてでも、自分を守ろうとする。子供たちがそうなってきたら、きっと大人がやっていることの何かがおかしいというサインなのだ。だからそういうことが起こった時は、子供に「なんで」と言うより先に、大人が自分たちを省みなければならないはずだ。

私の家で起こっていたこと……姉と私の関係ですら、端《たん》を発しているのはそこだと思っている。姉があんなふうに私を馬鹿にしたり、嘲笑ったりを平気でできるようになったのは、間違いなく〃そういう行為〃を姉に教えた人間がいるからで、そして姉は私を馬鹿にすることで自分の立場を守ろうと……『バカなこころ』の、その反対側にいる自分を守ろうと、私を貶《おとし》め続けていたのではないかと、思うのだ。

父や母や祖母からやってくる大きな波に、主に飲み込まれていたのは確かに私だったが、その黒く大きく広がる大波は、常に家族全員を飲み込んでいた。物も部屋中、ところ狭しと飛び交っていたし、罵声も飛んだ。幼かった姉だって冷たい水の中、いつも溺れていたはずだ。その欲求が切実なものであったのだとすれば、姉だけを責められるものでもないだろう。

私は大人になって、見た。本当の意味で人に愛されることを知っている子供は、人を意図的に苦しめることを楽しんだりしないのだと。傷ついた人を見て、もっと傷つけようとは思わないのだと。それが学べる環境になかった子供たちは、ただただ不幸だ。

ちなみに私や、そして姉にも『友達』らしきものがいたのはこのあたりまでだった。私も多少なりと人と絡むようになり、姉も友人が多いということはなかったと思うが、それでも仲のいい友人はいた（その子を誘って、私を一緒にバカにしたりしていたから）。が、ある日を境に、私たち姉妹は誰とも遊ばなくなった。

家に友達を連れてきたときに物がなくなったと大騒ぎになり、父は何時間も怒鳴り続けた挙げ句、

「**お前らみたいなクズの友達なんて、どうせ同じようなクズばっかりなんやから、もう友達なんか作るな!!　分かったか!!**」とトドメを刺したのだ。

二十歳を過ぎるまで、私はどんなことがあっても仲良くなる人間に対して「あなたは私の知り合い」だと言い続けた。たとえ父があの馬鹿らしい『法令』を忘れ去っていたとしても、私の心にはあの時、父に言い渡された言葉が太い釘と共に刺さったままで、約束を破れば何をされるか分からないという恐怖に、常に追い立てられる日々を送っていたのだ。

私と姉が生きていたのは常にこういうことが起こる場所で、だから、もしも今いなければならない場所が理不尽で狂気に満ちていて、安定するにはあまりにも脆弱《ぜいじゃく》な地盤しかないのであれば、弱いものはさらに弱いところに向かっていくしかないじゃないか。自分を守るために、自分を安定させるために、自分が愛されるために、誰かを犠牲にするしかないじゃないかと、思うのだ。

歓迎遠足、家庭訪問、レクリエーション大会、オリエンテーリング……日々はあわただしく過ぎていった。それまでに比べて三年生の私は、離席することも減り、ノートも教科書も開かないながらもじっと『耐えて』椅子に座り続けることができるようになっていた。その代わり、ほとんどボーッと、窓の外に広がる山や田んぼを眺めたり、黒板に書かれた『あ』の文字の、払いのカーブの美しさに見とれたり、授業中ずっと、図書室から借りてきた本を読んだりするばかりだったが……

駆け足の号令を受けた季節が大股に走り去り、水泳の授業で、プールの塩素入りの水をイヤというほど飲み込んだ頃には、小麦色の夏休みがやってきた。どうせ夏休みも学童保育通いの私は、夏の熱風に吹かれながら、ただぼんやりと自分からほど遠く見える夏の景色の中、佇《たたず》んでいた。

ある本との出会い

この年の夏、私は小さな本と出会った。それは、姉が友人から借りたであろう本。その辺に置いてあったのを、たまたま見つけたものだった。表紙は漫画のような絵が描いてあったから、私はすぐそっぽを向いた（漫画はつまらないものだとずっと思っていたから）。しかし、家にはもう読んでない本はなく、なんとなく開いてみると、それは、すべて縦書きの文章からできた手の平サイズの文庫本だった。若い女性の作家さんが書いた、中学生ぐらいのすれてない少女がよく読むような、恋愛や、思春期特有の心の葛藤などを描いた、今でいうライトノベルの一種。暇だった私は、気付くとその本を読み始めていた。

もともと読むのは小難しい言葉遣いの本で、しかも推理小説のようなものばかりだった私は、話し言葉そのままの一人称で書かれたリズムよく進む文章が、最初とても幼稚なものに思えた。なのに、読み進めていくうちに、読みやすい文章が何だか好きになってしまった。主人公の女の子もかっこいいし、しかも話の内容が、私が大好きなファンタジーだったのだ。

子供の頃から、ファンタジーの世界が無二の友人のようで、魔法、魔術師、妖怪、妖精、話す木、幽霊、小人《こびと》、伝説……そんなものがとにかく好きだった。それを当たり前の世界だと思っていて、それをファンタジーとも思っていなかった。それは現実なのだ。実際に存在しているのだ。この世界の、どこかに。だから学校の用具入れを開けるたびに、異世界への扉がないかとドキドキしていたし、蛇口をひねるたびに水の妖精が出てこないかな、なんて夢みたいなことを、いつも考えていたのだ。それこそ、昔は降る光の中に『何か』を見つけ、タンポポの中にも、細く、しなやかな手で私に触れる『誰か』を見つけて、私は上機嫌だった。幼稚園の園庭で一人で遊んでいたあの子は、本当はいつも〝不思議な誰か〟と一緒に遊んでいたのだ。

ランドセルの中には、決して詰め込まれていない夢物語が、その本から溢れだしていた。

真夏日が射し照らす部屋の中で、クーラーをつけるのも忘れて、首筋に流れる汗にすら気付かず本の世界に没頭した結果、私はその作家、Aさんの大ファンになっていた。彼女が書いた本は次々に買い漁った。当時本屋に一人で行ったことすらなかった私が、彼女の本欲しさに文字どおり決死の思いで本屋に行き、一人で本を買ったのだ。

やがてAさんの本は、私に二つのものを与えてくれた。

一つは、思想。

私はもともと、聖書や道徳の本を読むのが好きだった。自分の中では（人に分かってもらえなくても）そういう本から取り入れた『人間はこうあるべきだ』という格式ばったルールを作り、規範正しく生きようとし続けていたのだ。……しかし同時に、聖書の内容はただの綺麗ごとだとも感じていて、愛だとか思いやりだとか、漠然としたものではない、もっと具体的に『生』を歩んでいく方法を――もっと身近で起こる心の軋轢《あつれき》や葛藤を乗り越え解決し、強くなる方法を――知りたいとも思っていたのだ。

Aさんの本には、モラトリアム期の若者の心を占拠する繊細で破壊的な葛藤と、自己との対峙《たいじ》・対決、そしてカタルシス（昇華《しょうか》）が、まさに今、自分自身が経験しているかのように描かれていた。今まで想像したこともなかった生々しい感情の起伏を文章の中に見て、私は人間の感情や個人的に抱く思想、そしてそれらの考察方法を学ぶことが出来たのだ。

そしてもう一つは、魅力的な『私』という存在。

Aさんの本は、文章がすべて一人称の『私』主体で書かれていた。それを見ながら、私はすっかり『私』になり切っていた。

『私』は、かっこよかった。どんなことがあっても挫《くじ》けず、前に進み、乗り越える。いろんな経験から得る気付きや知恵から、成長し、新しい自分へと生まれ変わる。私はそんな『私』たちの一挙手一投足に、目を輝かせた。私が探していた答えがそこにあったのだ。そうか、こんなふうに生きればいいんだ。

私は「**魅力的で素敵な『私』たちになる**」ことにした。

……今の〝私〟という『人間性』・『人格』を否定して、本の中に書かれた『私』になろうと思ったのだ。私以外の人になろうと……しかも本の中の人物になろうと、決めたのだ。

私の心や人格は、だいぶ前から崩壊ギリギリのところで、なんとか堪《こら》えているような状況が続いていた。毎日のようにさまざまな人から、お前はダメだ、お前はダメだと言われるうちに、ダメな私を消し去って、別の『誰か』にならなければと、思い込むようになっていた。私は私の中に、本の登場人物のように強く、賢い〝別人格〟を産み出し、壊れかけた役立たずの私の代わりに、『現実』を生きてもらおうと考えたのだ。

※二次障害：自分の中に他者から取り込んだ人格を作り出し、多重人格に似た症状を呈することがある。性同一性障害・幻聴・幻覚などでも現れやすく、ＡＳＤ独特の形態をとり、一般的な多重人格より比較的浅いものが多い

もともと、素質はあったのだろう。真っ暗な部屋で聞こえる女の子の声、そしてあの幻聴。私は無意識のうちに自分を守ってくれる存在をなんとか作り出そうとしていた。今度はその応用として、『外の世界』と渡り合ってくれる、新しい理論で動くロボットを作り始めたのだ。

私には耐えられないことでも、『私』たちには耐えられる。そして、周りの期待に応えられる。だって、本の中の『私』たちは、みんなとっても、賢く、強いのだから。

しばらくして学校や家庭で、私は下手なお芝居を演じるように、大げさな動きや、アニメのキャラクターのようなしゃべり方でしゃべってみたり、まだるっこしい物言いをするようになっていた。大人びた考え方、思想、言葉遣い。なぜならAさんが書いた女の子たちは、みんな中学生くらいの女の子たちで、精神年齢がずっと上だったから。そして標準語を、より話すようになった。『私』たちがみなそうだったからだ。

急ごしらえのイビツな人格は周囲の笑いの種になったが、私は平気だった。だってあれは〝私〟じゃないんだから、私が笑われていることにはならないのだ。私は平気。『あれら』が何をやっていたって、私には関係ないのだ。私が、笑われているんじゃない。笑われているのは『あれら』。継《つ》ぎ接《は》ぎだらけのキャラクターたち。だから、私は、笑われても、全然平気だ。

私はAさんの本をたくさん、たくさん読みながら、『私』の数を増やし続けた。増え続けていく『私』と一つになっていった。水に落ちた、赤と青のインクが混ざり合うように、渦を描きながら、私の中に、『私』が溶けていく。そうやって、本の中の少女たちの、キャラクターそのものを、自分の中に取り入れていった。

いろんな『私』がいるから、言ってることがしょっちゅう変わり、しゃべり方も変わる。異様な子供だった私は、余計に異様になった。まるで一人遊びが加速して、ままごとに登場する人物を、一人で全役こなしているようだ。

やがて人格たちは、外に向けては、他者とのコミュニケーションのツール、そして対内的には、私の話し相手という、重要な役割を果たすようになっていった。人に対しては私のふりをして日常生活を送る私の類似品、私にとっては、私にだけ聞こえる〝声〟という内在化した存在になったのだ。誰とも、それこそ家族にすら話しかけてもらえない私は、自分で自分の話し相手を作り上げたのだ。彼らは私を拒む事のない話し相手になり、現実の世界には決して存在しない『精神安定剤』になった。

もともといた、真っ暗な部屋で私を保護してくれる『幻聴』も、時々、場面を選ばずに聞こえる、少し斜に構えたようなあの賢い『幻聴』も、どんどんキャラクターがはっきりしてきた。言葉もぼんやりと感じる程度のものから、よりはっきりと感じ取れる〝言葉を話す存在〟に変わり、幻聴はただの〝想い〟のような存在から、私の話し相手に変わった。おまけに私に代わり、世界と渡り合う存在になったのだ。なんて便利な奴らだろう。

だけど結局、私も『私』たちも、家族に受け入れられることはなかった。

話をしようという熱い努力のわりに相手の言っていることを聞くことはできず、意味を理解することもできなかったからだろうか。人格がどれだけ増えても私の、生まれつき浮《うわ》ついた脳の生まれつき欠落した部分は、埋めることができなかったからだろうか。そこまで努力しても家族は私と話そうとはしなかった。

彼ら（人格）はただ、ごまかすために生まれたのだ。うまく人の中に馴染めず、人と一緒に生きていけない私という、ぎこちなく、世界から締め出された存在を、〝世の中〟という色になんとなく染めて、誤魔化す。そのためだけに、生まれたのだ。

人と分かり合うための空《むな》しい努力が私を置き去りにすると、私は結局、本と幻聴の世界に還《かえ》っていった。怒鳴り声からも、物が飛び交う恐怖からも、まるで空気のように無視される悲しさからも解放される場所。本は決して私を拒絶せず、私に新しい知識と発見を与え、私の想像力を掻き立て、幻聴は、居場所を与えてくれる。

誰も与えてくれない幸福感を、与えてくれるのだから。

しばらくして、私はAさんの本業が実は漫画家であることを知った。あの本の表紙の絵も、彼女が描いたものだったらしい。『バカが読むもの』の漫画だって、彼女が書いているのならきっと素晴らしいものに違いない。そう思った私は初めて漫画を買って読み始め、そしてそれがどっぷりハマる、私の漫画ライフの始まりとなったのだ。父は相変わらず、「バカの読み物」と言っていたが、構わなかった。……というかトイレにおいてある、あの大人の漫画雑誌を読んでいたのは、他ならぬ父のはずだったが……

漫画を読み始めると、私はさまざまなことを漫画から学び始めた。漫画を通して、私は〝人の表情〟の意味を少しずつ理解するようになっていったのだ。人が口角をあげるのは笑っていて楽しい時、眉をひそめている時は嫌な時や、困っている時、眉の後ろが上がっている時は、怒っている時、涙がこぼれるのは、悲しい時……こんなふうに。

人の表情は微細すぎて読み取ることができなかったが、漫画は、その一つ一つが大きく特徴的に書かれているから、それが読めるようになることで私は人間の表情の変化も、少しずつ理解するようになっていったのだ。漫画は、文章が与えてくれない新たな刺激を私に与え、新たな活路を開いてくれ

※一次障害：人の表情などを理解しにくく、分かりやすく簡略化されたイラストなどを使って説明した方が伝わりやすい

たんだった。

Aさんの本との出会いは、私の世界に新風を巻き起こした。私が望む、望まないにかかわらず、彼女の本は、私と世界を繋ぐ窓口になったのだ。私はその〝窓口〟をずっと必要としていた。それは人間にはなくてはならないものだったのに、私には生まれつきなかったのだ。私は私の代わりに『心』を表現し、『気持ち』を代弁してくれる人間を、本の中から作り出した。それによって私を守ってくれる人間を、私は必要としていた。

自分のまま言葉を話すのはうまくいかなくても、〝誰か他の人間〟が言葉をしゃべってくれたら、きっと他の人にも通じるはずだ。分かってもらえるはずだ。

みんな「私とは話したくない」というのだから、

〝私じゃない他の人〟になれば　きっと私も　話を聞いてもらえるんでしょう？

愛されること。嫌いなこと。

漂白剤をかぶってみても
心と体　綺麗になりゃしないのさ

倉橋ヨエコ『処方箋』

夏休みはあっという間に終わり、私は書き終わらなかった夏休みの宿題もそのまま提出した。出来の悪い提出物を、堀田先生は怒りはしなかったが、「もう少し頑張って、埋めてきてほしかったんやけどなぁ……」と、残念そうに呟いて、苦笑いした。

それから、秋。

連絡帳には「持ってくるもの・虫取り網」の文字があった。授業で、クラスみんなで虫取りに行くことになっていたからだ。堀田先生は忘れもの大王の私に「虫取り網、持っておいでな？」と言い続けていた。私自身、虫取りはすごく楽しみにしていたから、虫取り網を買いたいのだと母に頼んだが、しかし母は姉から借りろと言い、もちろん姉が貸すことはなく、辛辣《しんらつ》な言葉が飛んでくるばかり。前日になっても、私には虫取り網がないままだった。

その前日の帰りのあいさつの後、先生がニコニコ顔で、網、用意できた？　と尋ねる。私は口を尖《とが》らせて、言葉足らずに母に言われたこと、姉に言われたことを説明した。そしてだんだん混乱してきて、悲しくて、最後は顔をクシャクシャにして泣いた。それを見た先生は、「……ここらちゃん、ちょっとお話ししようか」と言い、なぜか座り込むと私と話を始めた。他の子供たちはみんな帰ってしまい、私と先生だけになったが、まだ何となく、いろんな話をしながら、先生は私を引き留める。さすがに訝《いぶか》しむ私の前で、先生は廊下や他のクラスも覗き、同学年の子もいないようだというのを確認すると、

「ここらちゃん、虫取り網、買いに行こう!!」

元気な、明るい声で言った。

「え、虫取り網、買いに行くの？　……今から？　でも、お金ないよ？」

「先生、出す!!」

これには私もビックリ。先生は、決して特別扱いしない。私のことさえみんなの前では「柴崎さん」だし、どんな子にも優しいけれど、どんな子にも厳しいところは厳しい。それに、先生が個人的に生徒に何かしてやるなんて今までなかった。うっすらと、それはいけないことだからかなって私も思っていたから、先生の言ったことに耳を疑ったのだ。

「先生……それは、ええの？」

「うーん、ホンマはね……あかんけどー……だから、これ、絶対内緒!!　誰にも言うたらあかんこ

と！　それできる？　ここらちゃん、誰にも言わんて約束できるかな!?」

「え、え、う……うん。でも、ええの？　先生……」

「大丈夫!!　だって、網なかったら、ここらちゃん明日、虫取りできんやん？」

「うん……でも……」

「だーいじょうぶ!!　ほら、行こうや!!」先生は手を伸ばし、私の手をギュッと握った。

職員室でお財布を取ってくると、私たちはその足で学校の目の前にある店へと向かった。先生はどれがいい？　と聞くと、その網を持ちレジへと向かう。私はまだドキドキして、いいのかなぁと、そればかり考えていた。

ねぇ、先生、ホントにいいの？　誰かに怒られない？　そう、言おうとして、先生の顔を見上げた時、先生は、お店のおばちゃんに、笑顔でお金を払っていた。顔中に広がる大っきな笑みで、嬉しそうに目を細めて、綺麗な白い手を伸ばして、おばちゃんにお金を渡していた。

その顔を見た時に、私はドキッとして、顔が赤くなったような気がして、慌てて下を向いた。

見上げた先生の顔を見た瞬間に、なぜかは分からないけれど、突然『ああ、先生、私のこと好きなんだ』って、〝感じた〟からだ。誰が何と言おうと、間違いなかった。先生は、私のこと大好きだ。

一年以上一緒にいたけど、私は、今、それを知った。

人を好いたり、好かれたり、そういう気持ちをまったく理解していなかった。その私が初めて、人に好かれていることを、言葉としてではなく、心で、初めて、〝確信〟したのだ。

「これで明日、虫取り行けるなぁ」

先生は繋いだ手をプランプランと振りながら、もう片方の手に買ったばかりの虫取り網を揺らして、空を見上げた。一一月。空が高い。大小たくさんの雲を浮かべ、その隙間を縫って西日が後ろから私たちを照らしている。先生の顔は、やっぱり笑顔だった。

信号が変わるのを待っている間、初めて先生の顔を見たような気がして、私はボーッと、背中から陽を受ける、先生の顔を見ていた。きれいだった。小さな心臓が、トクトク、トクトクと、嬉しそうに鳴っている。お姉ちゃんには、おばあちゃんがいる。**私には、先生がいる！**

みんなー!!　先生、私のこと好きなんやでーーー!!

大声で叫びたかった。初めて人から愛されていると感じて、有頂天だった。

そして、『先生がお母さんだったらよかったのになぁ』って、思った。

先生は、母のように私を無視したり、怒鳴り散らしたり、話の途中でどこかへ行ってしまったりしない。……一緒に歩いてくれる。今は、手を握ってくれている。怒られる時もあるけれど、笑いかけてくれる。私のことを「かわいい」って、言ってくれる。

私は母に「かわいい」と言われたことは一度もなかった。私だって母にかわいいと、大事な娘だと、一度でいいから言われてみたかったのに……その瞬間、私は先生から好かれていることは〝確信〟できても、それを母に置き換えた時に、母から愛されているとは〝確信〟できないことに気が付いてしまった。

私は、幼い頃のあの日々に、母をとても薄気味悪く感じた時から今まで、一度も愛したことはなかったし、愛されているという安心感も、一度も感じたことがないと気付いてしまったのだ。

小学一年の頃だったと思う。父が不在の夜、突然母が『猫』になってしまったことがあった。突然四つん這いになり毛繕いをする母親を、目の前で見たことがあるだろうか？　いつまでたっても母は猫のまま、不気味な遠吠《とおぼ》えを繰り返すだけで、私と姉はどうすることもできず、その生き物を眺めているしかなかった。その姿を見ながら「しまった、生まれてくるところを間違えた」と強烈に思ったのを覚えている。そして、私もいずれこうなるのだろうかと恐怖した。この人の子供だから、私も同じようになってしまう……こんなふうに、頭のおかしな不気味な生き物になってしまうと、私は心の底から恐怖を感じた。

私はずっと、母のことを不気味な狂気の化身と思い、愛も信頼も寄せていなかったことに気が付いてしまったのだ。

罪悪感で一杯になった。

そんなのダメだ……人はみんな愛し合わなきゃいけないのに、この人は好き、あの人は違うとえり好みするなんて。……**自分の母親なのに愛してやれないなんて、そんなの、許されるわけがない。**先生たちだって、みんなと仲良くしなきゃいけない。みんなを好きにならなきゃいけないっていうのに、聖書にも道徳の本にもそう書いてあったのに……

愛し合わなければならない。人は、愛し合わなければならない。

それができない自分は悪い人間だと、自分を責めた。

でも、本当は人を好きになることすら、分かっていなかったのだ。

しばらくして、私はより存在してほしくなかった自分に気付いてしまった。

ある日の帰り道に、祖母の後ろ姿をたまたま見かけた私は、ただそれだけのことでひどく陰鬱《いんうつ》な気分になって、心の底から（うわぁ、おばあちゃんだ。嫌だなぁ）と思ってしまったのだ。

一瞬の後、私は仰天した。なぜ『おばあちゃん』だと『嫌』なのだろう。私は自分の祖母であるはずの人間に対して、なぜ、こんな悪感情を抱いているのだろう？　人をきらったり、嫌だと思ったりするなんて！　そんなことしちゃいけないのに!!

必死に、そんなことを思う自分を止めようとした。だけどその瞬間、私は今まで出会ったほとんどの人間のことを、『きらいだ』と思っていたことに、気付いてしまったのだ。『愛せない』どころではない。『きらい』なのだ。会ったことのあるほとんどの人間のことがきらいだった。厭悪《えんお》していた。

小さい頃から、私は周りにいた人間みんなを『きらい』で、一度も『好き』という感情を抱いたことがなかったせいで、私はずっと、『きらい』という感情こそ『好き』なのだろうと思い込んでいたのだ。

ひどくショックだった。考えたすべてを否定しようとした。　でも、できなかった。

――私、みんなきらいなんだ。誰も、好きになれてなかったんだ――

『嫌なことをする相手をきらいになる。愛してくれる人を好きになる』

そんな単純なことも理解しきれていない私は、イヤなことをされることと相手をきらいになることの間に、因果関係も整合性も見つけ出せなかった。そしてそれ以上に信じるべき、聖書や道徳の本の中の言葉にしがみつこうとして、甘言《かんげん》や嘘や建て前を理解できないまま、その中に当然のように存在する矛盾の罠《わな》にかかっていた。

だって、人間は『愛し合わなければならない』のに。みんな愛し合って、思いやって、生きていかなければいけないのに……でも、私は、先生に会うまでみんな嫌いだったんだ。誰のことも好きじゃなかったんだ……

純粋無垢《むく》に善であったはずの私は消え去り、その私に、すべての後ろめたさを押し付けられ屈折した私に、ボロボロに擦り切れた私に、出会ってしまっていた。大抵の人間がそうであったとしても……生臭く膨らんだ生ごみのようなものが普通の感情で、それを抱くのが人間だったとしても、その時の私には、受け入れきれなかった。ただ、自分の醜さだけが、せり上がった台の上に堂々と置かれているようで、恥ずかしくて情けなくて、たまらなかった。

〝人を愛せない私は、悪い人間だ。私は、罰せられなければならない〟

そう、強く思った。

三年生の頃のことは、いくつか『私にとって衝撃的なこと』を覚えているだけで、後はほとんど記憶にはない。多くの時間は、継ぎ接ぎだらけの、キャラクターを組み合わせて作り上げたロボットが私の代わりに『私』を〝生きて〟いた。その間、私はどこにいたんだろう？　でも、それはきっと私にとって必要不可欠な時期だったのだと思う。人はどこかで必ず休み、眠り、食べなければならない。私にとってこの一年は、そんな休息の時間だったのだと思う。そしてそれは堀田先生という、安定した信頼関係を結べる人がいて、やっこちゃんという、子供たちを鎮めてくれる『天使』がいたおかげだった。私は鮮やかに立ち上る記憶と引き換えに、必要量には絶対的に足りないまでも、束の間《つかのま》の安息を得ていた。

堀田先生と、やっこちゃんに、ただ、ありがとうと思う。

本当に　ありがとう

第4章

また嵐

四年生

思い出しても愚かなあたし
消したい過去が　奥にあるの
消したい過去が　奥になるの

引っ掻いてもとれないの
潰しても潰れないの
千切っても千切れないの

腐敗すればいいのに

笹川美和『過去』

春が来た。二回目の奇跡は、起こらなかった。

堀田先生と私の蜜月は三年生で終わりを告げ、新担任は、おばはん先生になった。堀田先生と別れなければならなくなったというショックと共に新学期が始まった私には、おばはんの言うことなんかもちろん聞こえていなかったし、聞く気もなかった。

私はまた、一人になったのだ。

クラスでは再び、私は当たり前のように馴染まない存在になった。『天使』も恐らくは親の転勤から引っ越してしまい、穏やかな楔《くさび》を失くしたクラスでは、私に声をかける子もいない。おばはん先生はその状況をどうにかしようと努力していたが、その努力は〝何とか私に言うことを聞かせよう〟とする、またしても小学校一年の時に逆戻りしたようなやり方で、混乱と怒りで私はひどく抵抗し、またパニックを起こすようになっていた。時には気分次第で、おばはんに迎合することもある。私の中の『継ぎ接ぎロボット』が、気分任せにおばはん先生に話しかけ、おしゃべりを楽しんでいたからだ。

作家・Ａさんが書いたお話の中の主人公を基《もと》に、私の中に作り出された『継ぎ接ぎのロボット（キャラクターたち）』は、もともと本の中ではみんな中学生以上だったこともあって、私の年齢に比べて、考え方が大人びている。精神的な成熟も進んでいてどこか達観したふうがあり、機転も利いた。そんな『彼女たち』の日々の言動を、おばはん先生は、「**気分が乗ると大変活発に発表し豊富な知識を使った深い発言ができます**」と通信簿の上で評価し、同時に、「**気分にムラがありやりたくないときは何回注意しても絵を描いたりし続けることがありました**」と、私のことは、評価した。

〝気分のムラ〟はその名のとおり、フラフラ、ふわふわと所在無げに動き回り、落ち着ける終着点を探そうとする。しかし、そんな身勝手は許されないと、それを止めようとする他の子供たちと言い争いになり、また混乱し、暴れ、泣き叫び、クラスを飛び出すか、まったく気分が持ち直さないまま、その後も三時間でも四時間でも泣き、ぐずり続ける日々を送っていた。あのめまぐるしく騒々しい、苦々しい日々が、再びやってきたのだ。

〝気分のムラ〟にとって何よりも最悪だったのは、おばはん先生が、『体罰も致し方なし』と、考えていたことだった。

その頃、私は相変わらず遅刻、忘れ物、宿題提出なしの三冠王で、その日も遅刻してきた私を、おばはん先生は体操服に着替えさせ黒板の前へ呼び、私に足を出させて「**遅刻する悪い子はお前かー!**」と大声で叫びながら、私の太ももの内側を思いっきり叩いたのだ。

バチンッという音を響かせながら、手の平が一番やわらかい皮膚を打ち、焦げるような熱い痛みに襲われ、同時にクラスからどっと笑いが起きた。おばはん先生は、叩きやすいようにブルマーに穿《は》き替えさせたのだ。叩かれたところはみるみる赤く、手の平の形に腫れていった。おばはん先生はそれに『もみじまんじゅう』と名前を付け、忘れ物や遅刻、さぼりの生徒は以後このようになるので、と、短い言葉で満足げに説明した。

何ということはない。このクラスで彼女が持つ統治力を見せつけるための、最初の〝道具〟に使われたのが、〝気分のムラ〟こと、私だったのだ。ただ、それだけのことだった。

でもたったそれだけのことが、私に三年前のことを思い出させるのに十分だった。黒板の前に引きずり出され、みんなの好奇の視線に晒《さら》され、笑われ、教師は私を叩き、満足げに一瞥《いちべつ》する。〝私の悪いところを直す〟という名目で行われた公開処刑に、茫然《ぼうぜん》自失で震えていた時のことを、私の脳も体も心も、すべての私に纏《まつ》わるものが、私の中ですべてを『忠実に再現』していた。そして私に声も与えないまま、絶叫させた。

その時起こったすべてのことが、ようやく癒えてきた傷を、寒気がするほど丁寧になぞり、容赦なく抉《えぐ》っていた。私の心は胴の部分で、まるで鋭い日本刀でバッサリと切られ、だけれど肉のほんの一センチでなんとか繋がっているようだった。まだぶら下がったままの私の体の『一部だったもの』が風で揺れるたび、『まだ私の体の一部であるもの』に、狂ってしまいそうなほど痛みが走る。ああ、内臓も、血も、心も、全部流れ出ていってしまう。

皮膚はのけぞり、内臓はひきつっていた。足の爪先まで震え、眼圧が上がり、こめかみに流れる血がドクドクと脳を叩く。全身が、心臓になってしまったんだろうか？

何でこんなに痛いんだ。何でこんなに痛いんだ。何でこんなに痛いんだ。何でこんなに痛いんだ!!

私はただ、全身が再生する残酷な映像と、残酷な〝今〟に全身を押さえつけられ、声にならない叫び声を上げていた。声を出して叫んだら、そのまま粉々に砕けて、砂になって消えてしまいそうだった。過去と今は憎たらしいほど赤い手で、ベタベタと不躾《ぶしつけ》に私を小突きまわし、心を逆なでる。みんなの笑い声がさらに追い打ちをかけて、私の脳はまるで、意識を保ったままミキサーで滅茶苦茶に切り刻まれているみたいだった。私はフラフラになりながら席に戻ると、そのまま突っ伏して顔をあげなかった。とにかく気持ちを落ち着けなければ……でも、そう思う心とは裏腹に、どうしようもなく取り乱し、騒ぎ立てる小さな子供が、胸の中で暴れまわっている。小さな子供は泣き叫び、心の隅々まで転げまわり、私の心を引き裂いていく。あの子の涙が、私の目から、次々に溢れて止まらない。お願い、泣かないで。泣かないで。じっとして。

痛いのならそっと蹲《うずくま》り、癒えるのをじっと待てばいいのに、あの子は開いた傷口を体から振り払おうとするように、絶えず跳ね回り、叫び続け、余計に傷口を広げている。

私は一日中、その衝撃から抜け出せず、机に突っ伏したまま顔を上げなかった。
堀田先生。ねぇ。堀田先生。

もう　私を叩かないって　言ったのに

儀式

人指しゆびを翳《かざ》して
魔法を架けてみて
目に写る全てを
恐れないように

Cocco『コーラルリーフ』

私の心は、完全に沈んでいた。すべてが三年前に逆戻りしたのだ。あの日、私の心の中で火が付いたように弾け飛んでいたあの子は、心の傷口から私の中に侵入し、完全に私と同化してしまい、私の行動をより幼く、より節操のないものに変えてしまっていた。『キャラクターたち』と、私の間にはどんどんと大きな隔たりができ、私はその大きな運河を飛び越えられないまま、大きな流れに押し流されていた。その日その出来事を合図にしたかのように、私は再びクラスメイトたちから声をかけてもらえないばかりか、女子からは無視され、陰口を言われ、男子からは毎日のようにからかわれ、バカにされるようになった。私だけではなく、他の子供たちの精神状態まで小学校一年の時に逆戻りしてしまったようだった。

私は不安と恐怖から、以前よりもひどく、一つ一つの行動に〝こだわる〟ようになった。

ある時、口の中にある〝唾液〟に違和感を覚えてからは、ひたすら唾を吐くことに執着するようになった。口の中が濡れているという状況が、気持ち悪くてたまらないのだ。私は繰り返し繰り返し、口の中が渇き切ってしまうまで、唾を吐き続けた。

短かった爪はより一層短くなった。爪噛みがひどくなったからだ。肌の上にものが当たっているような感覚に耐えきれなくなって、鋏《はさみ》でずっと腕を掻き続けて、腕の皮がむけてしまったこともあった。持っている鉛筆の後ろ側は、私の奥歯で粉々になるまで噛み砕かれ、ささくれ立った。屈折して表しようのない不安や憤《いきどお》りをぶつけるように、毎時間、鉛筆にかじりつき続けた。勉強させようとムキになるおばはん先生に抵抗し、ノートを執るふりをして鉛筆の芯を次々折り、それを怒られると憤《ふん》慨《がい》し、教室を飛び出し、一人で図書室に向かう。いくら止められても言うことを聞かず、怒られるとパニックを起こし、泣き喚《わめ》く。

おばはん先生は必死に叱りつけたり、褒《ほ》めそやしたり、はたまた、

「柴崎さんはホンマはええ頭持ってるんやから、そんなアホなことばっかししとったらアカンで」

と宥《なだ》めすかしたりしていたが、一貫性のない態度で私はますます混乱し、おばはん先生に対して不信感を募らせていった。言うことや行動が変わるなんて許されることではないのだ。太陽が突然、北から上るようになったら困るでしょう？　明日は西から上がっては、ますます混乱する。それと同じことだ。フラリフラリと、その時の気分で戦法を変えるおばはん先生。

お前が嫌いだ。

席替えの時にはクラス中を巻き込んで大パニックを起こした。〝なぜ席を替わらなければならないか〟が分からない私は、突然告げられた席替えに混乱し、席が替わることに耐えられず、大泣きして地団駄《じだんだ》を踏み、『私の席だった場所』に座った子に、とばっちりみたいな文句を付け、教室中を大混乱に陥《おとしい》れたからだ。

鈴本もおばはんも、例外を作らずクラス全員を席替えさせた（堀田先生は私を移動させなかったのだ）。私はそのたびに騒ぎ立て、鈴本からは張り手を喰《く》らっていた。おばはん先生からは「柴崎さんだけ特別ってわけにはいかんねん！　みんな一緒！　どこに替わるか分かれへんでも、あなたみたいに騒いでる子は一人もおれへんねんで！　恥ずかしないん!?」と叱責された。

小学校一年の時よりは羞恥心を抱くようになっていた私は、だけど自分の心が抑えられないまま泣きじゃくり、情けなさと恥ずかしさと憤りで混乱し、また泣き続けた。他の子供たちは、

「お前、自分だけ特別やと思うなよ!!」

「アホかお前!!　みんなに迷惑かけんな！　謝れ!!」

そう、口々に口撃する。私は混乱しすぎてグラグラする頭を抱えて、教室を飛び出した。しかし、

ようやく落ち着いて帰ってきた時には、私の席は勝手に動かされていて、絶叫する私と、また始まったと憤るクラスメイトたちとの間で、不毛な第二ラウンドが繰り広げられることになった。

恐怖を押しとどめ、少しでも不安要素を取り除くように、私は反復行動と決まりきった枠の中へと突き進んでいく。思いどおりにならない外の世界から逃れるように、深い眠りに落ちてすべてを忘れようとするように、私が知っていることしか起こらない、繰り返しの世界にのめり込んでいく。

鉛筆は筆箱の中にこの順番でしか入れてはいけない。下靴は上履きを履くまで靴箱に入れてはいけない。学校の階段を上る時は右側の手すりを触りながらでないと上ってはいけない。教科書よりノートを先に開いてはいけない。

周囲が理解するにはあまりにも無意味な習慣を続けていた。やめてしまうことで、世界も私も、おかしくなってしまうのだと思っていた。

私に関わった人たちは、なぜそこまで頑《かたく》なに、同じ行動やパターンを繰り返さなければいけないか分からなかっただろう。その必要はないのだと、いくら言ってもきかない私の行動を、半ば強制的に矯正しようとしたが、それが逆にその行動を強化する結果になった。北風に吹かれて必死にコートを押さえるように、善意の教育の名のもと行われる、情け容赦ない集中砲火に私は必死で抵抗し、より自分のパターンに固着するようになっていったのだ。

味方だと言われても、そう思えなかった。あなたは〝普通〟にならなければならないのだと、重たい拘束具を全身につける存在を、私は信じることはできなかった。だから教室を飛び出した。だから、誰もいない図書室に逃げ込んだ。誰が探しに来ても決して出ていかなかった。図書室のカギを、閉めてしまうのだ。出入り口に鍵をかけ、窓から図書室の中に入り、窓の鍵も閉めてしまえば、図書室は牢獄でもあり、安息地でもあった。そうして、文字と美しい文章の連なりを湛《たた》えた小さな王国で、私はすべてのことに狼狽《うろた》えながら、小刻みに、息をし続けていた。

セラピー

「三日月…夜空が笑っているみたいに見えるよ」っていう話
わかってくれて　ありがとう

YUKI『ひみつ』

小学校一年生の時に通い始めたセラピーには、小学校四年生ぐらいまで通い続けていた。私を担当したのは中《なか》先生という、ふんわりした女性の先生で、いつもホッとするような笑みを顔に浮かべていた。笑う時は「アハハハ」と笑わずに「アッアッアッアッア～」とチラチラ震える声で笑う。私はその笑い声が好きで、よく先生をくすぐっていた。

中先生からは主にプレイセラピーを受けていて、施設に着くと、中先生はいつもと変わらぬ笑顔で私を迎える。「今日は何して遊ぼっか～？」と言いながら、プレイルームへ向かう。

中先生と一緒にいる時は、私は何のお咎《とが》めもなく、先生にベタベタ触りまくった。突然背中に覆いかぶさったり、先生の手をつねってみたり、髪を引っ張ってみたことも、お尻を叩いてみたこともあった。袖口のゴムが気になって、ずーっとパッチンパッチンと弾いてみたり、どう反応するのか見たくて、突然物を投げつけたこともあった。でも、中先生はコロコロと笑い、「おおお～～～っと！や～～ったなぁ！」と言うだけだった。

小学校に上がる前の小さい頃の私は、人のことが気になって、まるで実験動物の経過でも見ようとするかのように、ベタベタと人に触りまくる癖があった。人間がよく分からないから、知りたいという思いもあったのだろう。しかし、そうすると母はいつもヒステリーを起こし、怒鳴りつけた。母は、私に触れられることも嫌っていたし、手の甲をグリグリとこねくり回すあの奇癖《きへき》を除くと、私に触れたがることもなかった。私に触らないでよ！　あんた気持ち悪い！　とハッキリ言った。しかしなぜ怒られたのか分からない私は、なおさら、おかしな方法で人と関わろうとするようになる。愛情欠乏と心理的交流の欠如から、私は人に怒られたり、嫌がられたりする方法でしか、コミュニケーションをとれなくなっていたのだ。

※一次障害：積極奇異型。86ページ参照

私は中先生の反応がおかしくて、何度も何度も、ちょっかいを出し続ける。繰り返すと気持ちが落ち着く。そして、先生の声も『怒っていない』ようだった。そうか、先生も私と同じなんだろう。同じことを繰り返すのがきっと落ち着くのだ。そう思って、私は安心して先生に触り続けた。けれど、反対に中先生から触れられると、びっくりしてしまうことがある。触るのはよくても、触られるのはやっぱり苦手で、突然触れられるとどうしたらいいか分からずに怒り出したり、手を払《はら》い除《の》けたり、逃げ出したりしてしまうのだ。そのあと必ず後悔する。私は人から触られるのは怖かったけれど、それを嫌がっていたのは『本当の私』ではなく、『私の脳』だったのだから。

中先生は、私が何をしてもニコニコ笑って受け入れていた。どこにいっても何をしていてもひたすら怒られ続けていた私が、中先生と二人だけの時は誰にも何も言われず、あるがまま振る舞うことが許されたのだ。週にたった一度のこの時間だけが、怒られ否定される恐怖から解放される時間だった。

だから、たった一瞬、この一時間だけは、いいでしょう?

どんな時でも、何をしても許してくれる中先生は、私にとっては親友だった。

先生に飽きると、私は今度はプレイルームに溢れている物たちに、イノシシのように向かっていく。

私の遊びは、到底遊びともいえない遊びばかり。集中できなくて、何か始めたとしても別のものが目に飛び込んでくるとそれを確認したり、手にしたりせずにはおれない。そのまま別のことを始めてしまったりするから、中先生はいつも追いかけるのに苦労する。それも『中先生と一緒に遊んでいる』のではなく『私が遊んでいるのを中先生がサポートする』ような形でしか、遊びは成立しない。

私は『数人の人と、一緒に』何かをすることが極端に苦手だった。一対一なら何とかできたとしても、誰かもう一人が飛び込んできた時点で、私は混乱し、パニックを起こし「なんで入ってきた!呼んでへんのに!」と相手にぶちまける。同時に二人の人物と関わることができないのだ。一対一でさえお互いの思惑は、まるで無節操な毛糸玉のように絡まりあってしまうのに、そこに仔猫が飛び込んで滅茶苦茶に爪を立て、とうとう私の目の前から、解きほぐすことのできなかった毛糸玉ごと逃げていってしまう。おかげで私はいつも取り残されて、あの毛糸玉はどうやったら解けていたのかと答えのない問いかけを続けなければいけない。

〝私と・人と・人〟の間で起こるその出来事は、実は〝私と・遊びと・人〟の中でも起こった。私は『何か』で遊びたいと思ったら『人』という存在を排除しなければ遊べず、『人』と遊びたいと思ったら、『何か』で遊ぶ遊びを排除しなければ、人に関われないのだ。

だから私は『私と、誰かと、遊んで』いたはずであっても、『誰か』に集中するといつの間にか『遊び』をやめて突っ立って相手と話すことになり、『遊び』に集中すると『遊びと私の二人っきりの世界』に入り込み、『誰か』という相手を、締め出してしまう。

最初は『誰か』と鬼ごっこをしていたはずであっても、気付けば風を切って走る時の、そよぐ産毛《うぶげ》のくすぐったさを求めることに熱中し、他のすべてのことは忘れ去って、縦横無尽に心の向くまま、走ることに熱中する。そこで突然「タッチ！」と言われると「なんで触ったんや！　邪魔するな‼」と怒る。それを心のキャパシティーと言われてしまえば、物も人も併《あわ》せたって、私以外の席が一つしかない私の心は、明らかに狭かったと言わざるをえない。

中先生も例に漏れず、私が『遊び』と蜜月の時には、玄関に脱ぎ散らかされた靴のように放り出されていた。時々、先生にこんなふうにしたら？　一緒にやろうか？　と声をかけられても、私は**遊びと遊んでいるんだから**と、唸り声を上げて牽制《けんせい》する。中先生はセラピーの間中、ずっと奇妙な遊びに付き合わされ続けていたが、それでも私と一緒に笑ってくれていた。

時には、セラピーに来たものの、私が遊びに乗り気でない時もある。

そういう時は最初にプレイルームに行っても、中先生は私の様子を見て『別の部屋』に案内することがあった。

その部屋に行くのは、大抵私が遊びに気分が乗らず、何が嫌なのかは分からないが何もかもが嫌になって、気持ちが擦《す》り切れてふさぎがちな時だった。中先生と私は向かい合わせに座り、何を感じているのか、どんなことがあったのか、何がそうさせたのか、話し合った。しかし、話し合ったといっても、私はひたすら、関係あることもないこともしゃべりまくり、中先生はただ「うん、うん」と言いながら聞くというだけのことだ。

四年近く、中先生と折に触れて自分の感じたことや考えたこと、何かが起こった時の様子などを話せたことは、私にとって、とても重要な意味を持つものになった。私は自分の心を見つめる方法を、この『話し合い』を通して学んでいたのだ。そしてある日、いつものように中先生と話していると、

気になる

『幻聴』が言った。

しかし私は話に夢中で幻聴の言葉を気にもとめなかった。すると、もう一度、

気になる

幻聴は繰り返した。その後も、私の気がそがれるまで、それが続いた。私は観念して、気になるっ

て、何が気になるんだろう？　と考えてみた。と、同時に、まるで体中についている糸が中先生の方に引っ張られるような、不思議な感覚に陥った。中先生が気になるということ？

――そう。気にならない？　この人って、いつも変わらない。いつも同じ調子。落ち着いて穏やかで……みんなのあんたへの接し方とは、違っているでしょ？　だから、気になるなと思って。あんたはどう思う？　あたしは気になるわ。**素敵じゃない？**

……ほんまや。確かにね。そうだね。素敵。とっても素敵。とっても気になる。

その瞬間に、私は今までとは別の意味で中先生に興味を持ち始めた。どういえばいいか分からないが『なぜ、この人は穏やかなんだろう』というところに興味を持ち始めたのだ。私は中先生が話している間中、先生の頷き方、手の組み方、姿勢、瞬きの回数、口角の位置、胸（呼吸）の動き、姿勢を変える仕草なんかを見つめ続けた。

〝素敵な人〟は、こんなふうに振る舞うんだね。いいね。

幻聴が呟いた。私はますます中先生の〝振る舞い〟に興味を持つようになった。声のトーン、リズム、抑揚にいたるまで……

〝**素敵な人は、こんなふうに振る舞うんだ**〟という幻聴の言葉が、異様に胸に残っていた。私は会うたびに先生の仕草をよく見るようになった。先生は朗らかで笑顔もかわいい。とっても素敵な女性なのは間違いない。私の興味は『素敵な先生の立ち振る舞い』に限局していたが、それも後々、私にとってとても重要な意味を持つものになったんだった。

しばらくして、プレイルームで遊んでいる時に、私は中先生に聞いた。

「ね、先生のお仕事って結局、何なん？」

「先生のお仕事？　先生のお仕事はー、『臨床心理士《りんしょうしんりし》』っていうんだよー」

「……りんようゅうしゅし？」

「……りんしょうしんりし（笑）」

「しんしょうしんし！」

「り・ん・しょ・う・し・ん・り・し（笑）」

「りんしょうしんりし!!」

臨床心理士！

「じゃあなぁ、私な、臨床心理士なるよ」

「ホンマぁ？　ここらちゃん、臨床心理士なるの？」

「うん！　楽しそうだから!!」

「ほう、それは、楽しそうとは、どゆトコロが？」

「だって、先生ずっと遊んでるやろ？　遊んででお金もらえるて、最高やんか」

それを聞いた中先生、大・爆笑。

「えーっっ　いやぁ、そうだねぇ、でも、夢があるって素敵なことやもんねぇ。いいと思うよー。ここらちゃんが、臨床心理士かぁ。楽しみやねぇ！」中先生はまだ笑いすぎて涙目のまま、言った。

そう、素敵。〝素敵〟な〝夢〟。〝素敵〟な中先生の〝仕事〟、〝臨床心理士〟。

とても的外れな解釈が始まりだったものの、『中先生の仕事』は、その後の私に、大きな影響を及ぼした。それは私が〝心理〟という言葉に初めて出会った瞬間でもあり、世界と私とを隔てる、扉を開くヒントを見つけた瞬間でもあった。心の理《ことわり》。その言葉はまるで、小さなたんぽぽの綿毛を掴みあげて遠くまで運ぶ風のよう。私を辿り着くべきところへ運ぶ、強く、力強く吹く風。途中、大きな嵐に巻き込まれ、もみくちゃにされる運命の綿毛を、また拾い上げ、約束の場所へ連れていく風だ。

中先生との出会いは、運命だった。そう思う。

私の施設通いは、四年生で終わりを告げた。

私の中に〝なぜ、私だけ、施設に通い続けなければならないのか？〟そんな疑問が生まれたからだ。クラスのみんなに、何でいっつも柴崎だけ早引けしてどっか行ってんねん、と非難され、自分でもなぜ私は通い続けるのか、なぜ〝みんなと違うことをし続けているのか〟、漠然とした違和感や、うしろめたさを感じるようになったからだ。

二次障害：ＡＳＤ児は小学校高学年になると他者の心理を推測できるようになる（『心の理論』を獲得）が、迫害体験が多いと他者の評価・考えを必要以上に気にし、被害的・迫害的に読み誤るようになる

私は少しずつ〝人間〟に、なり始めていた。人の顔色を窺《うかが》い、人と違う行動を嫌い、人の目に怯え、人との関係を思い悩むようになっていた。

きっかけは、とても些細な出来事だった。

二つの心

〝私はあなた〟で〝あなたは私〟と思ってた

小谷美紗子『こんな風にして終わるもの』

ある日、それは私たち一家と父の友人のC夫妻、六人で遠出した時のことだった。C夫妻はとても優しくて子供好きの温厚な夫婦で、私も大好きな人たち。父の車とC夫妻の車の二台に分かれ、姉は両親の車に乗り、私はC夫妻の車に乗せてもらうことになった。

途中いろんなところに寄り道したためか、宿に向かう頃には夜も更《ふ》けて、霧が出ていた。車のヘッドライトはほとんど道を照らさず、三、四メートル先はもう霧で真っ白。光は全部霧に吸い込まれて、ライトが当たるところ以外は夜と霧が混ざり合い、まるで異世界に迷い込んだようだ。私は怖くて仕方がなく、Cさんに車が崖から落ちたりしない？　とか、無事につくかなぁとか、怖いから気を付けて運転してねとか、だいぶ失礼なことばかりほざいていたような気がするが、それでもCさんは、大丈夫、大丈夫。信じてや～と明るく返してくれるし、Cさんの奥さんもなるべく楽しい話をして気持ちを和ませようとしてくれていた。

しかし、突然、赤いブレーキランプが光るのが見えた。前を走っていた父の車が急停車し、Cさんは急いでブレーキをかけたが、全員ひどくつんのめった。驚いた私はCさんを責めるように叫んだ。

「〇〇さん、もう少し間ぁ取っていったほうがええよ。こっちゃんも不安みたいやし」

Cさんの奥さんが言う。

「そやな〜。だいぶ開いてると思ってたんやけど……そういえば、**ともちゃん**《姉》**は大丈夫やろか？**」

Cさんがふと思い当たったようにつぶやいた。そういえば、姉は、どうしているだろう。こんな深くてそこはかとない霧の中、きっと不安に違いない。

あんなにいろいろされているのに、私は「人は助け合わなくてはならない」を、それでもまだアホみたいに信じ切っているから、行く先が見えずに不安であろう姉が、心配で仕方がなかったのだ。

三、四十分続いた真夜中の霧のドライブの果て、ようやく目的地に到着した。ホッとした私は車から飛び出す。先に目的地に着いていた父と母も、そして、Cさん夫妻も車から降りてくる。父は辟易《へきえき》した顔で、

「はぁ〜。疲れたわ。もう、ともがうるそうて、かなわんわ」と苦笑いした。

「あ〜、やっぱりともちゃんも怖がってたんやぁ。道見えんかったもんなぁ……カーブとか……」Cさんが応えるが、父が遮《さえぎ》った。

「いやいや、もう、**飛ばせ飛ばせ言うて、うるそうて**」

「ええ!?　そっちなん!?」私とCさん夫妻が唖然としていると、姉が笑いながら車から飛び出してき

た。

「アハハ！　**めっちゃ面白いわ!!**　お父さんまたやってや!!」

「アホ。もう着いてんぞ」父と姉は、わぁわぁ言い合っている。

それを聞いた私は仰天した。仰天なんて表現でも足りないかもしれない。驚愕《きょうがく》した。


姉が、怖がってなかったなんて!!


そしてその時、私はようやく知ったのだ。〝**姉は、私とは違う考えを持っている**〟と。

私はそれまで、姉も私と同じように思考しているんだと思っていた。私と同じように感じ、私と同じように物事を見ているに違いないと、思い込んでいたのだ。姉だけではない。**この世にいるすべての人が、私と同じように感じ、考えていると思っていたのだ。**

でも、そうじゃなかった。〝私と同じように怖がっているはずの姉〟は、怖がってなんか、いなかった。

姉と私の感じ方や考え方、想いは、違ったのだ。

もしかして……みんな、違うん？　**私とは、違う考え方や感じ方してるの？**

私とだけじゃなく、みんなそれぞれ、違う感じ方してるの!?

『**人は、それぞれが違う考えを持っている。もちろん、私とも、違う**』

私は初めて、その事実に気付いた。みんな私と同じように考えて、私と同じように思っているんだとずっと思い込んでいた。初めて『人間』が『一人一人違うのだ』と、私は気付いたのだ。

※一次障害：他者目線から物事を捉える能力が弱く、小学校中・高学年ぐらいからようやく人と自分の違いに気付き始める。『心の理論』の獲得

本の中では、登場人物たちはみんな違う意見を持っている。それは何となく分かっていた。でも、それを実際のこととしては理解していなかったのだ。自分の身に置き換えて考えることができなかった私は、人は一人一人みんな違うんだという単純な事実にさえ、この時まで気付きもしなかったのだ。

私はとんでもなく焦っていた。みんな違うの!?　みんな、私とは違うことを考えているの!?　だって……だって、みんな違う考え方してるんやったら、どうしたらいいの？　私と違うんやったら、**何考えてるか分からない**。みんな違ったら、どうやって分かり合えばいいの？　**どうやって、相手の考えを知ればいいの!?**

まさか、人が言葉を使ってコミュニケーションを、意思の疎通を図っていたなんて、この時の私には思いもよらず、私はすっかり途方に暮れてしまった。

みんな違う……**みんな、違っていたなんて!**

……でも、みんながそれぞれ違うとしたら、今まで起こったことの謎が解ける気もした。だから、私は今まで、人とすれ違っていたのではないだろうか？

みんなが違うのだと考えると、堀田先生と鈴本の違いも、何だか理解できるような気がした。人が一人一人違うことが分からない私は、堀田先生と鈴本が、なぜあんなにも違うのか、ずっと理解に苦しんでいたのだ。

『私』という、『今、目の前で起こっている出来事』は何も変わらなかったのに、二人の教師がとっ

た行動はまったく違った。それは、二人の教師の考え方がまったく違っていたからなのだ。『柴崎心良』に対する捉え方や考え方が違い、その違いによって、反応や態度、行いも、変わったのだ。

なぜ堀田先生が鈴本のようにしないのか、私はずっと不思議だった。先生は、なぜ叩く必要がないというの？　なぜ頭がおかしいと言わないの？　私に笑いかけるの？　その原因が鈴本と堀田先生の考え方が違っていたことだったと思えば、すべてに納得ができた。物事が起きた時にどう捉えるかは、人それぞれ皆違うのだ。きっと。

当たり前すぎる話だろう。でもこの時まで、私は心底、**人間はみんな同じように考えていると思い込んでいて**、それについて、深く考えることもなかったのだ。

みんな違う。みんな……違うんだ……。でも、じゃあ、どうやったら人の気持ちを知ることができるの？　どうやったらみんなの気持ちが分かるの？

私はどうしようもなく、切なくなった。みんな違うんだったら……誰も、誰とも分かり合えないのだろうか。誰の気持ちも分からなかったら、誰とも、一緒の気持ちになれなかったら……まるで、世界にたった一人ぼっちみたい。

私は今まで、『**みんな、私と同じように考え、感じ、物事を見ている**』と思い、すべての人を自分と同一視することで、何一つ寂しさを感じずに済んでいた。だけど、みんなそれぞれ違う生き物で、違う人間で、まったく違う考えのもと生きているのだと分かった今、すべての人から分離されたような、ひどく孤独でうらぶれた気分になっていたのだ。

人から見れば、ずっと一人ぼっちだったはずの私。だけど、この時ようやく、自分が世界から切り離されたような孤独感を、独りぼっちの寂しさを、心の底から思い知ったんだった。

それ以来、私は私である時に『〝こころ〟とはなんなのか』、『どこにあるのか』、『どうやったら人の〝こころ〟を知ることができるのか』、こんなことばかり考えるようになった。

理科室に飾ってある人体模型や骨格標本を見ながら、私は〝人の気持ち〟がどこに入っているのか、探して回った。医学の本の解剖図を眺め、体の機能についての記述を読み、テレビの真面目な医学の番組を見て、脳の機能についても調べ、心のありかを探して回った。ニューロン、シナプス、前頭前野、側頭葉……。医学書は、魅力的。脳の形も役割も、内臓の形も色も、グロテスクでミステリアスで、とってもユニーク。なんだか『異分子』である自分と重なり、親近感が湧いた。これが私の中にも詰まってるんだね……私は興味津々《しんしん》で見ていたけど、でも、結局〝こころ〟は見つけられなかった。学研の本の中、古生物の本の中、推理小説の中、偉人たちの伝記の中……いろんなところを探してみるが、どこにも、ない。全然、見つかんない。大体、どんな形か色かも分からないし、どう探せば見つかるのかも、私には見当もつかない。

私には、人の気持ちが分かんないよ。

みんなの考えてることが、分かんないよ。

私は、自分の思いや他人の思いに、少しずつ想いを馳《は》せるようになっていった。遅ればせながら、私は他者との関係を探り始めたのだ。

だけど人の気持ちが分からないことに気付いてしまった私は、どんなことに対しても疑心暗鬼になった。その正体を摑み切れず、霧の向こうの見えない影に怯えるように何にでも狼狽《うろた》え、苛立つようになった。見抜けないウソや皮肉に過敏に反応するようになり、すべての人に責められているのではないか、バカにされ、笑われているのではないかと思うようになり、周りの一挙一動にパニックを起こした。今までのように、こだわりを否定されることによって起こるパニックに加えて、他人にジャッジされることへの恐怖が……人と違うことによって笑われ、見下される恐怖が……加わったのだ。

みんなが私を馬鹿にしている……みんなが笑っている……そんな気がして、怖くてたまらない。全部怖い。みんな怖い。誰にも会いたくない。

学校に　行きたくない……

決壊

どんな悲劇に埋もれた場所にでも
幸せの種は必ず植わってる

Mr.Children『花の匂い』

人との関係に、思い悩むようになるのとほとんど同時ぐらいに、私は『自分になった時』に、肉体的にも精神的にも、さまざまな異変を感じるようになった。爪噛みや、唾吐き、引っかき癖の他にも、今までは平熱が三六度七分か八分ぐらいだったのに、突然三七度三分から七分の熱が、年中続くようになったのだ。そのせいか、めまいやだるさがひどい。頭もボーッとして、今まで以上に授業に集中できなくなった。何もうまく考えられなくて、私はしきりに頭を叩くようになった。このだるさは一日のうち、だんだんと波が高くなるように、言いようのない苦しさともどかしさに姿を変え、漠然とした不安や苛《いらだ》立ち、吐き気がするようなやるせなさと、どうしようもないまますべてに翻弄されているという無力感になって、四六時中、襲ってくるようになった。

※二次障害：ストレスから、心身にさまざまな不調をきたす

『外の世界』との関係では、誰かにいつも責められている、バカにされているという根拠のない妄想に心が占拠されるようになった。今までよりもっと些細なことで「○○君に苛《いじ》められた」、「○○さんが私のことを笑った」「バカにした」と騒ぐようになった。どこかで誰かが私のことを笑い、バカにしているんだと思うたびに、気が狂いそうだった。完全に心が参っていた。

二次障害：迫害体験が多い場合、今までの経験や劣等感から、『心の理論』獲得後、特に被害妄想がひどくなりやすい（迫害体験がない場合には、この段階で問題行動が激減するとされる）

家は私の唯一の逃げ場になったはずだったが、母は学校を休むことを許さず、そこは結局空っぽのまま。学校の席も、空っぽのまま。

居場所がない。

おばはん先生は残念なことに、私が活動限界を迎えているとも知らず、私から見れば猿真似としか言いようのない才能を開花させ、さらに鈴本の背中を追いかけていた。

私のことで開かれる〝学級会〟という名の、悪夢のような祭りが復活したのだ。

黒板の前に立たされた私と、それに向かいニヤニヤと笑う子供たちの様子は、まるで中世の魔女狩りのようだ。鈴本の時よりは粘着感のない、「もっと何か、マシな」会だった気もするが、私にはやり方を比較し、良いところを見つけ出し、空誉《そらぼ》める心の余裕はない。ただ木の杭《くい》に縛りつけられたまま、火が放たれるのを気絶しそうになりながら待つしかない魔女のように、震えと動悸とめまいに、全身が包まれているだけ。

私はどこにも行けない。完全に逃げ場を失った。昔は心のどこか片隅が、私のための場所として最後の砦《とりで》になっていたのに、それすら消え失《う》せてしまって私を匿《かくま》ってくれる場所はどこにもない。せめて今いるこの教室から逃げ去ってしまいたいのに、私はみんなの両目から出ている何十本もの鎖でがんじがらめになったように、身動きができない。

「なんか答えろやお前!!」

「黙ってたら何とかなると思うな!!」

「もー、チャイムなったのにお前がなんか言わんかったらまた次の時間遅くなんねん!!　みんなの時間返せや!!」

その声を聞きながら、私はただずっと、ただただ、苦しいな、痛いな、消えたいな、何で生まれてきたんだろう、何で生きてるんだろうと、ぼんやり思っていた。

もう、全部、なんか……疲れちゃったな。

そしてある日、四階の廊下を歩きながら、私は答えを見つけた。

窓が、開いてる。

私は心の中で繰り返した。


窓が、開いてる!!


その窓が、すべての答えだと思った。

四階の窓から身を乗り出して、私は外を見た。真下を見ると、学校の建物から伸びた、幅一メートルぐらいのアスファルトの土台が見える。

まるで全身が吸い込まれていくようだ。

あそこに、あそこに頭が叩きつけられて粉々になったら、私はもうきっと苦しくないんだ。あの場所に、すべての答えがある。私が還るべき場所が、味気ない無機質なコンクリートの向こうに、見え隠れしている。

私は高鳴る鼓動を感じながら、全力で、その音を、消そうと考えた。

だけど、私は、なかなか実行に移せずにいた。

理由は二つあった。一つは神様が『自ら命を絶つのはいけないことだ』と言っていたこと。私はいったいどこで覚えたのかも分からない、『自殺は罪である』というキリスト教まがいの観点から、今ここで自らの手で死んだら、誰も私を迎え入れてくれないかもしれないと思ったのだ。それは困る。唯一私が還れる場所まで私を拒否したら、もう、私には何も残されはしないのに。

だから、誰かが背中を押せばいいのにと思っていた。

言葉で切り刻んだように、冷たい視線で叩きのめしたように、陰口で打ち据えたように、スキをついて、階段で笑いながら私を突き飛ばした時のように——突き飛ばしてくれ。終わらせてくれ。

そう、今!

だけど実際には「柴崎さんそんな身ィ乗り出したらあかんて!!」と慌てて駆け寄るおばはん先生が、私を『こちら側』に引き戻した。みんな私を否定するクセに、私に居場所もくれないクセに、こういう時だけいい人ぶるんだ。

みんな『死ね!』と言うクセに。たやすく『消えろ』と言うクセに。私のそばに寄っただけで『頭がおかしくなる病気が移る』『汚い』と言うクセに。

黒板のいたずら書きを消すように、何で私を消してくれないの。

風が吹いた。やわらかな風の手が私を誘っている気がした。その手に触れたくて、私は身を乗り出してみる。あの手に抱きとめられれば。あの手に、触れられれば。

そう思いながら、身を乗り出してみる。

だけど、私はいつもギリギリになって、別の手を、取ってしまうのだ。

あらぁ、どうするの？　いっちゃうの？

残念そうに〝声〟は言う。全身に広がる感覚にまた来たと思いながら、手すりに顎を乗せ、私は無視をした。――私が死ねないもう一つの理由――それこそ、この〝声〟なのだ。

落ちたら痛いんだろうなぁー。失敗したら、めっちゃ痛いんだろうなー。分かってる？　死ねなかったら、最低だよ。大変なんだから！　うー、怖っ。あたし、そういうの無理だわぁ。

……なんだそれ。他人事《ひとごと》か！　思わず心の中で呟く。私が落ちたら、あんただって落ちるんだから！　……でも、どうせ体もない、ただの〝声〟なんて、痛くも痒《かゆ》くもなく、ただ、消えるだけなんだろうけど。

私は心の中でそっぽを向いた。そして誰にも見えず、いるか、いないかも分からないこの〝声〟という存在の在り方を、心から羨《うらや》ましいと思った。毎日人に会うこともなく、嫌味も言われない〝声〟だけの存在という立ち位置。こんなに羨ましいものはない。石を投げられたって、当たることもないのだ。姿も見えないから、野良犬のように追い掛け回されて『もう教室に戻ってくるな！』と男子に言われることもないのだ。

そう？　でも、側にいてあげたい時に声としてしか側にいられないって、それはそれで寂しいもんよ。

〝声〟は言う。

（なんで？　誰のそばにいたいの？）

あんた。

（……なんで……別におらんでいいし。うるさいだけやし。……何されるかも分からんし）

はー!?　もう！　何にもしないって！　失礼な！　……側に誰かいて、話を聞いてもらえるって……だって、嬉しかっただろうなって思ったから……それだけよ。

その瞬間、堀田先生や中先生の姿が頭に浮かんだ。……でも、すぐに消えた。もうそんなことはどうでもいいのだ。もうなくなったのだ。もう会えないのだ。

堀田先生は学校にまだ居たが、私は担任ではなくなった堀田先生との間に大きな壁があるような気がして、見かけても話しかけることすらできなくなっていた。それは、もう存在しないのと同じことだ。そして、中先生のところにも、もう行くのはやめていた。私の脳は堀田先生も中先生も、もう追い出してしまったのだ。

そして今、目の前にあり、私が執着するのは、この窓だけだった。

（あんた、押してよ）

　は？　あんたを？　ってこと？

（そう。背中押して）

　ああーっとぉ!!　そうくるー!?　……でも、ざんねーん！　体、なーい。無理ー（笑）。

〝幻聴〟はわざと悔しがって見せるクイズの司会者みたいな、なんだかムカつく言い方をした。イラッとする。

（あんたの存在意義って何なん！　役に立たないんだったら、もう消えたらいいのに！）

　嫌よっ。役に立ってるって、思ってもらわなくったって結構！　でも、絶対消えないから！

（めんどくさっ!!）

　めんどくさくっても結構！　いるもーん。ずっといるもーん。

〝声〟はいつもなんだか、ちょっと茶化すような、妙なしゃべり方をする。私はまた面倒くさくなって話しかけるのを止《や》めた。

目の前にはいつもと変わらない光景が広がっている。大型トラックが、排気ガスを巻き上げながら、道を通り過ぎてゆく。揺れる緑。町並み。

私は小さい頃、世界はゼンマイ仕掛けでできていると思っていた。『私のために』すべてのものが動いているんだと思っていた。人間ですら、そうなんだと信じていた。そして、私がいなくなったらこの世界も消えてしまうんだと。存在意義自体を失って、この世界はなくなってしまうんだと信じ切っていた。

だけど、それは違うのだ。私こそがこの世界の歯車の一つでしかなく、私が消えたら、ただ、開いた穴に、新しい歯車が補充されるだけのことだった。

私は　悪い　歯車　　ない　ほうが　いい

手すりの上に体を乗せてみた。頭でっかちな私を支えきれず、手すりが当たるおなかを中心に、体がフワフワ揺れていた。気持ちがよかった。そのまま不意に落ちればいいと思った。

ああ―――――。もう、**……もったいない!!**

〝幻聴〟が叫んだ。

もーねー。もったいないし、もったいないし、もったいないし、もったいない!!　**全部もったいない!!**

(何が!?)

だって……これからまだいいことあるかもしれないのに、死んじゃうの、もったいなくない?

（はぁ⁉　そんなん、どうせないよ！　だからもう、いい‼）

イヤイヤ……これから絶対いいこと無いって、何で分かるのよ⁇　分かんないじゃん、先のことはさ。

（分かるよ！　ずっと同じ調子だよ！　全然いいことないわ！　この先まったくありえねぇよ‼）

えー！　絶対⁉　百パーセント⁉　百パーセントありえない⁉　ほんの些細ないいことだってありえないの⁉　……だってさ、今までだって、そこそこいいことあったじゃん。それでさ、もうすぐさ、すっごい、いいことがあるかもしれないじゃん！

（……はぁ？　すっごい……いいこと？）

そう、もう、めっちゃくちゃ豪華なスペシャルケーキみたいな、めっちゃいいこと‼　あーもう、底抜けに幸せ‼　ってこと！　それは、もしかしたら、あと三日生きてたらもらえたものかもしれないし、あと五分後にもらえるはずのものかもしれないんだよ！　だけど、今、飛び降りたら、もうそのケーキは、味わえないの。それ、すごくもったいなくない？　あと五分生きてるだけで、めっちゃおいしいケーキが食べれたかもしれないわけ。こんな悔しいことある⁉　ケーキだよ⁉　ケーキ！　もう、すっごいケーキ‼

頭の中には〝声〟が見せたがっているらしいケーキの映像が浮かんだ。真っ白の、クリームで塗り固めたショートケーキみたいなのの、ホールのやつ。
……つーか何でそんなにケーキに執着してるわけ……
思わずツッコミを入れながら、思わず気持ちが引っ張られて、五分後に起こるかもしれない〝めっちゃいいこと〟を想像してみた。なんとなく、ものすごく特別な、私の人生を変えるような出来事が起こることを、想像してみる。全然想像できないけど。でも、
なんだかワクワクした。『もしも、まだ生きていていいって思えたら、素敵』そんなことが、頭に浮かんだ。……でも、きっとそんなことありえないのだ。どうせみんな、私なんかいなくていいと思ってる。

(……想像できないし、私には分からない)私は正直に言った。

(私には、いいことなんて、起こったことないもん。いっつもみんなが褒めてもらったりしてるの、見てるだけだもん。私は褒めてもらったことないし、誰からも喜んでもらったこともない……私がいたって、みんな嫌そうな顔するだけだもん。怒られてばっかり。みんな、私なんかいなくていいって言う……知ってる)

中先生や堀田先生からもらった沢山の言葉は、畳みかけてくる日々の中、遥か遠余所《とおよそ》のものになっていた。もう思い出すこともできなくなり、そして私はただただ、全てを悲観していた。

……あんたさぁ……**人のために生きてるの？　人が嫌そうにするから死ぬの？**　それ、おかしくない？

急に〝声〟が真面目な調子になった。

あのね、あんたは今、この瞬間に、人のことなんか考えなくていいの。人はね、自分の都合のいいように言うもんよ。今は自分が生きることだけ考えなさい。自分のことで精一杯の時に、人のこと考えてる場合じゃないでしょ。

（だって、みんな考えろっていうのに……？）

無視していいわよ！

（なんでそんなこと言うの!?　無視していいわけない!!　みんな聞けっていう!!）

知らん!!　みんななんか、どうでもいい!!

ホントに聞かなきゃいけないと思うんだったら、あんたに生きててもらいたいと思ってる、あたしの言うこと聞きなさいよ!!!!!!

ビックリするぐらい大きく響いた〝声〟に、私は思わず黙り込んだ。

……なんであんたを嫌ったり、追い詰めたり、あんたのことを傷つけるヤツの言うことは聞いて、あたしの言うことは聞かなくていいって思うのよ……そうじゃない。あたしの話を聞いてよ。あんたに生きてほしいと思ってる人の、言葉を聞こうとしなさいよ。

(あんたは私に……生きてほしいの？　だって、生きてたっていいこと全然ないのに)

だからよ。

あんたさぁ、全然、この世界でいい思いしてないでしょう？　だからよ。悪いことしか目にしてないし、にがいとこばっか食べさせられて、おいしいところ全然食べれてないじゃない。そんなの、つまんなすぎるわよ。今死んだら、それこそ悲劇で終わっちゃう。せっかく生まれてきたのに、この世界の素敵なものも、優しいものも、幸せだと思えることも、何にも経験しないで死んじゃうなんて、それこそもったいなさすぎるもの。

(はぁ？)

だから、生きてほしいの。あんたが素敵だなって、思えるものに出会うまで。

チャイムが鳴り響いた。休み時間の終わりを告げるチャイム。私は反射的に、クラスに戻らなきゃと思って、そして次の瞬間、戻りたくないと思った。死んだら、戻らなくていいな……そんなことが頭をよぎった。

ずっと外を眺めてるのもいいけど、図書室行かない？　本を読もう！　ね。

〝声〟が言う。授業が始まったら、教室に戻るべきだと声に説明したが、じゃ、教室戻れんの？　と冷静にツッコまれて、静かな時間が通り過ぎた。

じゃあ、決まり！　図書室行こう！　新しい本が入ってるかもしれないし、〇〇シリーズも、まだ読み終わってないでしょ？　行こ行こ！

ああそうだ、そういやまだ、あの本、読み終わってなかったな。

頭の中は、一瞬で本に彩《いろど》られた。アドレナリン？　エンドルフィン？　ドーパミン？　快楽物質が脳いっぱいに溢れて、私は〝声〟とのやり取りのことなどすっかり忘れて、飛び跳ねるように、一直線に図書室に向かった。深刻になり、落ちるのも早いけど、勝手に切り替わってしまうのも、この脳の特徴だった。泣いたカラスは満面の笑みで、窓辺を置き去りにして駆け出した。

本を読み終わるまで。

それが結果的に、私の延命方法だった。本という、知識の世界を覗き見たいから生きているだけ。私は人生に対しての執着心を、普通の人のようには持っていない。そんな私が唯一、この世にあるもので執着するものがあったとしたら、それこそ本だった。

本は私にとってドラッグのように常習性があって、それがなければ絶望と禁断症状と現実の挟間《はざま》で、頭がどうにかなってしまうけど、それがあると思えるだけで、どんなつらい状況でも何とかやり過ごせるものだった。差し迫った死の強迫観念さえ吹き飛ばして、本は私を鼓舞し、私の人生に短い猶予をちょこまかと付け足していた。

※一次障害：本のほうが人より理解しやすく、好む傾向がある。逃避場所として本を選ぶ。最近の子供はＴＶゲームなどを選ぶことが多い

私は一年生の時見た、戦争の夢そのままに、食べ物も求めず、家族とは別れ、本を頼りに生きていた。〝本だけで生き抜く〟。それはこの時の私そのものだった。私は唯一、本の中からこの世で生きていくために必要な栄養を、摂取しているようだった。母乳を飲んで育つべき赤ん坊が、そこいらにある葉っぱにしゃぶりついて、その汁で生き永らえているようだった。

そして、そんな綱渡り的な人生を支え続けたのが、〝幻聴〟だった。私はこの頃、本こそ私を支え生き永らえさせるものだと思っていたけれど、今思えば、差し迫った危険から何度も私を遠ざけたのは、他ならない〝幻聴〟だったのだ。

ある時、別の幻聴に殺されそうになったことがある。

その日も私は、バカにされることに耐えられなくなって教室を飛び出し、学校中をウロウロと歩き回っていた。きっと今頃、学級委員長か今日の当番が、私を探し回っている。だけど、戻らない。戻ったらきっともう、私は壊れてしまう。おかしくなってしまう……私は私でいられなくなり、何かとんでもない『ひどい事』が、起こってしまう……

私が教室からいなくなるのは、そんな切羽詰まった時だけだった。自分の衝動を抑えきれず、『何かとんでもなくひどい事』を起こす前に、どうにかしようと自分を制御しようとした結果、私は教室

を飛び出したのだ。とにかく全てを私から遠ざける以外、方法はなかった。しかし、頻繁に教室から逃亡する私を見て、みんなはまた始まったと言って怒り、捕まえ、懲《こ》らしめようとした。私は頭の中で蹲《うずくま》り、ガタガタと震えながら、誰も来るな、誰も来るなと、声にできないまま叫んでいた。
　クラスから飛び出し歩いている間に、いつの間にか頭の中でＢＧＭのように〝声〟が流れていた。それは次第に大きくなり、私の脳に、突然その言葉の〝意味〟が届いた。

今、死なないと。

今、死なないと。

今、死なないと。

今、死んで。今。

足は弾かれたように四階に向かった。また、〝声〟が繰り返す。今、死んで。今。
そうだ、何を迷っていたんだろう。最速で四階へ向かえ。そして、飛べ。
私の脳には、その〝声〟の言う『今、死んで。今。』が、とても魅力的な〝音〟に聞こえ始めた。
『イマ　シンデ　イマ　イマ　シンデ　イマ　イマ　シンデ　イマ　イマシンデイマ　イマシンデイマイマシンデイマイマシンデイマ』私は心の中で繰り返す。なんてやわらかくて、温かい起毛の毛布のような〝音〟。私にはもう意味は分からなかった。ただ、音の響きが温かくて、気持ちが良いと思っていた。

四階の窓辺につくと、私はてきぱきと窓を開けた。そしてまるで鉄棒でもしようとするかのように、反動をつけて手すりの上へと体を引き上げた。

今、死なないと。

〝声〟が繰り返す。

（イマ　シンデ　イマ）

私は笑顔で応えた。

ち・が・う・よー。なーんか、ち・が・う・ん・じゃ・な・い？

突然後ろから、のんびりとした〝声〟が割り込み、

ね、あの声に応えたら、どうなるか、分かってる？　ちゃんと理解してる？　あの声は、なんて言ったの？　**何で「今、死なないと」いけないかは、考えた？**

そう、私に尋ねた。突然の冷静な質問に、頭の熱はフッと冷めた。

ホントに死なないといけないかどうかは、自分で考えなくちゃ。

（……でも、私、きっと死なないといけない……みんな私の事、いらないと思ってるもん）

何度も言ってるけど、もう少ししたらいいことがあるかもしれないのに、もったいないじゃない。……多分、もうちょっと歩かなきゃいけない。今見える景色の中にはない……けど、もう少し歩いたらそれが見えるかもしれない。それを見ないで終わってほしくないの。

……それからね、そんな壊れたレコードみたいな〝声〟の言いなりになって死んで欲しくないのよ。あたしは！　よくよく考えてごらん。その〝声〟、意味のあることなんか何にも言ってないんだから！　**自分の頭で、ちゃんと考えてごらん！**

意味のあることなんか言ってない、全くその通りだった。それに気づいた瞬間、薄暗い声はすぅっと遠のいた。

私はぼんやりと、この薄暗い〝声〟の言い方が、周りのみんなのいう言葉に似ているなと思った。

そうね……みんなも何も考えずに言ってるのよ。みんなが言ってるから言っただけとか、平気で言うわよ。その結果何が起こるかまで考えているわけじゃないし、あんたの気持ちを考えて言っているわけでもないわ。

だからこそ、自分が傷ついた言葉は人に言っちゃいけないの。分かる？　人の言葉があんたを傷つけるように、あんたの言葉も人を傷つけてるかもしれないの。叩いたり、蹴ったりも、いけない事よ。嬉しかった事はないでしょう？　だから、誰かにそういう事をしないように、気をつけなきゃ。

なるほど……確かにその通りだった。私が傷つくように相手も傷ついているかもしれないのだ。殴られるのも蹴られるのも、叩かれるのも私は嫌だ……だからそういうことは絶対、するまい。

……でも、人はそれをしてくるかもしれない。そういう時は、あんたを知ろうともせずに誤解したまま傷つけるヤツの言う事なんか、無視していいの。相手が正しい事を言う事もあるよ？　でも、みんな、いつでも正しいわけじゃないんだから。

（……でも、私も正しくないよ）

そうよ……でも、それはみんな同じ。みんな正しくないところがあるのよ。それこそ、『みんな』があんたに対してやっている事だって、決して『正しい』事じゃないでしょう？　人を傷つける事は正しい事じゃないでしょう？　分かるかな……よくない事をされた上に、あんたが死ななきゃいけないっていうのは、なんだかおかしいと思わない？

みんな、正しいところと、間違ったところを持ってる。そういうもん。あんただけが責められていなくなればいいとか、そういう問題じゃないんだよ。

そしてね……お互いにいいところが見えないからって、誤解しあってるんじゃない？　今って。それが見えないからお互いに責めてしまうの。……あたしはね……どうやったら『お互いの気持ちが見えるようになるか』探してみるのも楽しそうかなって、思うのよね。**宝さがしみたいで、楽しそうじゃない？**　しかもそれを見つけたら、みんなとうまくいくようになるかもしれない……そういうのを、まず探してみない？

それからでも、よくない？　それがだめなら……その時、考えてもいいんじゃない？

『宝さがしみたいで楽しそう』

不思議な言葉だった。その魅力に引き寄せられて、私の心はふと『死』から遠ざかった。人を理解するために行動することも、なんだかとても面白くて、やりがいのあることに思えてきたのだ。

そもそも、私は人の『こころ《気持ち》』をずっと理解したかったが、それは他人を理解できない『恐怖感』から自分を守るためだった。けれどそれは焦りや猜疑心《さいぎしん》になって、余計に私を追い込んでしまっていた。〝声〟は、恐怖からではなくて、『人をもっとよく知りたい』という純粋な欲求や楽しみとして、人を知ろうとするのだと言う。

遊びなさい。ゲームと思えば何でも楽しいわよ。どんな事でも、楽しんでみるの。今までだって、少しずついろんな事に気付いてきたし、少しずつよ。少しずつ、あんたは変わっていくんだから、その少しずつを大事にしてあげて。あんたはあんたのペースで、やっていけばいいのよ。〝声〟はいつも、跳ねるように、楽しそうにしゃべる。だから、私もそっかーそうすればいいんだー、となんだかよく考えず、単純に受け入れてしまう。

あたしにとってはさぁ、ホントにあんたが一番大切なんだよね。あんたが生きててくれたら、もうそれだけでいいの。頭悪くても、わがままでもいいの!! 生きててくれたら、それだけで嬉しい! それだけなんだわ、あたしは(笑)

底抜けに明るい『幻聴』の言葉だった。私はその明るさから、〝声〟は、私が堀田先生のことを思い出しながら心の中で作り上げた、自分に言い聞かせるためのものなんだろうと、思い至った。さっき聞こえた、『死んで』という声だって、恐らくは昔聞いた言葉を元に、私の心が作り上げたものなのだ。

私は意識的にも無意識的にも、自分の中に『人格』を生み出すことができるということに、気付き始めていた。Aさんの本の中から生み出した継ぎ接ぎのキャラクターたち、真っ暗な部屋で聞こえていたあの幼い女の子の声、そして明るく私に語り掛ける声……みんな、私が作り出したマガイモノだ。言っている言葉は本当の言葉ではなく、私が言ってほしい言葉や、心に残っている言葉を再生しているだけ。

いつでも頭の中はガヤガヤとせわしなく、まるでスクランブル交差点を行き交う人々のようだった。私と授業の間にも『様々な幻聴』は遠慮なく割って入ってきた。しかし、この妙に気さくな〝声〟だけはとても微《かす》かな声で、気持ちが落ち着いている時以外、よほどのことがない限り、ほとんど聞こえない。

私は次第に、〝声〟に会いたくて、四階の窓辺へ行くようになった。ここだと、〝声〟がよく聞こえた。静かにいろんな話ができた。目の前に広がる景色はただの街並みだったけど、私の目に映るのは切り立った崖と、その下の仄暗《ほのぐら》く、気が遠くなりそうに広い、静かな『死』という大海原《おおうなばら》だ。崖のギリギリのところに身を寄せて横たわり、いろんな感覚を全開にしたら〝声〟といっぱい話ができる。その思いを全身で感じて、何度もそれを繰り返していると、気持ちがすっと落ち着いた。

生は、そこはかとなく眩しかった。仄暗い大海原から振り返り、後ろにあふれる『生』に目をやると、彼らは品がないほど騒々しく、張り合う気も失せるほど活発で、生気に満ち、輝いていた。私はその騒々しさにも眩しさにも耐えられず、また仄暗い大海に目を移す。そして、頭の中で作り上げた木偶《でく》人形の『生』の守護者と、話を続けていた。本物の生はいつも私を捕まえようと押し寄せたけど、生でも死でもないこの世界の際《きわ》までは来られなかった。だから私は安心して、小さな体を休め、作り物の、私が唯一受け止めきれる人物に似せて作ったものに、優しい言葉を吐いてもらっていた。

『死』を求めることで、生きていることを感じていた。

なんとかそれで　生きていた

ねないこだれだ

生きてることが辛いなら
くたばる喜び　とっておけ

森山直太朗『生きてることが辛いなら』

不安定な心の影響はいろんなところに出ていた。

もともと、寝つきは悪かったが、それにも増して、寝たくても寝られない時間が、日を追うごとに長くなっていった。

そもそも、『どうやったら眠れるのか』が私には分からなかった。早く寝なさいと言われるたびに〝早く〟寝ようとするが、何をしたら早く眠れるのかが、いつもどうやっても分からない。脳はいつも興奮状態で、眠りまでのアプローチが見つからない。明け方手前に脳が限界を迎え、電池が切れるようにプッツリ感覚がなくなるまで、起きていることもしばしばだった。

※一次障害：睡眠障害が起こる場合がある

それに、寝ている間に自分が死んでしまうのではないかと、気が付いたらこの世にいないのではないかと、私は妙なことを恐れていた。だから、なおさら眠るのが怖かった。

私は毎晩夜が来るのが怖くて、私が眠るまで母にそばにいてくれるように頼んだ。

母は多趣味で、その時も仕事やなんやと忙しい中、いろいろなことに挑戦している最中だった。母の趣味の部屋は私たちの寝室と続きの部屋にある。壁を隔ててはいるが、扉はついていない奥のスペースで、母は、私が眠りにつくまで作業をするのだ。でも正直に言うと、私は母に側にいて欲しかった。怖くてたまらず母を呼ぶと、母は不承不承といった感じでやってきた。

「お母さん……一緒おってぇ。怖いん……」

「はぁ!?　……向こうにおるやろ!?　何、ずっとあんた見とかなあかんの!?　……だから、何が怖いんよあんたは!!」母は怒鳴った。怒鳴り声がキンと耳に響く。驚いた脳がひどく興奮して、深海から引き上げられるように強烈に覚醒する。私はどう言えばいいか分からず黙りこんだ。母はしばらく眉間《み》《けん》にしわを寄せて無言で私を見下ろした後、「向こうにいっとるから」と結局、行ってしまった。私はまた取り残されて不安で仕方がない。怒られると分かっていても、また、しばらくすると母を呼ぶ。

「あんたねぇ、お母さん疲れてるん！　分かっとんの!?　なんで疲れて帰ってきて、あんたにまで付き合わされなあかんの!?　こっちだってそんな暇やないん!!　そんなことも分からんのあんた!?」

時間はすでに深夜だった。母のイライラは最高潮に達していたようだ。私は怖いのと申し訳ないので、とにかく何か言わなければと思い、頭の中の引き出しを全部ひっくり返して必死に言葉を探した。

「お、お母さん……」

「何よ!?」

「ご、ごめんね……」

私は言いなれない言葉を、口ごもりながら、必死に言い切った。

この〝ごめんね〟は、私の中でもおそらく初めて心から言った「ごめんなさい」だった。誰に言わされるでもなく、初めて心底申し訳ないと思って、必死の思いで、母にそう伝えたのだ。

しかし母にはそんなことなど、どうでもよかった。

「悪いと思ってるんならさっさと寝えよ!!」

母は声を抑えながらも威圧感のある声で、歯ぎしりするように唸った。その反応に驚いた私の頭は真っ白になった。固まった私を見た母親は、小さく舌打ちすると、

「あんたふざけるのもたいがいにせぇホンマに!! もう、向こう行っとるからな!!」

そう言い残し、また壁の向こうに消えた。心臓の、早く強く打つドクドクという音が、頭のてっぺんまで響いてうるさいせいか、体には妙な震えが起こっていた。脳に響き渡った言葉たちは、何の意味もなさないクセに、脳に齧《かじ》りついて、いつまでたっても私から離れない。

なぜか、私はひどく打ちのめされたような気分になっていた。


お前さぁ。

声がした。男の子のような〝声〟だった。

『あれ』じゃあ、おってもおらんでも、同じやろ。寝られへん。

それでも母親だから、母親には私の心を、少しでも預けられるはずだと思っていた。というより、最後は肉親という名のこの人間に預ける以外、道は残されていないのだと思っていたのだ。だけどそれはどうやら難しいらしい。毎日さまざまなことを、必死にこなして生きている母親にとって、私は荷物にすらしたくない荷物と同じようなもので、私の心を預かるスペースは母親の中には残っていないのだ。

「お母さん……」

私は心を決めて、隣の部屋にいる母に呼びかけた。

「何よ」

「もう、寝ていいよ……」

母はもう、私に寄り添うことはないだろう。気持ちはそばにいないだろう。こっちの部屋と、あっちの部屋を隔てる、この壁のようなものが私たち二人の間にもあるのだ。

母は短く乾いた声で返事を返し、電気を消し、何の余韻もなく部屋から出ていった。

真っ暗だ。

暗闇を見た脳は再生ボタンでも押したのだろうか。あっという間に真っ黒なスクリーンに恐ろしい幻覚が映し出される。恐ろしい幻覚は、いつもベッドの上に浮かんでいた。

赤黒い渦の中に光る、二つの目だ。人の顔を横に二つ並べたぐらいの巨大な目が、いつも私のベッドの上に浮かんでいて、私をじっと見つめているのだ。私はそれが怖くてたまらなかった。充血した二つの汚れた目は、私をじっと見つめ続ける。瞬きもせず、凝視し続けている。目は、いつも私を見張っていた。私を追い詰める目は、誰もいないところでだって、こうして私に付き纏《まと》って、粛々《しゅくしゅく》と追い詰めようとする。

もう一つ別の幻覚もあった。なんだかよく分からないものだが、「歩いている人」が毎晩のように見えるのだ。

ベッドの横を、男の人たちが通り過ぎていく。歩く方向はみな同じで、全員が足元から頭のほうへと歩いていた。ほとんどがぼんやりと何も感じないように通り過ぎていくだけだが、時々こちらをじっと見ている人と眼が合ったりする。私はこれこそお化けだと思ったが、今思えば、これも私が作り上げた幻覚だったのだろう。

私は自分で恐ろしいものを作り上げて、自分を追い込んでいたのかもしれない。

同じ頃、印象的という言葉では片付けきれない夢を見た。

夢の中の私は、迷路のような街並みを、化け物に追いかけられ、がむしゃらに逃げている。そして長く暗いトンネルのような所を歩き続けて、とうとう、小さな部屋に辿《たど》り着くのだ。

そこは奥へ細長く、蠟燭《ろうそく》が灯されただけの狭い暗い部屋だった。一番奥に真っ黒なローブを頭から被《かぶ》った老婆が座っている。――顔は見えないが、老婆だと分かるのだ。そしてその両脇にも、おつきの人のように五、六人ずつ、同じような恰好の女性たちが座っている。

老婆たちは私に、お前には生きている価値はない。人からは愛されないし、愛することも分からない、生きるだけ無駄な人生なのだから私たちと一緒に来い、と言う。

私はその老婆たちが、死ぬほど怖くてたまらなかった。彼女たちの言葉の一つ一つが、私の人生は破滅だと語るからだ。彼女たちは絶望的な言葉で、私の人生は生きるだけの価値もなく、苦しみと苦悩に塗《まみ》れていると言い続けた。痛みと悲しみと、悲嘆しかないのだと。生きたまま腐っていくような苦しみを、味わうだけだと。

　全身を震わせながら、私は『本当ならそこにいてくれるはずの誰か』を探した。そこにはいつも誰か、私の味方になってくれる人がいたはずだったのだ。だけど、そこには老婆たちと私以外、誰もいない。いつもは『誰か』がいてくれたはずなのに……部屋の中は空気がないようで、息をしようとすればするほど苦しくなる。どうにかしてこの部屋から逃げなければと思うのに、私はまるで金縛りにあったように、動くこともできない。

　老婆がしゃべるたびに、ひどい圧迫感が押し寄せた。気が狂いそうな苦しさと、痛みと吐き気と恐怖感。それが一生お前が味わうことになる苦しみだと、老婆たちは言う。私は息もできず、まるでひどい車酔いと拷問にでもあっているような苦しさに襲われた。鈴本のほうが何十倍もましなぐらいの苦しさだ。頭が痛い……怖い……気が狂いそう、ああ、ダメだ。ダメ……私……死ぬ……！　**死んでしまう!!**

――あんたが今味わっている苦しみを、生きてる間中、味わいたいのなら、このまま帰ればいい。私たちがどれだけ優しかったか、後から気付くだろう。だけど役立たずと責められてまで、生きる意味なんかないだろう。苦しんで、生きたまま腐っていくだけなのに。そのままでいたいんだったら……好きにすればいいさ。死ぬほどの苦しみを感じながら、生き続ければいい。無様に生きて、みじめったらしく死になよ。苦しむだけ苦しんで何にも手に入れず死んだらいい。一生笑われて、誰にも愛されずに、死ぬ覚悟があるんだったらね……私たちはそんなあんたがかわいそうだから、わざわざ来てやったんだ。もう時間がないよ。もう待てないよ。あんたの口から聞かせておくれ。一生苦しみたくなんかないんじゃないか？　さぁ、どうするんだい――

老婆が話し終えると同時に、発狂しそうな苦しさが和らいだ。だけど体に残る余韻のせいで、震えが止まらなかった。またあの感覚が戻ってこようとしている……怖い……私は必死で、『いつも一緒だった人』を探した。あの人はいつも私を助けてくれていたはずなのに、なぜ今日はいないんだろう。なんで助けてくれないいんだろう……

……だけどその時、以前その人に言われたことを思い出した。

「一緒においでって言われたら、本当に行っていいのかよく考えなさい。それは今までの努力を、全部無駄にしちゃうこと。それで本当にいいのか、よく考えなさい」とか、**「自分の意思で決めなきゃいけないいけど、決める時は、あんたの本当の気持ちを大事にしなさい」**とか、その人は、言ってたのだ。

だけど、本当の気持ちって、一体なんなんだろう……

私は、まさかこれが夢だとは思わないから、とにかく必死だった。

老婆たちは微動だにせず、私を見つめていた。まるで死体を見ているみたいだ……そう思ったらなおさらゾッとした。胃が痙攣《けいれん》して、またあの恐ろしい感覚が体に戻ってこようとしていた。それは絶対に嫌だった。生きていたらずっとこんな思いをするって……こんなふうに苦しみながら生きなきゃいけないの？　私はそんなことのために生きなきゃいけないの？　気付いたら涙が溢れていた。……一緒に行くと言おうか。あんなにも苦しくて辛い思いをして、何にもならないというのなら、生きてる意味なんかないじゃない。あんなふうに生きるの？　本当にそうなるの？　私、そんなの嫌だ……嫌だ……。

なのに、私はどうしても「ついていく」と言えなかった。そしてある瞬間、突然、その理由に気が付いた。


私、やっぱり、ついていきたくない。――死にたくない――


私はなぜか、信じられないぐらい、死にたくないと思っていることに気付いたのだ。

いつもいつも、日々の生活の中で、死にたい死にたいと言っていたけど、本当は、違う。私は、死にたいぐらい辛いと言いたかっただけなのだ。きっと。ホントに死にたかったわけでは、なかったのだ。それに、私はいつの間にか、心のどこかで〝スペシャルなケーキ〟を、信じていた。もしかしたら苦しむかもしれない。でも万に一つ、何か見つけて、幸せになれるかもしれない……苦しむのは嫌。だけど、苦しさに負けて諦めるのは、もっと嫌。それが私の、本当の気持ちだった。

「……苦しくてもいい!! 生きます!!」

私は怖くて、涙と鼻水でむせびながら、叫ぶように言い切った。

老婆たちは、もうこれが最後のチャンスだ。もう会いに来てやれないんだ。本当にあんな人生を選ぶんだね、と私に言った。

私は、自分が生き続けた先に何があるのか、見たかった。

「いいの!! 私は生きるの! ちゃんと……ちゃんと生きます!! 頑張ります!!」

老婆たちは、あんたはもうすぐ目を覚まして、今度はこの夢のことを覚えている。そしたら、私たちはもう二度とあんたの夢に現れることはない。どんなに後悔したって、もう、来てやれないんだよ、と呟いた。

「いいよ。決めたもん!」

私はやけっぱちのように叫んで、そしてハッとして、これは夢だと気が付いた。次の瞬間、私は水の底から引き上げられるように、強烈に覚醒した。嗚咽《おえつ》を漏らしながら、めっちゃ泣いていた。

私はようやく、その日の恐ろしい悪夢が、今までに何度も見ていたものだったことを『思い出した』。とても小さな頃から、とても嫌な気分で目が覚める朝が、時々あったのだ。それは、この夢を見た朝のことだった。手や足を感じ、毛布の温かさを感じながら、ようやく確かに生きているんだと感じた時、心の底からホッとした。

だけど……いろいろな考えが頭の中をグルグル巡る。

あの老婆たちは何者なんだろう？　あの夢はいったい何なんだろう？　なんであんな怖い夢を見たんだろう？　そして、**ついていくと言っていたら、どうなっていたんだろう……**

私は、『私を助けてくれる人』のことをボンヤリ思い出した。若い女の人だった。いつも老婆から迫る『何か』から、私を庇《かば》い、守ってくれたのだ。そんな事まで全部、忘れていた事が不思議だった。今ではこんなにハッキリ思い出せるのに……そしてただ、終わったんだと感じた。老婆たちが言うように、もう二度とあの夢は見ないだろう。そう感じるのだ。……だけど同時に、だんだん不安にもなってきた。老婆たちは私に、一生苦しんで生きるだろうと言ったのだ。腐りながら生き続けるだろうと。そんな恐ろしいことがあるだろうか？　そこまでして生きて、私は何も手に入れられないと、老婆たちは断言していたのだ。

……いいのよ。あんな**ババアども**の言葉は。そんなの……生きてりゃ、どうとでもなるわよ。そのために『あたし』がいるんだから。頑張ったじゃない。自分で決めて……えらかった。

〝声〟がした。そっけなくて、でも、温かい〝声〟が。

ババアって……思わず笑った。

（ねぇ……何であんな夢見たんだろう……）私は〝声〟に聞いてみた。

　さぁ……なんでだろうね。なんでだと思う？

（……分からん……死にたいって、ずっと言ってたから？）

　……まぁ、どうなんだろうね……

〝声〟はそれ以上、その件については何も答えようとしなかった。私もいろいろなことに混乱していて、詳しく聞く気にはなれなかった。夢の中の出来事を思い出しただけで、さっきまで感じていた苦しさが体に戻ってくるようで、とてもとても、恐ろしかった。

だけど、この夢を見たことで、分かったこともあった。

……私、本当は死にたくなかったんだ。

ホントはずっと、そう思っていたのだ。ただ、誰かに必要だと言われたかった。いるからしょうがなく面倒を見るような顔をしないで、あなたがいてくれて嬉しいと、誰かに言ってもらいたかった。みんなに要《い》らないと言われ続けて、それでも、私、いるでしょ。誰か、いるって言って。そう、あの窓から叫んでいたのだ。

　……ね。あの夢見て、よかったね。

〃声〃が呟いた。突拍子もない言葉だったが、なぜか、すんなりと受け入れることができた。死ぬのが怖いから生きていたい以上に、私はまだ、何かを探して、生きている。だから、まだ、生きなくちゃ。

恐ろしい夢だった。けれど、あの夢を見たから、私は『本当の気持ち』に気付くことができたのだ。

それでも生きたいって、思ってくれて、嬉しかった。……いいんだよ。大丈夫。何とかなる。

全身から力が抜けていくのを感じながら、私は目を瞑《つぶ》った。声が、まだ震えている心臓に沁《し》みていくようだった。寝返りを打つと、背中には嫌というほど汗をかいていた。

それでも、この堀田先生のカケラから生まれた〃声〃が、いいと言うのなら、信じてみよう。

手足はまだ震えていたけれど、景色は少しずつ明るくなっていく。

朝が来たんだ。私の上にも。

それ以来　老婆の夢は見ていない

デコボコした頭

私の中にはさまざまな『私』が……不恰好な人工知能を、滅茶苦茶に組み合わせた継ぎ接ぎだらけのロボットがいたが、それ以外にも、もともと『二人の私』がいた。

驚くほど発想力とアイデアと機知《きち》に富み、思慮深く注意深く物事の深淵まで覗き込み、それを使って新しいものを生み出し創造する私と、ただ現れるすべての刺激に流され、泣かされ、大騒ぎする、壊れた泣き袋のような私だ。

大抵の場合は、後者の私が日々を生きていたが、時々現れるもう一人の私は、私が考えましたというには気恥ずかしいほど流暢《りゅうちょう》に、日々現れるさまざまな出来事を、考え付くすべての方法を駆使して分析し、その仕組みを自分なりに理解し、糧《かて》にしようとしていた。

だから時々、本当に子供がこんなことを考えるだろうかと思われるようなことを考え、滔々《とうとう》と説明したりということが起きた。

しかし、両親たちに、見つけた大発見や自分の考えを嬉々として伝えると、「生意気言うな!!」と怒鳴り声が響く。私はただ思ったことを言っただけなのに、なぜかそれが「生意気だ」とすごい剣幕で怒られるのだ。なぜなら私という人間は、大抵の場合、物分かりが悪く、わがままで躾のなってない、気位ばかり高い雑種の猫のように彼らを苛立たせているのに、時々、達観したふうに「これはこうだからこうやろ、なんで分かれへんの?」などと突然言い出すからだ。その時の私は両親にとって、腹立たしく分別もなく、尊大なことばかり言う卑《いや》しい人間に見えていたのだろう。

普段は体だけ大きな赤ん坊のように役立たずなのに、減らず口叩いて偉そうに！

しかし、本当はそれこそが、私の脳が抱えた問題があからさまに、太陽の下に顔を出した瞬間に他ならなかったのだと思う。

ほとんどの人が、難なくクリアできる問題に対して、ひどい拒絶感と恐怖と、とぼけた勘違いでいつも大騒ぎして、そのうえ結果はさんざんなクセに、突然誰も思いつかないような、真新しい新品の画期的なアイデアを思いつき、人を驚かせたりする。それはまるで、普段盲目で意思の疎通も図れない老婆が、ある瞬間だけ突然若返り、目を輝かせ、見たこともないはずの海の向こうの景色と人々の生活を語るようだった。周りの人間はその瞬間「おばあちゃんが正常になった！」と、驚きつつも大騒ぎして大喜びするが、それはたった一瞬のこと。一〇分もたてば老婆はまたもとの老婆に戻る。自分の汚物を手に持って、ニコニコ笑うような、いつもの老婆に。だから、同じようなことが起こっても、やがて周囲は何も言わなくなる。ああ、また『いつものヤツ』か、そう、思うだけ。その言葉を信じる者は、誰もいなくなる。

それが、小学生だった私にいつも起こっていたことだった。

私はしばしば、突然誰も考え付かないようなことに気を回し、深く洞察しようとした。踵《かかと》に生えた羽根を器用に動かしてはそびえる山を軽々と飛び越え、誰も見たこともない景色を見てきたと喜んでみんなに報告した。自分がそれを語るにふさわしい人間かどうか考えもせず……普段は歩くことも手を伸ばすことも、動くことも叶わない、かわいげなくキャベツの上を転がるだけの、いつまでたっても蝶《ちょう》にならないイモムシだということも忘れて。

人々は呆れ返って私を見下ろした。そして言った。夢を見ていたんだ。きっと。お前はずっとそこにいたよ。羽根なんて生えなかったし、足は生まれた時からないんだ。お前は山の向こうの景色なんて見てはいないよ。お前が見たことあるのは、キャベツだけだろ?

私は悲しくて必死に訴えた。でも、私は本当に見たんだよ!

人々は大きくため息をつき、お前のウソにはうんざりだと言った。ホラを吹いて、人の気持ちを弄《もてあそ》んで、そこまでして注目されたいのか。人を振り回すのが、そんなに楽しいか。つくならもっとましなウソをついてみろ。悔しかったらさっさと蝶になって、本物の羽根を動かして、その山を越えればいいだろう、と。

私はとても悲しかった。でも、言われてみれば、確かに私には手も足もないのだ。踵すらないのだから、そこに羽根などあるわけもない。でも確かに、私はその山を越えたのだ。その先にある、楽園を見たのだ。見たこともない七色の零《こぼ》れる光と、香る水と、エネルギーに満ちた神秘の森に触れたのだ。甘い蜜を、飲んだのだ。

私の心の奥底にある、私ですらいつもは入れてもらうことのできない特別室には、見たこともない宝物がたくさん詰め込まれていた。私はその小さなかけらを、たった一つ、持ち出すことしか許されなかったけれど、それを証拠として、みんなに見せたのだ。ほら、こんなに素敵なものが、もっともっともっと、たくさんあるんだよ!!

それを見てみんなはせせら笑った。これよりもっとすごいものがあるって? じゃあ、『それ』を持って来いよ。そうしたら信じてやるよ。

私には、それを持って帰ってくることができなかった。確かにそこにあるのに、私のモノのはずなのに、私に動かすことはできず、私の思いどおりにもできず、私の入りたい時に『宝物庫』に入ることもできなかった。だからみんなには、ほらな、やっぱりそんなものは持っちゃいないんだよ。きっと誰かにもらった欠片《かけら》を、さも自分が見つけたかのようにこれ見よがしに見せただけだ。少しでも相手にされたくって浅知恵を働かせたんだと、笑われた。

私の中にあったんだよと言っても、もう、相手にすらしてもらえなかった。

私はまるで、自分で排尿排便もできないのに、後方かかえ込み三回宙返りができるみたい。鉛筆を削ることもできないのに、機織《はたおり》機の縦糸を、織り機に全部セットすることができるみたい。

でも、そんなバカなことがあるかと、できないところは怠け扱いになり、見てきた夢のような風景は、単なる幻想として屑籠《くずかご》に放り込まれ、私の手の中には何も残らなかった。

誰も信じてくれなかったが、でも、確かに、私は見たのだ。私の中にはあったのだ。踵に、羽根が生えたのだ。

成長した私が受けた知能検査には、その理由がはっきりと刻まれていた。まるで凶暴なサメの歯の、連なりのようなグラフ。昔見たことのある古い土器の民族模様のようだった。

その模様を作る点の一つは、私の記憶力をひどく曖昧《あいまい》にし、物事を端布《はぎれ》のように細切れでしか見せてくれず、目の前に現れるいくつもの刺激に流される人間にしてしまい、また別の一つは経験したことを必死に積み上げた結果なのか、世界とそこに敷き詰められ概念化された文化的・情緒的な背景を一瞬で理解してみせた。かと思えば、またそのうちの一つは物事の共通点を見つけ出すことは自分には著しく困難だと訴え、私に物事を受け入れることを躊躇させ、また一つはさまざまな、まだるっこしいほど色とりどりの言葉を、綺麗に整理整頓して頭の中の引き出しに上手に収納し、必要な時に私にそれを差し出す能力に長けていた。

そこには能力がある私と、まったくない私が、入り乱れて混在していた。

そのどれもが、私だった。

だから私は、まったくできないことがある半面、人を驚かせるような能力を発揮することがあった。普段は人の言葉すら聞き取れないのに、情景を見ただけで何が起こっているのか瞬時に理解し、その場で苦しむ人を助けなければと行動を起こすこともあったし、たった一時間、椅子に座り続けることすらできないクセに、クラシック音楽や昔に作られた日本の曲の音の連なりにひどく感動し、言葉の韻の踏み方一つに心がざわめき、泣くこともあった。

パンツをはくこともできないのに、相対性理論が理解できることだってあるのだ。

コップに水を注ぐこともできないのに、円周率を二〇〇〇桁まで言えることもあるのだ。

言い訳のような口答えしかできない子供のはずなのに、大人でも、ぐうの音《ね》も出なくなるような洞察と分析と推理から、人間関係における問題点を指摘することだってある。

一年生の算数すら怪しくても、突然、人間の奥に潜む核心的な問題点に気付き、それについてどうすればいいのか、一生かかって考えてみたいと思うことだって、あるのだ。

芋虫の踵に羽根が生え、山の向こうまで飛んでいくことがあるのだ。

それが、この障害だ。

できることと、できないことが混在していて、鮮やかなコントラストになっている。だから、自分のお尻も拭けない子供が難しいことを言うのを、許してやってほしい。その子は必死に自分なりに、拙《つたな》くても世界を理解しようとしているのだ。

文字も読めないのに、口だけは達者なことを許してほしい。あなたの気持ちを逆なでしようとしているわけではなく、文字が読めないふがいない自分をなんとか向こうに追いやって、だけどそれ以外でならこんな才能もあるのだと、分かってほしいだけなのだ。

言葉がしゃべれず、人前では体を揺らしてばかりのあの子が、素晴らしい絵を描くこともあるだろう。爪を噛むことに執着して、爪が全部なくなってしまうような異常な行動しかとらない子供が、誰も思い浮かばなかった画期的な経済理論の数式を、発見することもあるだろう。つま先立ちでしか歩かず、髪を触ると烈火のように怒るあの子が、地球によく似た新しい天体を、大発見することだってあるだろう。

その子が幼ければ幼いほど、正しい教育を受けていなければいないほど、その可能性は滑稽《こっけい》で、みっともなく、恥ずかしい、不恰好なものに見える。

だけど不恰好にしか見えなくても、それは『可能性』なのだ。

なぜなら激しく隆起を繰り返し、谷と山とを交互に作るこの『障害』は、深い谷底を作るのと同時に、青空に突き刺さるほど高い山も、その分、築くのだから。そして、その山の頂上から見る景色は、それはそれは、美しいものなのだから。

その山の頂《いただき》を削り取ることなく、そこから見る光景を目にすることができるかどうかは、傍《かたわ》らに寄り添うあなたたち次第だ。だけど子供たちの中にはいつだってその可能性が潜んでいるのだと、覚えていてほしい。

おそらく私の中にも、うまく言葉にできない〝可能性〟の欠片があったのだろう。それは、うまく育てることができたなら、たくさんの人を助けることができるようなものになったかもしれないし、もしかしたら世界を変えるようなものにだって、なったのかもしれない。だけどさまざまな圧力を受け、異様に歪んだ心の中では、その可能性は、なかなかうまく育たなかった。こうして、私の心の歪みに沿って膨らんで、内側から私を軋《きし》ませ、無駄に薄い皮膚を突き破り、無駄に傷を増やしていた。あらぬ幻想と妄想と、判定不可能な薄気味悪いファンタジーを生み出し、もっともっと、異様な形になっていくばかりだ。

私はもう後戻りできない。もう、どうしようもないけれど、でもあなたたちの子供は、違うから。

家庭云々《うんぬん》

学校から連絡をもらった母が、顔をしかめつつ、私に言った。

「ここら。あんた、服いつ替えた?」

「服？　……知らん」

「何で!!　自分の服やろ!?　なんで分かれへんねや！」

突然怒鳴られて、私の動きは完全に止まる。母はギリギリと噛み潰したような苛立ちを顔いっぱいに広げる。

「先生が!!　あんたの服、着替えさせてくれやって!!!!!!」

「……何で？」

「――!!　あんたが服着替えてへんからやろ!!　いつから同じもん着てるんあんたは!!!!!!」

「え……同じもの着てたらなんでアカンの？」

「臭いし、おかしいやろ!!」

「？？？　え、え、え、何で？」

「――っ！　ああ!!　もう!!　もういいから早よ風呂入ってきぃや!!　もう明日はその服着たらあかんで!!」

……なんで？？？？？？

私はお風呂が嫌いだった。シャワーやお湯をかぶる時の感覚が好きじゃなかったし、体を洗った後になんだかスースーするような、体の感じが変わるのも嫌いだった。そして、服を着替えるのも嫌いだった。

この当時私が[※1]着られたのは、母方の祖母が買ってくれた、青緑色？　の裏が起毛になったスウェットの上下だけ。私はシャツやツルツルした生地《きじ》の洋服をまるで皮膚にヤスリがけされているように感じて、とてもじゃないが着られなかった。ジーンズ、スカート、ポロシャツ、綿シャツも、すべてアウト。起毛の生地以外は一切着られない。服が肌にこすれるだけで、皮膚が剥げ落ちてしまいそうで、気が狂いそうだった。

そんなわけで、二週間以上風呂も入っていなければ、着替えてもいなかった。付け加えるとするなら、[※2]春夏秋冬関係なく、服は、同じものを着ていたのだ。

※1　一次障害：身体感覚異常で特定の感触を嫌がる
※2　一次障害：身体感覚異常で寒さ暑さに鈍感。しかし皮膚の感覚が変わることは嫌がる

「もう!!　そんなことまで言われなできんわけ、あんたは!!　いい加減にしなさいよ!!　あんたいくつよ!!」

キリキリと頭を締め上げるような、甲高い母の声を聞いても、私にはなぜ服を着替えなければいけないのか、お風呂に入らなければいけないのかは分からなかった。付け加えるなら、年齢がどう関係あるのか、なぜ母が怒っているかも、分からなかった。

うちでは、『誰かが準備してくれる』ということは、ない。箸だって、ナプキンだって、給食袋だって着る物だって、勝手に準備されているということはないから、服はそこらへんに脱ぎ散らしてある『いつもの服』を着る。ナプキンは忘れる。給食袋はどこにいったか分からない。箸は置き箸。そんな状態だ。けれど、母はそんな私を見ても、今まで何一つ言ったことはなかったのだ。

時々、学校で「くさい」と言われることがあったが、なぜそう言われるか、私はまったく分かっていなかった。相手が怒ったように、顔をしかめながら言う理由も分からずにいた。

その日のお風呂は、体をしっかり洗われるのが嫌で、大泣きした。風呂は五、六歳の時から一人か、姉と入るようにされていたから、私は覚える暇もなくて、体の洗い方さえ知らなかった。シャワーで流されるとバチバチと痛くて、それでまた嫌がった。次の日はさすがに母が服を出したが、私はそのどれにも感覚過敏を起こして嫌がり、大騒ぎに大泣きがプラスされ、また怒られた。

家ではどんどんこんな言葉が増えた。

「どうせお前は」「バカ」「ろくでもないやつ」「グズ」「キチガイみたいな」「人の気持ちも分からん」「エテ公」……

そのほとんどが私の枕詞《まくらことば》であり代名詞だった。

うまく両親に取り入ったり、言うことを聞ける姉が怒られることはそう多くない。しかし、私が怒られる機会なんていくらでもあった。寝ることすらままならない娘だ。いまだに遅刻もする、部屋は片付けられない、人の話は聞けない、家の手伝いはしない、指しゃぶりは治らないし、授業参観に行けば寝ている、人が嫌がるようなことばかり言って、夕食はいつまでたっても食べ終わらず片付かない。

そのたびに両親は、特に父は激怒した。

「どうせお前は、こんだけ言われたって分からんのやろ？　お前はそんなことも分からん、どうしようもない奴やもんなぁ。どうせ俺の言っとることも分かってないとか言うんやろ。おい。分かっとるっていうんやったら、言うてみろよ。**おい。言うてみろ!!**」

そのたびに私は心臓を抉《えぐ》り出されるような気分になる。父の言ったことは当たっていた。私には何を怒られているのか、一切分かっていなかった。

「お前はどうせ人の気持ちも分からんのやもんなぁ。そういうヤツやもんなぁ。ろくでもない人間やもんなぁ？　なぁ？　そうやろ？」父は責め続けた。

「おい、エテ公、おい。エテ。エテ。お前ホンマに、サルそっくりやなぁ。おーい。エテ。ハハハ。エテ。おい、エテ公！」

たまに機嫌がよく遊んでくれる時、父は私のことをよくこう呼んだ。『エテ公』。今ではあんまり馴染みのない言葉だろうか。エテはサルの古い呼び方で、エテ公はサルを馬鹿にした言葉だった。人に使うのは、相手を猿なみだと侮辱する時で、関西ではケンカの時にもよく使った。

父は私の動きがぎこちなく、甲高い声でキーキー騒ぐので、よくこう呼んでいたのだ。

「エテ。エテ。おー、エテが怒ったぞー（笑）！　キーキー!!　ウキキー!!　キキー！　てなぁ。ホラホラ！　やーっぱり、どう見ても変な顔をしとるのぉ、お前は。**どうやったらそんな顔になるとや？**」

父は笑いながらサルのまねをする。姉も一緒になって囃《はや》し立てる。

私は、そんなに醜かったのだろうか。そんなに笑われなければならないような顔だったのだろうか。とりあえず、これまでの人生の中で『かわいい』と言ってくれたのは堀田先生だけだった。堀田先生には、私がかわいく見える魔法がかかっていたのだろうか。

この頃の私は思春期でもないのに、どんどんニキビが増えて、顔中が腫れ上がってしまったようだった。顔だけではなく、胸も背中も、ニキビだらけ。まるで上半身全部が化膿《かのう》しているようだった。自分なりに気にしていたが、家族にはそれも『ニキビの塊』と笑われてしまう材料になった。

小学校四年生のある日、学校で『おなかの中にいた時のことを、お母さんに聞いてきましょう』という課題が出された。白い紙に、生まれた日と生まれた時の重さ、生まれた時間を書く欄があり、その横には、お母さんのおなかに赤ちゃんがいる図、その上には「お子さんがおなかの中にいた時の様子を書いてください」と書いてあった。図の周りには大きな余白があって、そこに好きなだけ、おなかの中での赤ちゃんの様子を、書いてもらうようになっているようだった。

この課題を見た私は大喜びだ。私が生まれた時の様子が分かる！　そう思ったから。

いつもは忘れる学校からのプリントを、この時ばかりは忘れずに母に渡した。私がお腹の中にいた時、母はどんなふうだったんだろう。私はどんなふうだったんだろう。どんな気持ちで私を待っていたんだろう。私はワクワクしながら、用紙が返ってくるのを待っていた。

「ここら、これ」

母はその日の朝、やっぱり短く言った。手にはあのプリント。ワクワクしながら受け取る。でも、受け取った瞬間、目を疑った。プリントは真っ白のままだ。何も書いてない。私は狼狽《うろた》えながらもう一度確認する。……よかった。何も書いてないわけじゃなかった。

大部分は真っ白な紙の上、生まれた日と、体重は書いてある（生まれた時間は空白のままだ）。そしてその横の、フリースペースの真ん中には一行だけ、

『首にへその緒が巻き付いているので、何かあったときは覚悟してくださいと先生に言われました』

と、書いてあった。

その時の感情を、いまだにどう表現したらいいか分からない。まったく何も書かれていないよりはましな気もしたけれど、たった一行書いてあった言葉は『楽しみでした』でも『待ち遠しかった』でもなく、まるで死の予告状のようだった。背中に何か冷たいものが走ったような、突き刺さったような衝撃が走り、私は戸惑いながら、母に確認した。

「おかあさん、これ、どういうこと……？　首にへその緒が巻き付いてたら、なんで覚悟するん？」

「はぁ？　そんなことも分からんわけ、あんた」

「え……だって、子供産んだことないもん……」

「産んだことがなくたってねぇ……っっ……もう、いい加減にしてよ朝っぱらから!!　**へその緒で、首が締まって死ぬってことやろ!!**」

母は怒りながら答えた。

私には、なぜか『**なんであの時死ななかった**』と言われているように聞こえて、たまらず涙が出そうになった。

私は何度も何度も、読み返した。たくさんスペースはあるのに、書いてあるのはその一行だけ。

「お母さん……」

「こんどはなんなん!?」

「これだけ？」

「何がよ!?」

「だって……書くこと……これだけなん……？」

その問いかけに、母はブチ切れた。

「何が言いたいんあんたは!!　ええ加減にせぇや!!　他に何を書けっていうわけ!!」

学校に行くと、みんなすでに自慢げにプリントを見せ合っていた。時間になったらプリントに書かれていることを、みんなの前で発表しなければいけない。なのに、私のプリントの上で躍る文字は『へその緒が首に巻き付いているから、覚悟して』という、縁起でもない一行だけ。

できることなら、今すぐ消えてしまいたかった。私という存在が消えたら、私が生まれたことの証明であるこの紙も消えるような気がした。朝からずっと私の心は爛《ただ》れたままで、まるで実際に母親から『なんであの時死ななかった』と言われたかと思うぐらい、ひどい気分だった。

けれど何度も何度もその一行を読み返す。ただ『死ね。死ね。なんで死ななかった』と言われているような、いたたまれない思いが積み重なっていくだけなのに、ひたすら、目を左から右に動かし続けた。

ずっと読んでいるうち、「まるで、生まれる前から死のうとしていたみたいだ」

そう思ったら、笑えた。

ある時、祖母が入院した。骨折か何かだったと思う。私はそこへお見舞いに行った時、祖母と同じ病室のおばちゃんたちに「おばあちゃん離婚してるから、おじいちゃんはおれへん」と言ってしまった。今《現代》とは離婚の観念がまったく違うこの頃に、固まる家族に気付きもせず、私は元気よくはきはき言ってしまったのだ。

「あらぁ、そうやったん？　ごめんなさいねぇ。知らへんかって」

おばちゃんはすまなそうに言ったが、おばちゃんたちの聞きたがりの血が騒いだらしく、私に狙いを定めて、いろんなことを探り始めた。

「あ、おばあちゃんね、離婚したん、ずっと前なの！　お父さんとかがちっちゃい時に離婚したんやって！　だから、ちゃんと働いてたんやって！　昔って女の人ってあんまり働かないでしょう？　でも、おばあちゃんは仕事してたんだよ！　やからねぇ……」

そんな私は、母に引きずられるように病室から出された。トイレに連れていかれると、

「あんた、いい加減にしいや！　いつまでもいつまでもベラベラベラベラ……馬鹿じゃないの!?　話さんでええことまで、なんも考えんと好き勝手ほっちらかして!!」

「え、でも……みんな聞きたがってた……」

「だから何!!　聞かれたらなんでもしゃべるん、あんたは!?　ホンマ、ええ加減にせえよ!!」

こんな会話が繰り広げられた。だけど、私にはどれぐらいが『ええ加減』なのか分からなかった。

母は、あれだけ〝言い聞かせて〟おけば、もう大丈夫だろうと思っていたのだろう。しかし、私はその後もおばちゃんに聞かれるままに、また家の内情を惜しむことなくさらけ出してしまったのだ。

病室を後に車へと向かう最中、誰も口をきかなかった。私以外は……

たまましゃべり続けていたのだ。父が低い地鳴りのような声で、私に噛みつくまで、ずっと。

私はまだ、脚気《かっけ》の検査の時に飛び上がり、そのままになってしまった足のように、ずっと振り切っ

「お前はホンに、分からんのやな。人の気持ちも、言うたらいかんことも分からん、クズなんやな。どんだけ無駄にしゃべれば気がすむんか。お前の口はそんなことばっかしか、しゃべれへんねやな」

その声を聞いて、ようやく私は自分が何かまずいことをしてしまったのだと気付いた。父が怒る時の声はいつもそうだから。

だけど、私にはなぜ父が怒っているのか、分からなかった。

私は必死に今の状況を理解しようと、母に希望を託した。

「え……お父さん、何であんな怒ってんねやろ？　……何かあったん？」

「知るかいな。もう話しかけんで。口もききたないわ」

母は短く言い残すと、それ以上何も言わずに一瞬で車に乗り込んだ。姉も、私などそこにいないように、車に乗り込んだ。私は一人、立ち尽くしていた。

……私、何かしてはいけないことをしたの？　**じゃあ、なぜ言ってくれなかったの？**

私は怖かった。今、車に乗ったら、そのまま捨てにいかれるのではないだろうか。何をしたかは分からないけど、みんな異様な剣幕で怒っていた。何が起こっているか分からないのが、余計に不安を掻き立てる。怖い。何が起こっているのか、分からない……

　家族はそれ以来、それまで以上に私と話をしなくなった。特に家族に関することは、私がいる前ではほとんど話さなくなった。私が居間に入ると、会話が止まる。そして少し私に目をやった後で、何

も言わず部屋から出ていってしまう。

『話がしたい』という純粋な欲求は、私が心から欲していた『会話する機会』そのものを、奪い去ってしまった。私の口は、今や無駄に歯車の軋《きし》む音を漏らしているだけに等しい。なのに、私はなぜそうされたのかも分からないまま。

だって、おとうさん。おかあさん。おねえちゃん。おばあちゃん。

だって　誰かとしゃべりたかった

巡る季節

堀田先生と過ごした期間、私は季節を覚えている。夏も秋も冬も春も、何となくだけど、感じていた。先生の顔に当たっていた陽光の温かさまで、私は覚えている。

だけど一年生の時は、季節が変わったことなど一つも覚えていない。四年生の時も、何一つ思い出せない。ただあの窓辺のいつも変わらぬ景色と、図書室の受付カウンターの内側でうずくまって読んだ本の匂い、その二つだけが鮮明な学校の記憶だった。後は飛び飛びに頭の中で繰り返す、パニックと、野次と、嘲笑う同級生の声……そして、あの女の恐ろしい言葉と形相だけ。きっと何かいいことだってあったはずだった。だけど、私の頭はそんな甘い蜜はどこかに隠して、青く苦い、熟すことのない木の実ばかり私によこし続けた。喜びはどこだ。優しさはどこだ。どこに隠した。全部出せよ。隠すべきものと晒《さら》すべきものを間違えたまま、私の脳は繰り返し、噎《む》せるほど青臭い苦さだけを無駄に再生し続けていた。

そりゃ気も滅入るさ。

この一年間の戦いの末、誰が勝者だったかは分からない。それは私ではなく、クラスメイトでもなく、おばはん先生でもなかった。三者痛み分けで縺《もつ》れたまま、一年は終わった。何の記憶もなく思い入れもなく、ただ私が生と生者に扉を閉ざし続けた一年は、軽い足取りで人を踏みつけ、通り過ぎていった。

ということで、私がまったく未熟な人間だということを完全に無視したまま、また一つ上の学年になる季節が、やってきた。

五年生

驚愕の出来事。個人的には大事件勃発……人生で初めて、男性教員が担任になってしまった。冗談？　悪夢？　新学年の全校集会で私は真っ青だ。新しい教室に行っても、とりあえず顔は上げない。怖いから。

小さい頃から父はもちろん、配達に来る男の人さえ怖いくらいで、男の先生に対しての私の免疫は〇《ゼロ》だった。おばはん先生との脳の血管が全部ぶちぎれそうな、フラストレーションまみれの攻防戦から解放されるのは嬉しかったが、なんてこった。

春恒例の大混乱に、男の先生という新たな大混乱の種が投入された形だった。

桜田先生は……でも、近所のおっさんみたいな先生だった。そこらへんを、ジャージで犬連れて歩いているのが一番違和感ない感じがした。どちらかというとヒョロッとして飄々《ひょうひょう》として、そりゃもちろん怒ると怖いけれど、基本的にのほほーんとした先生で、押しつけがましいことも、人のことを決めつけて怒鳴りつけるようなこともない先生だった。

そんな人生初、男の担任に接して私が抱いた感想は、とにかく『いい加減』だなぁ、ということ。いい加減といってもテキトーな先生という意味ではなく、本当に『いい、加減』の先生だった。程よく怒って言い過ぎないとでもいうのだろうか。

変に細かくない、のだ。

今まで四人の女性教員を見てきて、自分なりに人間観察をしてみたが、堀田先生ですら、どこか小うるさく神経質に重箱の隅までつつくようなところがあったように感じていて、たとえば言葉の端々とか、態度の一つにまで「ほら！　今〇〇してたやろ！」と、どうでもいいようなことまで怒られたような記憶があるのだが、桜田先生は、ごめんなさいと言ったら「次は気ぃつけなあかんで～」と言って終わりという感じだった。

私は他の子供たちに比べて、やはり性質上、怒られることが多かったはずだが、桜田先生に怒られたシーンをフラッシュバックしたことは、ほとんどない。というより、ない。私の脳の性質を考えると、それはいいことだった。実は申し訳ない話、桜田先生が担任だった時のことはいいことも悪いことも、ほとんど記憶にないのだが、それはそれだけ脳が危機感を感じる事態が少なかったからだと思う。怒っている顔は他の誰よりも見ていたはずだが、桜田先生を思い出すたび浮かんでくるのは、あったかい陽光の中、目を思いっきり細めて笑っていた桜田先生の顔だ。

クラスも落ち着きしばらくすると、五年生になっても一〇年生になっても教室から出ていくことに変わりない私を見て、桜田先生は言った。

「柴崎〜。お前な、教室から出ていくんやったらどこ行くかちゃんと言うとかな。みんな探さなあかんやろ？　**出てってもええから、どこ行くかちゃんと言うてってな**」

「え、言うたら、出てってていいの？」私は仰天した。

「うん。まぁ、そういう時もあるやろ。あれやで。いっつもはダメやけど。おれる間はおらなあかんけど、どうしてもっていう時は、みんな心配するんやから、ちゃんとどこ行くか言うとかな。な？」

桜田先生は、私がパニックを起こして教室を飛び出したり、気持ちがささくれ立っている時にフラリと出ていくことに気付いていたようだ。

「え、そしたら出てってていいの？」

「いや、だからな……（笑）おれる時はちゃんとおれよ!?　でも、どうしても出ていく時は、ちゃんと先生に言うてけよって。分かるか？」

「うーん。多分ね！　分かったはず！」

「ホンマかなぁ。頼むぞ柴崎ー」

桜田先生は終始、苦笑いだった。私はそれで気が楽になり、パニックを起こしてしまった時には先生に「図書室行ってくる！」「保健室行ってくる！」と宣言して脱走するようになったのだった。


保健室に行くようになったのは、中学年を過ぎた頃からだったろうか。年中微熱が続くようになり、体調が悪い時には休める場所だというのが分かってから、なんだかんだと言っては保健室で寝ているようになっていた。

※二次障害：発達障害児の場合、精神的肉体的に不安定に陥りやすい（そういう場合、保健室が避難場所になる）

もともと夜眠れていないこともあり、そういう時は図書室で選んだ本を持って保健室へ行き、本を読んでいる間に、眠くなるのを待っていたのだ。

「あら〜。また来たん？　ちゃんと先生に言うてきた？」

保健の先生は保田《やすだ》先生。声がアルトで、内にこもったようなふんわりとした響きがあり、聞き取りやすくて落ち着いた声の、優しい先生だった。卒業まで、あるいは卒業後も、私がずっとお世話になった先生だ。

「ちゃんと言うたよ！」

「一時間だけよー。一時間したら帰らなあかんよ？　分かった？」

「分かってるよ!!」

分かってない。結局二時間、居座る。

保健室での私の過ごし方は、本当に自由というか、気ままというか、勝手というか。

絵を描いていたり、本を読んでいたり、先生とずっとしゃべっていたりする。保田先生はとっても優しくてお母さんみたいで、急病で本当に具合が悪い子がいるのでない限り、私の話に付き合ってくれた。「あら〜」というのが口癖で、いつでもほんわかしていた先生だった。

体育の時間はほとんど保健室にいた。体育会系鈴本のおかげで、私はすっかり運動嫌いの少女に成長していた。もともと動くこと自体不得手で、マラソン大会だって、ビリから数えて一〇位以内という好成績で、もれなくついてくる嘲りまで含めると、極度の恐怖症だったと言うべきかもしれない。

「おーい。柴崎さーん、おるかーーー」桜田先生の声がした。

「おー、寝とった。お前、どうする？　みんなこれから体育するよ。今日、バスケットボールしようって言ってるんやけど」

「バスケぇ？　なら、行かん」

「えー。楽しいでーーー。やろうや」

「いやや」

「……そーかぁ？　……んー……やったらお前、給食は戻ってこなあかんで」

「えぇー……今日、給食何？」

「なんやったかなぁ……。お前、そんなん自分で確認したらええやろ（笑）。ちゃんと戻ってこいよ？　先生もう行くからなー」

桜田先生は、無理矢理連れ戻そうとしたり、叱ったりしない。よっぽどのことがない限り、私に手出しせず、見守るに徹していた。保田先生も、のちに聞いた話だと、桜田先生が無理に教室に引き戻そうとしなかったから保健室で見てやることができたのだという。

見方によっては問題児と思って嫌厭《けんえん》されていたんじゃないかと思われるかもしれないが、そういうのとはなんだか違っていたようだ。放っておくけどちゃんと見ていて、何かあった時には駆けつける感じで、桜田先生はクラス全体に対しても、常に見渡しながら、基本的には手出しをしなかった。そして、何か解決が難しい出来事が起こった時にはすぐに飛んできて、必要な手立てを講じるというスタイルを貫いていた。

給食の時間でも、高学年になったからなのか、桜田先生の教育方針（?）なのか、給食は個人の裁量に任され、残すも減らすも自由になった。私はとても気が楽になって、リラックスしたからか味を感じ、おいしいと思うこともできるようになっていた。

朝の登校時間には、正門のところに校長先生から教頭先生、一般の先生が立ち、朝のあいさつ運動が行われるようになっていた。遅刻せずに学校に着いた時には、誰よりも大きな声で騒ぎつつ学校に駆け込む私は、校長先生や教頭先生の目には騒々しいながらも愛嬌《あいきょう》のある子供と映っていたようだ。しばらくすると校長先生や教頭先生に「おお、柴崎さん、なにしてるんやー?」と声をかけられることが増えた。いつの間にか仲良くなった私は、校長室に乱入したり、無礼な言葉遣いで話しかけたりしたが、校長先生も教頭先生も、いつでもニコニコと笑っていて、いつも良くしてくれたんだった（桜田先生は青い顔をしていたが）。

不思議なくらい信頼できる大人が増えていき、子供たちとのトラブルはまだまだ続いていたが、学校の中でもほんの少し、私は落ち着くことができるようになっていた。プレッシャーが減ってくると、教室にいることも少しずつ増えてくる。ただ、それでもやはりボーッと窓の外の山を眺めたりするばかりで、集中して勉強するということはないし、人の話も聞いちゃいない。堂々と寝ていることもあった。そんな私を一応、桜田先生は起こしに来るが、それがまたユニークで、芝居がかった声で「おい！　寝るな!!　寝たら死ぬぞ!!」と叫んだりする（雪山の設定らしかった）。私は貴重な睡眠時間を邪魔されて若干不機嫌だったが、叱るのではなくユニークな方法で私を起こそうとする桜田先生を、なんだか憎めない存在と思うようになっていた。

私はどんな相手だろうと、上から物を言われるのが大嫌《いや》いだ。おばはん先生はいつでも上から物を言い、言うことを聞かせようとしていて、私はそれが嫌だった。だけど、桜田先生は、私や他の子供たちのことも、子供として扱うというより、小さな『大人』として、扱ってくれているような感じがして、私はそれだけで穏やかでいられたのだ。

※一次障害：生まれながらの民主主義者といわれるほど、パワーゲームを嫌い、大人・子供・立場に関係なく、すべての人が平等であるべきであると考えている

教室の空気は、今までと比べ物にならないぐらい和やかに感じられるようになっていた。

何よりの変化が、あまり死にたいと思わなくなってきたことだったろう。

あんなに毎日のように四階の窓辺らへんを浮遊していた私が、少しずつその場所から離れつつあった。一つは『あの夢』のことを完全に思い出したことと、もう一つはもちろん、『自分の本当の気持

ち』に気付いたからだった。

現実の世界で漠然と感じていた、生きることへの不安や恐怖は、夢の中で語られた恐ろしい『生』と『未来』への不安や恐怖が、そのまま現れたものだったのかもしれない。あるいは、あの悪夢自体、現実の世界のプレッシャーが、空恐ろしい老婆という仮面をつけて、夢の世界に現れただけのことだったのだろうか？　恐怖やストレスが見せた、ただの生々しすぎる夢だったのだろうか。

夢だと言い切ってしまうにはあまりにも毒々しく、生々しく、痛みと苦しみを伴う夢だったから、私はいまだに『何か』が私のところに来ていたんじゃないかと、時々思ってしまうのだ。

不気味な老婆の代わりに、その後も〝声〟は私のそばに居続け、静かに、時には明るく、私に生きることは素晴らしいことだと、言い続けた。あまりにも楽しそうに、当たり前のように、世界って素敵なんだよーっと語るから、私は時々、自分の目で見たこともないその『素敵な』世界を、もうこの目で見たような気分になって、世界は素晴らしいところなんだと思ったほどだった。

どうにもできない腹立たしい事が起こり、私が荒れて四階の窓辺に向かう時も、〝声〟は**「あんたは頭を冷やしたいだけだから、死んだりしない。あたし、ちゃーんと知ってるよ」**と笑っているかのように優しく言うだけになった。

私はそれで馬鹿らしくなって、しばらく外を眺めると図書室や保健室に向かうのだ。

ある日、移動教室の後に四階の廊下を歩いていて、あの窓辺が見えた瞬間、なぜか突然、体が引き寄せられたような気がして、私は何も考えず窓辺へと向かって歩いていった。何も考えてはいない。

ただ、引き寄せられたのだ。そして、『ねば、ならない』とプログラムが言った。
『私はこの窓から飛び降りねば、ならない』
窓を開け、窓の外を見下ろした。

……もしも、本当に死にたくなってもさ……

〝声〟がした。

いつでも、できるでしょう。
この窓辺って、いつでもあるでしょう？
だから、今でなくて、いいんだよ。
今、死ぬ必要なんてないの。
飛び降りなくていいんだよ。
いつでもあるんだから、今でなくていいの。
ね？

そう言われて、私は動きを止めた。
本当に『私はこの窓から飛び降りねば、ならない』のか？　答えはノーだった。あの夢に気付いてからも、時々、私は操られるように『窓の外』を求めてしまったが、そんなことには何の意味もないのだ。そして、私は死にたくないことに気付いたのだ。苦しくてたまらないけれど、生きていたいと思っているのだ。

それに、もし本当に死にたくなったら、いつでも死ねる。今じゃなくていい。その通りだ。

私は、窓のガラス戸をゆっくりと引くと、鍵をかけた。そしてそのまま、窓辺を後にした。


お別れ会みたいだね。

また〝声〟が言う。

(なんで?)

鍵をかけたから。


いつも開けっ放しで遠ざかった窓は、今、口を閉ざし、こちら側とあちら側を分け隔てる壁になった。きっともう、『あちら側』へはいけないのかもしれない。そう思ったら、急に窓辺が惜しくなった。

だけど、あの日私は言ったのだ。

「ちゃんと生きます!!」って。

窓は、いつでもそこにある。今でなくてもいいんだ。

ちゃんと生きる。そう言ったから、ちゃんと生きよう。

よく分かんないけど、きっと大丈夫。そう思える。

だから、大丈夫。

きっと、大丈夫。

海外旅行

ちっぽけな僕には描き切れない
大きな世界がそこにあった

ハンバートハンバート『アメリカの恋人』

夏休みも冬休みも、私たちはいつも学童保育で過ごしていた。両親は夏休みも冬休みも関係なく、フル稼働・フルタイムの正社員で、子供のためにとれる休みなどなかった。だから、夏休みに一緒にどこかに行ったことはない。キャンプに行ったことも、映画を見に行ったことも、一緒に虫取りしたことも、お盆に実家に帰省したことも、ない。

そして、迎えた五年生。さすがに夏休みに何の思い出もないのはまずい、と両親は思ったのだろうか。いまだに彼らの思考回路はよく分からないが、五年生の夏休みに、海外旅行に行くことになった。

せいぜい二泊しかしたことのない私たち家族の、二週間に及ぶ初・長期旅行が、初の海外旅行となったのだ。

両親には海外に住む友人夫婦がいて、彼らの家にホームステイという形での旅行だった。彼らには数回会ったことがあったし、その家のハーフのお子たちは二人とも、とってもかわいかった。姉はしきりに「こんなかわいい妹がいてたらええのに！」と絶叫しては、私を睨《にら》み付けていた。

その国は湿度が高く、夏でも朝には濃い靄《もや》が立ち込める。そして、涼しい。夏でも、一枚羽織るカーディガンが必要だった。家の裏には自然を守るための保護地区があって、自然がそのままの状態で残されていた。まるで本で読んだ『ナルニア国物語』や、『コロボックル物語』やいろんなファンタジーの舞台のようだった。噂によると妖精が住んでいる国なのだという。私はネッシーや黒魔術の本に出てきた魔女に会いたかったけれど、「バカ言うな」と、却下された。

当たり前だけれど、どこへ行っても、日本とは違う世界が広がっている。私はパニックになることすらできず、ただひたすら、圧倒的な情報量で目の前を飛び交う見たこともない世界を、流れていくままに受け流していた。意識があった時間がほとんどなかったのか、脳が振り切っていたのか、いまだに細切れの景色しか思い出せない。もったいない……

友人夫婦のツテで私たちは五日ほど、向こうの学校に体験入学させてもらった。両親が海外の学校を体験させたかったらしい。体験入学といっても、おそらく夏休み前の授業がほとんどなくなった時期で、勉強もせずレゴで遊んだことだけ覚えている。学校から帰ると、父は「学校から、もう連れて帰ってくれと言われないかと心配した」と言った。楽しかったかと聞く両親に、学校でレゴで遊んだぐらいしか記憶がない私は、もちろん「楽しかった」と伝えた。

しかしよくよく考えてみれば、なんで海外に来てまで学校に行かなきゃいけないのかは、謎だった。

その国の世界最大級の博物館は、魅力的だった。とんでもなく広くて、くまなく見ようと思うと一週間は掛かると言われるような所だった。当時は携帯電話もなく、だだっ広いところに子供が四人もいるものだから、あっちに行くな、手を繋いでろ、どこ行ったと大騒ぎだ。私はもともとエジプトの遺物が好きでどうしようもなく、ほとんどエジプトの展示物近辺を、ウロウロしっぱなしだった。

一度でいいから誰もいないあの博物館の中を、心行くまで自分の世界に浸りながら、広い静寂の世界に任せて大冒険してみたいと、今でも思う。

古い町並み、古いお城、謎の石の集合体、どこまでも広がる牧草地、朝靄の広がる石畳の道。倒木や立ち並ぶ雑木に絡まる蔦《つた》の、広い湿地。見たこともないものを売っている不思議な雑貨屋。変なクルマ。

世界は、広いのだ。圧倒的に。私が知らないもので溢れていて、それは本を読んだだけでは知りようのないものなのだ。思うとはなく、小雨の向こうに広がる太陽の風景を思っていた。

二週間はあっという間に過ぎた。日本に帰ってくると、あっという間に普段どおりの夏休みになり、私たちは祖母の家に行ったり、家でダラダラと過ごしたりする日々へと、戻っていった。

この出来事がその後の人生を、大きく変えることになるとは、考えもせず。

いじめについて、考えてみる

一年、四年は散々だったが、五年生になると、大人が見守ってくれているおかげなのか、子供たちからのギスギスしたものはずいぶん減った。それもこれも、桜田先生が醸《かも》し出す、のんびりとした空気と穏やかさのおかげだろうか。

桜田先生が持っていた空気は、牧歌的とでもいうか、あるがままとでもいうのか、クラス自体も、明るさや元気さにとってつけたようなものは一切なく、元気な時もあれば、時にはやる気がなかったり、アホなことをしたり、ダラけてみたりするが、桜田先生はそれに対して『こうあるべき』という押しつけはせず、余程のことがない限り子供たちにやりたいようにさせていた。ほとんどの子供たちにとって、クラスはリラックスしていられる場所になっていたようだった。

五年生に上がり、しばらくしたあたりから、私は女子から攻撃を受けることがぐっと少なくなっていた。どのグループにも属してはいなかったが、それを理由に責められることも、陰口を叩かれることも減ったのだ。目に見えて、女の子たちはのんびりと、穏やかになっていた。

桜田先生のクラスには、いつでもちょっと気だるい、のんびりとした温かさと素朴さが漂っていた。

けれど、それでも、教室やクラスメイトが私の居場所になるかというと、陰口や嫌がらせやいじめの問題はいつも深く入り組んだところに潜んでいて、それが時々顔を出しては、私を驚かせ、パニックへと誘っていた。

ある日、学校から帰ろうと校門へ向かっていると、後ろから突然石が飛んできた。振り返ると、おそらくはクラスの男子（顔が覚えられなかったから）数人が石を投げながら「**ガイジ!!**」と叫ぶところだった。

ガイジ？　ガイジって何？　私はわけが分からない。だけどそれでも、男の子たちは石を投げ続ける。

「**ガイジ!!　お前、もう学校くんなや!!　明日来たら殺すぞー!!**」

「**柴崎、ガイジのクセに学校くんなやー!!**」

私は怖くてその場に立ちすくんだ。いつも勝手に動き回る手足が、そんな時だけ天邪鬼《あまのじゃく》に、私をその場に縛り付けて弄《もてあそ》ぶ。

「やめてよ!!　ガイジって何よ!!」私は必死に叫んだ。石が当たり、私は余計に恐怖に駆られる。

「**わー!!　ガイジが怒ったぞー!!　なにされるか分からん!!　逃げろー!!**」

そのまま、男の子たちは来た時同様、あっという間にいなくなった。

ガイジって、何だろう？　……ガイジ？　外人？　あの子たちは、何を言っていたんだろう……？

心臓がドキドキしていた。こういうことがあるから、学校では油断してはいけないのだ。

数日後、私は何気なくそのことを桜田先生に話した。その瞬間、みるみる先生の顔がこわばり「**それ、言ったん、誰や？**」と見たこともないほどの険しい表情になった。私は自分が怒られるのかと思ってビクビクしたが、覚えていないと言うと、今度言われたらすぐに先生に言わなあかんぞ、と先生は厳しく言った。エラく怒るものだから、私は『ガイジ』の意味をすっかり聞きそびれてしまったが、それからも時々浴びせられる『ガイジ』という言葉は、意味は分からないものの、それでも決していい意味の言葉ではないのだろうと、言われる状況とクローズアップされて見える、相手の口の隅が賤《いや》しく上がっていることで、判断した。

『ガイジ』が『障害児』を意味し、知恵遅れやキチガイ同様に、相手を蔑《さげす》む言葉だと知ったのは、ずいぶん経ってからのことだった。

桜田先生は、そういう問題が起こる度、学級会を開いた。

私をどうすればいいか、ではなく、このクラスの中にある『いじめ』をどうすべきか、と言って。

先生は〝それ〟を私個人の問題ではなく、クラス全員の姿勢の問題だと考えたのだ。

私は私一人が被害者のような気持ちになっていたけれど、会が始まり他の子の発言を聞いていると、他にも嫌がらせを受けていた女の子がいたらしい。特にそういう嫌がらせを、頼まれもしないのに一番隊先鋒《せんぽう》として行う男の子は、どうやらクラスの女子みんなから嫌われていたようだった。確かに私に集中するところはあり、女子からも男子からもある程度白い目で見られ、心が痛む状況の多くは私にあったが、私以外にもクラスの中で、大なり小なりのいじめや無視や言葉の暴力の問題はあったのだ。

桜田先生は、この問題をとても重く受け止めていて、二日間続けて、『いじめ』について学級会を開いたこともあった。だけど、進行は子供たちにほぼ任せ、先生はまったく口出ししない。もちろん、私も前に引っ張り出されない。なぜなら『**私だけの問題じゃない**』と先生が捉えていたからだ。クラス全体に対しての問題提起だったからだ。どんなことについて話し合うべきかという『お題』を出した後は、『子供たちに考えさせる。何を考えるべきかも、自分たちで考えさせる』その姿勢を、桜田先生は貫いていた。

〝○○君が□□さんにこんなことをしていた〟〝××君が私にこんなことをして、すごく嫌だった〟そんな報告が大量に出てきた後、出尽くしたのか、その後しばらく無言になった。それでも先生は、「みんなどう思う?」というだけで、口を挟まなかった。

「この間△△君が……」ある女の子が手を挙げた。

「◎◎さんに×××って言うてて、◎◎さんすごい泣いとって、でも、やめぇやて言ってあげんくて……ごめんなさい……」

いじめられている子を庇《かば》わなかったことを、その子は勇気を出して手を挙げ、詫《わ》びた。

その言葉を皮切りに、気付いてたのに、声をかけなくてごめんねとか、知ってたのにやめさせなくてごめんなさいとか、僕も一緒になって※※って言いました。ごめんなさいとか、そんな言葉が子供たちの口からどんどん飛び出した。そしてなんと私に対しても、

「この間、男子が柴崎さんのこと、めっちゃいじめてて、◆◆とか、言うたらあかんこととか言うてたのに、やめえやって言わんくて、ホンマごめんなさい」そんなことを言った子が、数人いたのだ。泣きながら謝る子もいた。私は驚いた。今までみんなに無視されていると思っていたのに、そんなふうに、言えないけれど考えてくれていた子もいたのだ。

今でも忘れない。先生は、ある本の言葉を朗読した。手にはコピーされた原稿が握られていた。『わたしのいもうと』（松谷みよ子著）という、手紙を基にした絵本の文章だ。

とある女の子とその妹が、とある町に引っ越して来て物語は始まる。二人は新しい生活をとても楽しみにしていたが〝妹〟は学校でいじめにあってしまう。「くさい」「豚」と言われ、体中につねられた跡があった。学校にも行かなくなり、何も食べず、命まで危うい状態になってしまう。〝妹〟をいじめた子たちが中学生、高校生になっても、妹はうつろな目をして部屋に閉じこもり、鶴を折り続けるだけ。そして、ある日、ひっそりと亡くなってしまうのだ。

話の途中で、私は、先生の声が妙な具合に震えていることに気付いた。（変な声！）おかしくなって先生に目をやったが、その瞬間、私は固まった。自分が恥ずかしくなった。

先生は、目にいっぱい涙をためて、顔を真っ赤にしながら声を震わせて読んでいたのだ。大人の男の人が泣きそうな顔をしているのを、私は初めて見た。胸に、今まで感じたことのないような痛みが走る。それは自分を憐れんだり、自分の苦しみでいっぱいになった時の胸の痛みではなくて、先生の悲しみや痛みや、必死に大事なことを私たちに伝えようとしている、先生の姿に感じたものだった。それはただの痛みとも違っていた。胸の中に今まで感じたことのないものが、とても熱くて、胸をパンパンに腫らすものが……内側から揺さぶるものが……奥から奥からこみあげてくるのだ。私にはそれが何なのか分からなかった。でも、勝手に涙が溢れてきた。

桜田先生は、ああしろこうしろとは、よっぽどのことがない限り、言わない。ヒントだけ出して、いつでも私たちが自分の力で答えを探し出すのを、待っていた。

周囲から、押し殺したすすり泣きが、いたる所から上がっていた。

女の子も、男の子も泣いていた。

私は泣きながら、ぼんやりと、ああ、桜田先生に会えてよかった、と思った。

やがて大なり小なりの衝突があったとしても、それが陰湿ないじめやクラス団結しての仲間外れになるようなことはなくなり、男の子が私に何かするような時には、女子が諫《いさ》めてくれることも多くなった。少しずつではあるが、私は女子の輪にも入れてもらえるようになり、女の子と会話することも、遊ぶことも増えてきたのだ。私はこの頃、絵を描くのが大好きになっていたが、その絵を褒めてくれる子や、昼休みに一緒に遊ぼうと誘ってくれる子も現れ、少しずつクラスの子と関われるようになっていった。

ようやく私も、クラスの一員になったのだ。

人間観察

私は小学校高学年になるまで、自分が『感情』と呼ばれるものを感じていたことを、あまり理解していなかった。

気が付いた時には親から『人の気持ちになって考えろ!!』といやになるほど怒られていた私だが、実は人の気持ちどころか、自分の感情をようやく理解し始めたのが、このあたり（小学校高学年）になってからのことだったのだ。

※一次障害：自分の感情、思い、情動にもうまく反応できないことが多い

感情はいつも、テレビ番組で行われる『箱の中身はなんだろな?』のコーナーに出てくる『?』の書かれた箱の中に入っているようなものだ。自分の感情なのに、何をどんな風に感じているのか、分からないのだ。箱に手を入れたところでその感情がどんな感情なのか、輪郭もはっきりとせず境目も曖昧《あいまい》だ。『感情』という名のアメーバは、ひどく扱いづらく、いつもてあまし気味だった。だから・・私たちは癇癪を起こしてしまう。自分が何を感じているのか、うまく表現することも感じることもできず、不安と苛立ちでいっぱいになってしまうから。

大人になってから一つ一つの感情にレッテルを貼り、あの時感じていたのはこういう感情だったんだと、少しずつ分かるようになって子供の時のことを思い返してみると、その膨大な感情の情報量に、今の自分でさえ翻弄されそうになった。まるで色と、全身の神経の痙攣《けいれん》の洪水のようだ。あんなにいろんなことを感じ、その身に受けていたとは、思いもしなかった。

自分の感情すら分からないのだから、人の気持ちなど分からなくて当然だったのだろう。

しかしある日、私は大発見をした。『人の気持ちが分からない』という問題を解決する方法が、本のいたる所で『行われていた』ことに気付いたのだ。

本の中で行われる『会話』とは、**『言葉』を通してのお互いの気持ちのぶつけ合いなのだと、私はようやく知ったのだ。自分の気持ちを相手に伝え、相手の気持ちを理解するという、とても初歩的**

で、合理的で、精神的な活動が会話なのだと、私は五年生になってようやく理解したのだ。
私たちは、お互いを知るすべとして、言葉を使っているんだ！　だから、相手の気持ちを知るには相手の言葉をよく聞かなければならなかったんだ!!

「話を聞け！」と言われても、なぜ聞かなければいけないのか、私はまったく分かっていなかった。相手が伝えようとしていることに思いを馳せることも、まったくできていなかった。

私は驚いた。驚いて、言葉のすごさにすっかり感心してしまった。言葉って魔法みたいだ！　けれど人は嘘もつく。すべてを鵜呑《うの》みにしてはいけないのだと、ほどなく気付くことになった。そんな時、偶然見ていたテレビから、人間の『動き』にはいろいろな意味があるのだと聞こえてきて、私は釘づけになった。

そのテレビによると、人間は相手の感じていることに共感した時、いつの間にか相手と同じ行動をとったりするのだという（同調行動）。気付いたら姿勢が同じになっていたり、あくびが移るという不思議な現象は、相手と自分の気持ちが、同じ状態になっているから起こるのだというのだ。

本当にそんなことが起こるのか、私はさっそく学校で女の子を観察してみた。そして、本当にトイレの中で井戸端会議をしている女の子たちが、みんなそろって腕組みしていたり、会話をリードする子が姿勢を崩すと、みんなが同じように姿勢を崩すのを見て、びっくりした。一人が身を乗り出すとみんなが身を乗り出すのだ。

言われてみれば、確かに、人の動きは意思の表現に通じていた。嫌いな相手は蹴ったり、叩いたりする。嫌いだという意思の表現のためだ。好きな相手とは、手を繋《つな》ぐ。あなたとは一緒にいたいという願望を表すために。一緒にトイレ行こうや、そう言われて女子が嬉しそうなのは、自分を仲間だと認めているという意思の表れを、行動の中に見ているからだったようだ。

そんなことまで考えも及ばなかった私は、今更ながら誰も一緒に帰ってくれないこと、トイレに行こうと誘ってくれないことが、自分が誰からも親しい心を抱かれていないのだという〝表現〟だったと気付いて、寂しくなった。楽しいから一緒に帰る。ただそれだけだと思っていたら、その裏には、相手のことを思う気持ちや、この人と一緒にいたい、この人は自分にとって特別な存在なのだと、そういう『気持ち』があったのだ。思いもよらない、複雑な精神活動が隠れていたのだ。

私はそれ以来、人の動きを見るとはなく見、観察するようになった。女の子たちの、しゃべる時の手の動き、足の位置、笑い方、目の動き、男の子たちの、飛び跳ねて小動物を襲う猛犬のような機敏な動きの一つ一つ、走り方、歩き方、ジョークを言う時の体の奇妙な動かし方。腕の組み方、瞬きの速度、回数、首の傾《かし》げ方、頭の搔き方まで。

意識的に見ていたのかと言われれば、特別見てやろうとか絶対的な目的意識を持って見ていたわけではなく、ただそこにあるものを漠然と散漫に見ていただけだったが、私はそうやって人の動きを見続けることで、自分でも知らないうちに莫大《ばくだい》な量のデータを、手に入れていたんだった。

人の心、言葉、動き、精神、心理。そのどれも、私には思いもよらないことばかり。けれど、私はその一つ一つをどうにかして紐解《ひもと》き、正しい位置に置き、整理したいと思っていた。

しかし、何千万もの膨大な絡み合った糸を目の前に、まだどうすることもできず、立ち尽くしたままだった。

謎の決断

私がようやく人なみに人間性に目覚めようと、蛹《さなぎ》からの脱出を図っていた最中、両親は両親でいろいろと考えていた。いまだに足取りも覚束《おぼつか》ない、赤子のような末娘のことを。

こいつ、小学校でもいろいろ滅茶苦茶やけど、中学・高校、大丈夫やろか。

周りと一緒に、やっていけるんやろか。

まともな大人になれるんやろか。

そんなことを、彼らなりに考えていたらしかった。怒鳴り散らし、物を投げ、癇癪ばかり起こし、怒る時にしか側にいなかった父も、ヒステリックに騒ぎ立て、それ以外の時は私を避け、冷たい言葉が多かった母も、それでもそれなりに、私のことを考えていたらしい。そもそも、愛情がないわけではなかったのだと思う。今でもそう思っているし、多分、二人とも特筆すべき不器用だったのだと思う。子供を愛するには、忙しすぎるのもあったんだろう。疲れすぎていたのも、あったのだろう。それでも、その時彼らのできる精一杯で、私に接してくれていたんだと、私は信じている。

だけど、いまだにこの時、両親が下した決断については、**いろいろ聞きたいことや、言いたいことがある。**

両親は悩んでいた。

私がこのまま成長したらどうなるのか。生きていけるのか、人の中で生活できるのか……そしてその苦悩の末、でっかくて謎の、決断をした。

よっしゃ。こいつ、外国行かせたろ。

行きますか

ジャンプして集めた花びらで
花丸は頂けますか

倉橋ヨエコ『花とダンス』

「ここら、お前、留学してみるか?」
ある日の、父の口から飛び出た最初の一言が、それだった。私は言葉としては知っていたけれど、人の口から初めて聞く『リュウガク』という言葉の意味がイマイチ頭に入ってこず、固まったまま、何も言わなかった。

「聞いとるんか。お前、どうや」

そんな私に構わず、父はもう一度聞く。

こいつは、こんなふうに暮らしてても、ずっと苦労するだけやろ。そもそも、日本自体が、こいつに合ってないんと違うか？　この間の海外旅行では、学校も楽しそうやったし（遊んでしかいないのだが）、ホンマはああいう、もっと違った環境のほうが合っとるかもしれん。

やったら、自由がきく（？）外国ででも暮らさせたら、ちょっとはましになるんやなかろうか。少しは自立できるんやなかろうか。

留学させたらええんちゃう？

それが、考えた末に行き着いた、両親の考え。答え……だった。

「……え、それは……誰が」

「お前やろ」

「なんで」

「日本よりはええんちゃうか？」

「え、何が」

「あれや、ほら、環境も違うやろ。そういうところのほうがええやろ」

「え……でも、中学は？」

「やから、向こうや」

「向こうって。向こうって……え、でも、何で？」

「さっきから言うてるやろ。お前、人の話聞きよんのか」


……お分かりいただけただろうか？……

その『構想』は、私の意思は一切関係なく、両親の間だけで進んでいた。そしてもちろん、父の説明では、まったく意味を理解することができなかった。不意を突かれすぎて、何一つ想像しようのない私には、「留学したいか、したくないか」という単純明快な二択を迫られたところで、答えようがない。

答えようがないし、**おそらくは一瞬で人生が変わるような大きな決断を、一一歳の子供にこんなフランクに迫る両親もどうだろうと思う。**


「まぁええわ。考えとけよ」

父はそれだけ言った。詳しくはウェブで。じゃなくて、母から。

「あんた、学校もいろいろあったやろ。大変やったやろ。やったら、日本の学校とか、そういうのはもっと大変になるし、海外はもっと自由やし、あんたのええところが伸ばせるんじゃないかって、お父さんもお母さんも話しててん」

「でも……海外って、ガイコクやろ？」

「は？　……当たり前やろ」

「外国やったら、言葉どうなんの？　日本語の国なん？」

「なわけないやろ。英語に決まっとるやろ。勉強したらええやろ」

「勉強したら……しゃべれるようになんの？」

「はぁ!?　知るか！　やってみたら分かるやろ!?　何をいちいちグダグダ言うてんの！」

なぜかは知らないが、怒られてしまった。

その後、両親から少しずつ話を聞き出してみた。

留学は、もちろん、私一人だけがすること。家族は日本に残る。私は、見知らぬ〝外国人〟の家にホームステイすることになるのだ。見ず知らずの人間に囲まれて暮らすのだと、サラッと母は言った。話す言葉はもちろん、外国語。だからあんたも勉強しといたほうがええなぁと、母はさっそく私を英語の塾に通わせた。なんのこっちゃ一つも分からないままに、いつの間にか私は、風に流される風船のように、『海外留学』に向かって押し進められていた。通うことになる学校も、もちろん地元の学校で、もちろん、外国人の、外国語を話す学校で、そこの生徒になる。だから、勉強、大変かもしれんけど、頑張りや。いろんな人おって、楽しいと思うよ。そのあたりは人も優しくて、いい所らしいよ。両親は嬉々としてあだこうだと私に語った。おそらくはガイドブックや、本で読んだだけの、本人たちはその内情すら、国の制度すら一つも知りもしないであろう、その国の『いい所』を並べ立て、二人は私に「行ったらきっと楽しいから、行ったらいい」と言った。

そもそも、その『留学先』として白羽の矢が立った所は、両親が昔から好きだった場所なのだ。いつか、リタイヤしたらあんな所で暮らしたいなぁ、そう言っているのは聞いたことがある。だけど、なぜ私を行かそ、という話になったのかは、全然分からない。大体、ガイコクで暮らしたいなんて、私は一度だって思ったことはないし、両親に頼むから留学させてくれと言ったこともない。意外性でいうなら、このご時世に、満タンに溜められた肥溜《こえだ》めに落ちたぐらいの衝撃だ。なぜ、私のまったく知らないところでまったく思いもよらない話が進んでいたんだろう。今でも不思議に思う。私の人生なのに。

なのに、理解力のない私は、そして、考える力も、未来に不安を抱く力も持っていない私は、両親が楽しそうに語る『ガイコクでの暮らし』を、よく分からず理解しないまま、けれど何か返事をしなければ怒られると思って、何気なく「ちょっと楽しそうだね」と両親に言ったのだ。

私は今でも、あの時の両親の顔を、忘れない。

要領を得ず、理解の範疇《はんちゅう》を超えて、何を教えても彼らの望む答えを返すことはなかった末娘が、とうとう、彼らの望む答えを、一番それを欲していた場面で返したのだ。

「**そうやろ〜!?　ええやろぉ!?**」

「**あんたやったら、絶対あっちのがいいに決まっとるわ。行ってみいや!!**」

そしてああだこうだと、その国の素晴らしさや、いいところだという話を、また繰り返し繰り返し、私に披露した。私は耳元でがなり立てる苦手な父の声と、タイミングよく合いの手を入れる母の声を、ほとんど理解しないまま、ささやかな達成感の中に佇《たたず》み、聞いていた。私はただただ嬉しくって仕方がなかった。

私が言ったことで、初めて、両親が喜んでくれたのだ。

それは初めて抱く充足感。そして、満足感だった。私は今まで二人からいつも非難され、間違いを指摘され、小さくなって潰れて消えてしまうぐらい、ダメなお前はいらないヤツだというメッセージをもらい続けていた。その両親が今、私に初めて、◯をくれたのだ。

私の人生で初めて、◯をくれた。飛び切りの◯だ。ハナマルだ。

私は初めて、両親を喜ばすことができたのだ。

私は嬉しくってたまらなかった。このまま、両親の言うことにＹＥＳと言えば、私は、両親を喜ばせ続けることができるのだ。私は必死に「いいね」「へぇー」「面白そう」「楽しそう」と返事をした。そのたびに、二人はもっともっと興奮して、こうしようか、ああしようかと話をし続けた。

いつも話をしてくれない両親が、この時ばかりは口も舌もいくつあるのだろうと思うぐらい、雄弁に語り、私に向かって笑いかけ、いろんな提案をしてくれた。私はそれだけで満足だった。

しばらくすると、両親の中には『私は留学に対して、大変乗り気。っていうか、行く気満々』という固定観念ができあがっていた。『留学させるか、させないか』という現実離れした議題は、『留学させるにはどうしたらいいか』というリアリティー溢れる課題へと急速に変化していった。

戸惑いながらも、どうやったら「やめてほしい」と言えるか、私には分からなかった。何をやめてもらえばいいのかも、私には分からなかった。もう少し「考えたい」と言いたくても、何を考えればいいのか分からなかった。それに、両親がいいと言うならそうに違いないのだ。なのに、**なぜ、私**

は、何に、戸惑っているのだろう。

私にどんな選択肢があったのか、今でも分からない。

行きたくないと言えば、父は「なんでや!?」と怒っただろう。事実そう言われた記憶もある。両親の脳裏に、私も前向きであると植えつけられてしまった以上、自分たちがせっかく良かれと思って用意した『運命』が娘に退けられる、排除されるという考えは、彼らの中にはないのだ。言葉では「好きにしたらええがな」と言っていたとしても、その陰に隠れて様子を窺《うかが》う無言の期待は、それを理解しないはずの私にまで、その重圧で存在を主張し続けていたのだ。

母に「あんたね、お金もかかることなんやから、正直に言うてみいよ。本当にそれでええんな?」と聞かれても、何を『正直に』言えばよくて、何が『本当にそれでええ』のか、分からなかった。私にこの時分かっていたのは、両親が初めて、私の「楽しそうだね」という答えを、両手を広げて受け入れ、認めてくれたということだけ。

そしてこの件に関する質問に対して、ＹＥＳと答え続ける限り、彼らが私をいい娘だと思ってくれるということだけ。

というわけで、

留学します。

準備スタート

〝本当の私の意思〟は一切介在しないまま……そもそも〝本当の私〟など、この時存在したのかも分からない間に、大筋で私の留学は決定した。　小学校五年生、一一歳だった。

晩秋だったか、冬だったか、あるいは晩夏だったか。もう覚えてもいない。

事が決まると二人は早かった。その国の大使館に連絡を取ってみたり、いま日本に住んでいる、その国の出身者と連絡を取り、どのような手続きが必要か調べたり、留学についての手引書を買ってきたりした。両親はホームステイ先から学校まで、自分たちで〇《ゼロ》から選びだし、一度下見をしに行き、最終的に私に決めさせることにした。斡旋《あっせん》業者もいるが、ピンキリだと人から聞いたからだ。

考えることも物事を理解することも、人の感情を読むこともできない私が、今後の私の人生を大きく左右する一大事を最終的に決定しなければならないという。こんな残念な話があるだろうか。まるで赤ん坊の手に原子爆弾のスイッチを渡して「このボタンを押す時には、よく考えなくてはいけないよ。今押しちゃダメだよ」と言いつけて部屋を出ていくようなものだ。本当に望む結果が得られないと分かっているなら、今すぐに部屋に戻ってスイッチを奪い返さなくてはいけないのに、両親は私にそのスイッチを預けて部屋を出ていってしまった。スイッチなんて魅力的なものがあった日には、私たちはどうやったって、押さずにはいられないのに。

そして何より残念なのは、私がそのスイッチの意味すら理解していなかったということ。押せるものがあれば押すし、並べられるものがあれば並べる。集められるものがあれば集めるだけの私にとっては、バスの降車ボタンも、横断歩道の押しボタンも、原爆の起爆ボタンも、ただの『押しボタン』でしかないのだ。

朝起きて「さっさと着替えなさい」と言われ「はーい」と答えるように、「留学しなさい」という言葉に「はーい」と返事をしてしまった。ただ言われることに、反射的に『はい』と返事をする。そうなるように、私は『訓練』されていた。大抵の場合、私が「嫌だ」と言うと怒られたり、吐き気と震えで思考回路が停止するほどなじられるという経験から、私はNOという言葉を、両親に対しては特に言ってはいけない禁句なのだと理解していた。YESでなくてもYESと言わなくてはならないのだ。でなければ幼い頃、車に乗りたくないといって父になじられたあの時と同じように、私が苦しい思いをするのだ。父が良かれと思ってすることには、たとえ私の気が乗らなくても、いいと思えなくても「はい」と言わなければならないと、体が覚えこまされていた。まるでしなる鞭を見た瞬間に球の上に乗って芸を披露する、サーカスの熊みたいな条件反射だった。

そして今、サーカスの熊は、今まで鞭への恐怖からやらされていた芸を、調教師の喜ぶ顔というご褒美欲しさから、できもしない芸まで必死にやり遂げようとしているところだった。何のために芸をするのかも、理解しないまま。

小学校六年生の夏休みには、父とともに現地を訪ね、通うことになるかもしれない候補の二、三校を訪れ、その校区内の様子を見て回った。学校の留学生のケア担当の先生などにも会ったりした。しかし現地に行った時の記憶は飛び飛びで、五年生の時の海外旅行と同じで、ほとんど残っていなかった。私にとって判断材料になるほど意味のある旅にはならなかったのだ。そもそも下見を兼ねた、けれどただの『旅行』として現地に赴《おもむ》くのと、実際に住むため『留学』するのとでは勝手も違うから、同じように考えてはいけない。しかしそれが分かっていないのだ。おまけに父との二人旅だ。私は父に怒られないようにということばかりに気が行って、安心してリラックスして、あたりを見る・観察するという機能を、完全に遮蔽したまま動き回っていた。

どうだったかと尋ねる父に、面白そうだったと私は答えた。

〝あそこで生活できそうか、うまくやっていけそうか〟という意味で、おそらく父は聞いていたのだろう。だけど私は曖昧《あいまい》にニュアンスを含んだまだるっこしい言い方が理解できず、ただ動き回っている金色や茶色や白い髪をした、見たこともない大柄な〝ガイコクジン〟たちの様子や、よく晴れて気持ちのいい空の下、白いペンキが塗られた学校の壁の古さや味わい、学校の風景、空の青などを必死に考えた挙げ句、〝よく分からないけれど面白そうに感じた〟と答えただけだった。なぜなら、現地に行ってさえ、私には何も理解できていなかったから。

それでも、両親は私のために莫大な費用をかけて下見までさせたのだ。それは裏を返せば、彼らの愛情の表現だったのだと思う。彼らなりに、私を思っていたし、本当に、心配してもいたのだろう。

そう、思う。

思うけれど、**それを表現する方法と、手段と、やるべきことが、めっちゃずれている気もする。**

両親のあの行動力を思うたびに、もし彼らが私の学校生活で起きる不都合への対処にその情熱を向けてくれていたのなら、どれだけ私の日々は変わっていたのだろうと考えずにはいられないのだ。

私がプレイセラピーに通っていた間、母は一緒に通ったことなどなかった。本当なら学校にいるはずの時間、小学生がたった一人でバスを乗り継いで施設に向かったのだ。普段だってそばにはいないし、怒られる時以外は、父も母も、話もしなかった。自分の目で子供の様子を見ようとも、理解しようとすらしていなかったように私には思えた。普通なら、まずそういう事からやるべきだろうよ。

私が言うのもなんだけど、もう少し常識的な考え方はできなかったのだろうか。

それとも、それもできなくなるぐらい、両親はもう、クタクタになってしまっていたのだろうか。頭の中で散った火花が、あらぬ方向に脳神経を繋《つな》いでしまうほど、疲れ切っていて、打つ手もなくなっていたのだろうか。

〝私のせい〟で。

「向こうに行ったら、私どれぐらいいるの?」ある日、母に聞いた。

「は?　……そんなん、ずっとやろ」

「え、だから、ずっとって、どれぐらい?」

「はぁ!?　だから、**大学出ても暮らしたらええやろ。帰ってきて日本で暮らしたって、あんた窮屈なだけやろ。そういう意味での留学やろ**」

恐ろしいことに、両親は少なくとも中学・高校期間中、うまくいけばさらに大学、就職まで、と『留学期間』について考えていた。一年間なんていう『短期留学』ではない。メチャメチャ長期スパンの留学計画だったのだ。

「ずーっとって……本当にずーっと？　それ、もう帰ってこれんの？」

私はその滞在計画が妥当なものかどうかも、基準にする〝普通の留学〟すら知らないから、分からない。ただ、さすがに途方もない年月を向こうで過ごせと頭ごなしに言われて、不安になった。

「**はぁ!?　何、それ。あんた話聞いとったん!?　……もう、今更……！　だから、じゃあ、不安なんやったら、一年まず行ってみて、決めたらええんやないの!?　夏休みだって帰ってきたらええやろ！　お母さんだって知らんわ!!　一年行って、おれそうやったら向こうにおったらええし、ダメやったら帰ってくるでもいいんやない!?　あんたもうるさいね！**」

「え、だって……ダメやったら、帰ってきていいの」

「は!?　**もう、頑張んなさいよ！　何とかなる間は!!**　じゃなきゃせっかく行かせるの無駄になるやない！　少しでも頑張んなさいよ、行くんやったら！　当たり前やろ!?　あんた、お金だってただじゃないんやからね。**勘違いしたらあかんで。うちだってお金ないんやから！**」

……なら行かさんかったらええやん……

そうこうしている間に、結局、正式に留学することが決まってしまった。

正直に言うと、私は次第に戸惑いや不安を感じるようになっていたが、私の心にかかるブレーキとは反比例して、両親はどんどん興奮というアクセルを踏み続け、『留学』へ向けて一直線に進んでいた。気付いた時には『外堀が埋められていく』状態から、『外堀が完全に埋まって』しまっていたのだ。だがそれを見ても、私には断る理由すら浮かばなかった。事実いい国だと思ったし、学校については何一つ理解できず、生活についても理解できず、英語については救いようがなかったが、なにより両親は、私がこの件に関して肯定的であれば、笑ってくれたのだ。

私に分かったのは、それだけだ。

〝柴崎は留学する〟とクラス中で言われるようになると、今まで私と話をすることを拒んでいた子まで、私のそばに寄ってくるようになった。男の子も女の子も、関係なく集まった。みんな目を輝かせて、私の話を聞きに来るのだ。トイレに行っても女の子から話しかけられるようになり、私は嬉しくてたまらなかった。今思えば、みんな私に興味があったわけではなく、物珍しさと特別感に誘われて、誘蛾灯《ゆうがとう》に集まる虫のように寄ってきただけだったのだ。でもそんなことに気付かない私は、自分がいじめられることもなくなり、みんながあと少ししか一緒にいられないからと、多少なりと優しくなってくれたことを、私を本当の意味で受け入れてくれたのだと履き違え、喜んでいた。けれど履き違えてはいたが、私は最後の最後で随分と落ち着いた学校生活を手に入れたのだ。

六年生も終盤に差し掛かると、家族の中にも学校で見られたような、妙な感傷と過去を振り返り懐かしむような、奇妙な余韻が漂うようになっていた。〝あんなこともあったな〟〝お前はこんなふうで、どうにも手がかかったな〟〝そんなお前がとうとう一人で留学か……寂しくなるな〟。そんな安っぽいドラマのＢＧＭのようなセンチメンタルとともに、家族は幾分、私に優しくなった。

私も、今までとは違う家族の様子に、うまく言い表せない感傷に浸っていた。それはどちらかというと、これから未来の自分がどうなるかを想像したり、うらぶれたりしたためではなく、みんなの雰囲気に流されてのことだったのだと思う。そして、その陰には誰にも言えない不安感が、姿を現す機会を逸したまま、立ち竦《すく》んでいた。私はそんな古くからの知り合いの姿を決して見まいとするように、壊れたように興奮して笑い、場をとりなす道化役に徹しようと、日々忙しく立ち振る舞っていた。

両親は私のためにと、レイチェルという名の女性を英語の家庭教師としてうちに招いた。レイチェルは三〇歳過ぎの明るく豪快な笑顔の、だけど整った顔をした綺麗な女性で、来日してまだほどなく、ほとんど日本語も話せなかった。そんな彼女が頑張って作ったに違いない名刺には、彼女の名前の横に『**霊痴壊流**』と当て字の漢字が書かれていて、家族はもちろん私までもぶっ飛ばせた。やがて少しずつ私たちと馴染み、いろいろ踏み込んだ話までするようになった頃、彼女は当たり前に思い至るであろう疑問を、ほんの少しの躊躇と、多大な勇気と果敢な姿勢をもって、母にぶつけた。

「**あなたたちは本当に、『留学』がココラのためになると思っているの？　あんな小さな子を、たった一人で海外に留学させるなんて、おかしいと思わないの？　私には、あなたたちが彼女のことを疎《うと》ましく思って、そうしようとしているように思えるわ**」

今思えば当然の疑問だったたと思う。

しかし、母は心底心外だったのか、「レイチェル、こんなことを言うてん！　失礼やろ〜!?」と、私に訴えた。私は何も言わなかった。どう反応していいか分からなかったからだ。その代わり、〝声〟が、こちらは心底呆れたという感じで、

あったりまえじゃない。そう思わないほうが不思議よ。メチャメチャ普通の反応じゃない！

ホントに、あんたの親ってどういう神経してるの？

と腹立たしそうにつぶやいた。

レイチェルの国には、問題ばかり起こし家族から爪《つま》はじきにされた挙げ句、お金だけはあるからと自国ほどには好き勝手できない、異国の地という監獄へ送り込まれる留学生が、後を絶たなかったのだという。

彼女から見れば、私もその一人だったのだ。

彼女の洞察が正しかったのかどうか、私には分からない。ただ、両親にはそう選べる選択肢もなく、私にそれを促す以外なかったのだと、思うことにした。

眠りにつく前、私の心にはわけの分からない高揚感と、期待と、優越感と、劣等感と、不安と、焦りと寂しさが、波のように押し寄せ、過去の残骸を波打ち際に置き忘れていくようになっていた。必死に生き残るすべを探そうとして、脳が勝手に頭の中の引き出しを開けて、滅茶苦茶に過去の出来事を引っ張り出しているようだった。混乱ばかりが募った。

こんな状態で、こんな私が、一人で、海外に行って、住むって？

怖くてたまらず、私は〝声〟に助けを求めた。

（大丈夫かなぁ。私、ホンマ大丈夫なんやろか。どうかなってしまわん？　大丈夫⁇　どうなるの⁇

どうしたらええん？）

〝声〟はこのことに対してはとても明確に、はっきりと宣言をした。

大丈夫よ。何があったって、どんなことがあったって、あんたを一人になんかしやしないわよ。何があったって、あたしはずっと、ずっと、ずっと！　何があっても、そばにいるから。あたしがそばにいる！

誰がいなくても、あたしが、何があったって、必ず!!　そばにいるわよ!!

長い間、私にはこの臨場感たっぷりで無機質な〝声〟以外、話し相手などいなかったのだ。この〝声〟こそが私の友人で、私はその声に頼って、苦しい時代を何とか切り抜けていた。私にとっては、この〝声〟こそ最後の砦の〝声〟。

けれどやっぱり、人ですらない〝声〟。

そんなものに頼らなければ生きていけない私が……一人で留学？

さんざん、あの人たちが出来損ないだと叫び続けた〝物体〟が、これから海を渡り、見知らぬ人間の手に渡ろうとしている。壊れたコンピューターが自分たちの手の届かないところで勝手に賢くなればいいと、それを運命に任せてしまうのだろうか？

なぜ彼らは自らの手で私を修理しようとしなかったのだろう。これから私を受け取る彼らは〝修理〟の専門家だったっけ？　受け取った彼らは壊れたコンピューターを、どうすればいいというんだろう？

……もう。行ってみなきゃ分かんないじゃない。頭でっかちに考えてたって無駄よ。やってみてから考えたらいいじゃない。きっといろんなことがあるけど、それはやった人にしか分からないことばかりよ。大丈夫！　あたしがいるし。やってみよう！　大丈夫！


〝声〟が優しく、でも調子のよいリズミカルな声と心で語った。

……え？　変なの。死のうとした時は『よく考えろ』って言ってたクセに……妙な矛盾に気付くと、それがなんだかおかしかった。

なんだかんだと言いながら、この不思議な〝声〟は、今まで私を助けてくれていた。ああだこうだと言いながら、それでも私の側にあり、そしてこれからも、側にいるのだという。私があの国に持っていけるのは、何枚かの服と、ノートと、本、ウォークマン、スピーカー、そして、この〝声〟、他には何もない。引っ越しをするほど荷物を持っていけるわけではない。小さな体に不釣り合いなほど大きな旅行バッグだって、だけど、たったこれだけの荷物を詰めたら、それでいっぱいになってしまう。最初の一〇日間だけ、母は私と一緒に来てその国で過ごすが、そのあとは見知らぬ他人の『ガイコクジン』の中で、一二歳の私がたった一人、居候《いそうろう》として暮らすのだ。

そこについてきてくれるのは、継ぎ接ぎだらけの間に合わせのロボットと、おそらくはその仲間だろうけど、その中から頭一つ分抜きんでた、ちょっと特別なこの〝声〟だけ。

どうなるかは、分からない。

だけどそれも、いつものこと。

そしてどうなるか分からず、私が混乱する時にはいつも〝声〟がいた。一番恐ろしい時、怖い時、つらい時、〝声〟はいた。助けてくれた。私が求める時に、私に寄り添ってくれた。あなたが一番近かった。

ニセモノでもいい。

だって
傍に　いてくれたんだ

カウントダウン

ありがとう・さようなら　みんなみんな
ありがとう・さようなら　みんな

井出隆夫・福田和禾子『ありがとう・さようなら』

私が小学校卒業までにしゃべれるようになった英語は、そう多くない。

「cat（猫）」、「dog（犬）」、「ant（蟻）」、「Thank you（ありがとう）」、「Sorry（すみません）」、「No（いいえ）」、「Yes（はい）」、「I don't know（知りません、分かりません）」、そして、一から二〇までの数の数え方。それぐらい。

〝これ〟が、あと一ヵ月足らずで、海を渡り異国の地で暮らすのだ。冗談みたいな本当の話。まるで作り話のような、奇想天外な私の人生。そして、運命。

学校は卒業の日が刻一刻と迫り、教室の中には、今まで以上にゆったりと、少しけだるい寂しさと期待感と、温かさがあふれていた。最後のほうは卒業式の練習ばかりの日々で、それも寂しさや感《かん》傷《しょう》を、私たちにもたらしていた。

桜田先生のクラスは五年生から六年生までの二年間続き、他の子供たちにとってどうだったかは知る方法もないが、私にとっては、優しくて愛《いと》おしいクラスになっていた。

みんなは一緒に、地元の中学校に行く。四月の入学式の日、私の姿だけが、その中にない。

「外国ってさ、手紙とか、出せるん？」ある子が聞いた。

「うん。手紙、エアメールっていうので出さなあかんけど、ちゃんと届くんやって」

「そっかぁ。電話は掛けられるん？」

「電話もあるけど、電話は高いらしいよ」

「ホンマぁ？　やったら私、手紙にしよう。手紙書くわ！」その子はくすぐったいような笑顔で私に笑いかけた。私はドキッとした。どんな顔をしていいか分からない。だけど、嬉しかった。

女子とも男子とも、話をした。ドッジボールもちょっとだけ好きになった。揉めに揉めた係決め、委員会活動、クラブ活動も、あっという間に過ぎ去った日々になった。連絡帳を書き忘れては、桜田先生の家に電話して明日の時間割りを聞いた日々も、毎学期末に教室の床にワックスがけをした日々も、もうすぐ、終わる。

うだるように暑くて、やる気の出ない夏の教室。寒すぎてつま先が痛くて、やる気の出ない真冬の教室。上履きのこだまする音が大好きだった、木の床の体育館。理科室に置いてあった、どこかから寄贈された小さなワニの剝製《はくせい》。逃げ込んだ保健室のガーゼの匂い。飛び込んで鍵をかけた、図書室の本の背表紙。初めて友達から来た、お正月の年賀はがき。手紙を書くよと言ってくれた、あの子の笑顔。

もう、この学校には来ないのだ。卒業したらこの『収容所』にも、用はなくなる。つらく、悲しく、甘く、楽しかった収容所生活が、終わる。


さようなら、図書室。

さようなら、保健室。

さようなら、四階の窓辺。

そして、さようなら、みんな。


校長先生は、私に卒業証書を渡す時、マイクが拾わないようにコッソリと、だけど優しい笑顔で「頑張っておいでや」と呟いた。

少し肌寒く花曇りの空の下、ほんの少し日が差した一瞬のスキをついて、掲《かか》げられた花のトンネルの下を、私たちは歩いた。


三月、小学校卒業。


狂ったようにバカをやって、地団駄《じだんだ》を踏み、自分の愚かさをあげつらった、寂しくて冷たく、でもまだら模様に熱を放つ、稚拙《ちせつ》で矛盾にまみれた季節が終わりを告げた。

両親は私のために、仲良くなった小さなカレー屋の店主に頼み込み、店を貸切にして、お別れ会を開いた。

みんなの笑顔があふれていたが、今思えば、それは少し異様な光景だった。子供のためのお別れ会なのに、私の他に子供の姿はない。大人だけが飲み、食べ、笑っていたお別れ会だった。お別れ『会』を開けるほどには、親しい同い年の子が、やっぱり、いなかったからだ。

それでも、桜田先生、堀田先生、中先生、保健室の保田先生、校長先生、保育園でお世話になった先生たち、レイチェルや、他にも関わりのあった幾人かの人が集まってくれた。

私はとても嬉しかったが、久しぶりに会う人たちには分け隔てなく、私はぎこちなく接した。一度切れてしまった糸を手品のように継ぎ目なく結ぶこともできず、必死になって結び合わせようとしても汗ばんだ手の中、手繰《たぐ》り寄せた糸は嘲笑うように、すり抜けて逃げた。それはずっと話したかった堀田先生に対しても、ずっと会いたかった中先生に対しても同じだ。私はぎこちなく笑っては、ぎこちなくみんなを笑わせる道化になろうとし、ぎこちなく走り回っては、ぎこちなく自由で元気な子供を演じようとした。

そうすることが、ここにいるすべての人に私ができる、たった一つのお礼だと知っていたから。

たとえ本当は元気でなくても、中身は継ぎ接ぎだらけのロボットでも、本当はいまだに三歳児と変わらないほど幼く、世界のすべてを恐れていても……その笑いが、本当は脳の条件反射と必死の自己防衛であったとしても……私は以前に比べれば格段に上手にそれができるようになったのだ。それはある意味、不恰好な進化で、中身が伴っていなかったとしても成長だった。それでも生き抜いてきたんだという事実こそ、私が誇れるものだった。裏を返せばそれしか見せられるものがなかったが、ここにはそれで十分だと分かってくれる人だけが集まっていたのだ。

彼らはみんな私のために、私と一緒に長く困難ばかりの道を、歩いてくれた人だった。

彼らは私を嘲笑わない。私の努力をけなしたりしない。怒られたことは数えきれないほどあるが、私を守ろうと必死になって戦ってくれた人たちだ。

私が彼らに差し出せるものはそう多くなかったけれど、それでもこの長くて短い道のりの中で、私は何かしらほんの少しだけ、この手に持っていた。それは、うまく表現することのできない、生まれたばかりの感情。

それは、『感謝』に限りなく近いものだったのだと、思う。

ただ、今、思う。

堀田先生、ありがとう。

桜田先生、ありがとう。

私にとって、ここまでの人生で、大事なことをいっぱい教えてくれた、堀田先生はお母さん、桜田先生はお父さんでした。

見守ってくれて、愛してくれて、たくさんのことを教えてくれて、ありがとう。


中先生、保田先生、校長先生、ありがとう。

中先生は、一緒に遊んでくれる大好きな年の離れたおねえちゃん、保田先生は、困った時に、全部が嫌になった時に甘えさせてくれる親戚の伯母ちゃん。校長先生は、いつでも笑顔で受け入れてくれる、おじいちゃんでした。

レイチェル、保育園の時の先生、幼稚園の時の先生、学童の先生、嫌いだったけど、おばはん先生……あなたが私を嫌っていたんじゃないってこと、ホンマは知ってたんだよ。ありがとう。三年の時一緒だった『天使』、五年、六年、一緒だったみんな、いろんなことがあったけど、他の学年の時のみんなも……迷惑かけてごめん。嫌なことして、ごめん。そして、ありがとう。

ただ、思う。
私に出会ってくれた人、助けてくれた人、笑いかけてくれた人、
ただただ、ありがとう。

ありがとう。

行ってきます

ぼくにも　ゆずれないものが　あるんだ

頼りないこの足取りで　確かな　なにかを残してゆこう
そっとあなたには伝えたいから　また　ぼくは手を伸ばしてみる

ぬくもり　つなぐ手

なんども　走って　転んで　また走る
なんども　くりかえす　立ちどまって　すこし思う

あたらしい季節をゆく
たそがれが　そっと肩をたたくから

この小さな息づかいも　遠い誰かにつながるように

懐かしい香りがした　忘れてたはずのことが　一瞬で
思い出す　呼び戻す　目が覚めて　ハッとする
いまの気持ち　この気持ち　ゆずれないものを知る
不安と不安のその隙間に　何よりかえ難い　愛おしいくらし
そっと　あなたには　伝えたいから　また　ぼくは手を伸ばしてみる
ぬくもりは　胸の奥で生きてるから
おわらない　ぼくはまだ歩いてるよ
刻むバイタルサイン

クラムボン『バイタルサイン』

出発直前、本当に直前に、両親は私に、大事な話をした。とても、とても重要な話だ。私にとって、驚くほど、衝撃的な話。

だけど大事な話であるにもかかわらず、両親から受けた〝それ〟は、説明というにはあまりにも言葉足らずで、相も変わらず私が理由も分からない叱咤《しった》を受けて、話は終わった。それが何を意味し、それがどう、私の何たるかを指し示しているかも、分からないままに。

しばらくはその言葉の意味を必死に考えていたが、いくら考えても輪郭《りんかく》すら掴めず、両親に最後に言われた言葉のせいで余計に困惑し、一旦横において寝かそうと思った間に、目まぐるしく変わる日々の中、それはいつの間にか、頭の中の雑多なものに埋もれて見えなくなってしまった。そしてその後十数年、思い出されることはなかった。

私の、私が何たるかを指し示す、大事な道標。決して切り離すことのできない、私のアイデンティティーの一部。にも拘《かか》わらず、私はその道標の読み方さえ教えてもらえなかったがために、その道標が指し示す方向を確かめることもなく、またその矢印に対して興味を持つこともできないままになった。

それは、私を、私たらしめる、私を作り上げたものの、一滴。

『原因』の『一部』。

それは決して、事実を正確に上からなぞったものではなかった。あくまで〝とあるものの一部〟でしかなかった。波の上に見える三角の背びれの下には、大きな本体が隠されていて、この時見えたのは、あくまでも波の上の三角の背びれだけだったのだ。

だけど、その意味を私がもっとしっかり両親から聞かされていたなら、私はもっと正しく、その〝背びれ〟と〝その下にあるかもしれないもの〟を恐れただろう。そして、その知識さえ正しく持っていれば、その後十数年続いた、大きな混乱は避けられたのかもしれない。

私の中に潜む、大きな混乱の正体に、私たちはもっと早く、気付けたかもしれない。

だけど、もう、遅い。


私は出発した。

私の見知った人が誰もいない、見知らぬ大地に。

小さな体の中に、大きな混沌を抱え込んだまま、走り出した。

幾重にもくるまった毛布の下
だけど結局　裸足《はだし》のままで

思春期篇に続く

COCORA《ココラ》　自閉症《じへいしょう》を生《い》きた少女《しょうじょ》　1　小学校《しょうがっこう》篇《へん》

二〇一七年一月二六日　第一刷発行　二〇一八年一〇月一日　第四刷発行

著者——天咲心良《あまさきこころ》

発行者——渡瀬昌彦

発行所——株式会社講談社

東京都文京区音羽二丁目一二-二一　郵便番号一一二-八〇〇一

電話　編集（現代新書）〇三-五三九五-三五二一

販売　〇三-五三九五-四四一五　業務　〇三-五三九五-三六一五

本文データ制作——講談社学芸部

造本装幀——アルビレオ

印刷所——慶昌堂印刷株式会社

製本所——株式会社国宝社

ISBN978-4-06-220454-5　N.D.C.913　375p　19cm（現代新書ピース）